星際美男聯萌
1
靈蛇號上花美男
張廉
插畫／Ai×Kira
Kadokawa Fantastic Novels DX

星際美男聯萌

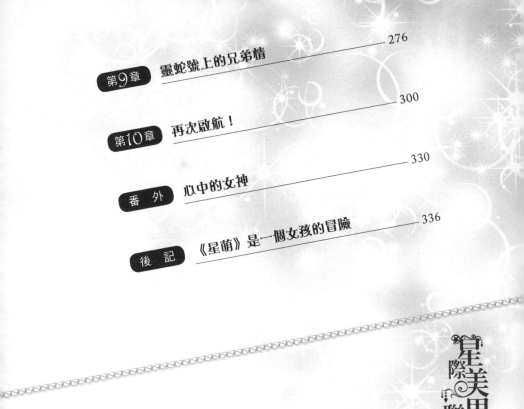

Contents

第1章 星凰一號

「……在這裡，這裡、這裡簽名，星凰一號就屬於你們星盟了……」

「好……」

「嗯——不知道古人的手感是怎樣的？」

「迦炎！別亂碰！那是星盟的財產了！」

好奇怪……的對話……

「星凰一號怎麼還沒醒？」聲音漸漸清晰起來，是一個很著急但溫和好聽的男聲。

「我看看。」我聽見了腳步聲，有人走到我身邊。他掀開我的眼皮，昏昏沉沉中，我看到一雙綠色的暴突眼睛！

「醒了。」他鬆口氣，隨即笑了。那是一張綠色的褶皺臉！

他掀我眼皮的手，還戴著一層薄膜，像是手套的東西。

「妖怪！」我驚得坐起，心跳立刻失常。

發現與他同高，低頭看才發現，原來自己坐在一個水晶艙中，周圍一片竹林風光，美如仙境。房內還有兩個人，但是我的視線已被竹林風光完全吸引。

那些竹子，翠綠得像是被ＰＳ過般清澈翠綠，那不真實的綠色讓我的大腦開始漸漸混亂。而且，它們隨風搖曳，但是我卻沒有感到絲毫的風。

我到底在哪兒？

「別緊張，星凰一號。」

綠皮人伸出雙手，臉皮皺得像蜥蜴，他目光溫柔，像是要安撫我，可是我因為他可怕的樣貌而更加心慌起來。看到他腰間有一把像武器一樣的東西，本能地直接抽走，對準了他。

他並未過於緊張，只是有點驚訝，似乎沒想到我會奪走他的武器。他雙手微微平伸，手心朝向我，依然是像蜥蜴一樣的手。

「冷靜！星凰一號！把分解槍放下！我不是妖怪，我是艾瑪星人！」

「別過來！妖怪！」

我幾乎是驚聲尖叫，手裡的藍色銀槍，弧線飽滿柔和，像把玩具槍，胖鼓鼓地很輕便。我搞不清楚面前的一切到底怎麼回事？那個蜥蜴怪，還有他口中的星凰一號，到底怎麼回事？

「難道在作夢？」歸結總總，我給了自己一個可以不再精神錯亂的解釋。

「不不不，星凰一號，妳不是在作夢，妳只是剛剛被解凍，還有些接受不了現實，大腦出現了混亂……」

蜥蜴怪對我不停地巴拉巴拉，我好不容易找出的合理解釋被他一語擊垮，我的大腦瞬間再次混亂起來，忍不住大吼：「放屁！」

「嗤！」忽然飛來一個胖嘟嘟的白色圓球，圓球上只有兩隻黑溜溜的機械眼睛：「星凰一號用語不文明、不文明，警告、警告！」

「什麼鬼東西？」

「那是文明先生……」蜥蜴怪充滿耐心地解釋：「是約束星盟公民的……」

「蜥蜴怪你閉嘴！」

我真的很緊張，怎能不緊張？我緊張得連拿槍的雙手都在發抖！

「我一睜眼看到的就是你這種綠油油的蜥蜴怪，還有這個、這個會說話的沙灘排球！你還跟我說不是作夢！是現實！如果是現實，你證明給我看！」

「怎、怎、怎麼證明？」他著急起來。

「如果是夢，你就不會死！」我瞄準他，扣下了扳機，愕然發現，這槍根本沒扳機。很好，果然是夢，我可以安心閉眼了。

「呃……這槍是聲控的。」蜥蜴怪淡定解釋。

「聲控？什麼口令？」我大腦停滯地看向他。

「Fire。」他一說完，整張臉瞬間僵滯，完全是一副想撞牆去死的表情。

與此同時，我手中的玩具槍微微震動起來，銀藍的槍管裡瞬間閃耀出藍色的光芒，緊跟著一圈又一圈藍色的波紋從槍口射出，射向了蜥蜴怪。電光火石之間，一個黑影以極快的速度撲倒了蜥蜴怪，光波射在了綠皮人身後的竹林上。

沒有任何驚天動地的聲響，但是在光波射在竹林上時，我清清楚楚看到，竹林在瓦解，那不真實的竹林正像一幅精美的壁畫被不可見的物質啃噬殆盡。最後，我的面前，出現了一個大洞。

我愣愣看著周圍閃爍不定的竹林，最後，原先祥和寧靜的幽竹世界完全消失，成為一片白色的牆壁。

圓洞的對面，是面露緊張的——外星人！

我呆呆地跨出身下的水晶艙，走到圓洞前，明顯不是人類的物種正害怕地向後靠，貼上他們身後的透明玻璃。

我走進那個房間，轉臉看去，驚得目瞪口呆。

只見眼前是一個巨大的會場，一個又一個卵形的透明房間，和這個房間一樣整齊懸浮在空中，層層疊高，圍繞著中心的懸浮平台。平台完全透明，人就像站立在空中。但是隱隱有漂亮的花紋閃現，像是透明的ＬＥＤ螢幕。

平台上，正站著一個和我穿著一樣的女人，白色緊身的衣服，身邊是一個黃色行李箱，她有著金髮碧眼，應是個歐洲人，這是……

「星凰一號，妳必須冷靜下來……」身旁，傳來了那個溫和好聽的聲音。

我僵滯地轉頭看去，看到一張有著尖尖下巴的男性妖精臉。我有些驚訝，他長得很好看。

他眼眶很細長，睫毛也很長，稀疏微捲，而且是漂亮的銀藍色，柔和的眼線使他看上去很和善。一雙碧綠的眼睛，細看瞳孔時可以看到奇怪的紋路，那些紋路閃爍、跳躍。這樣的畫面很熟悉，像是微型晶片嵌在隱形眼鏡裡。

更奇特的是，他有一對尖尖細長的耳朵，那對耳朵緊貼他的兩鬢，高高豎起，穿透在他藍色的短髮裡。尖尖耳朵的末梢，還戴著淺藍色寶石的耳釘。小小的一排，點綴著他精靈似的耳朵。他一身像是傳教士的白色長袍、淡淡鵝黃的滾邊，聖潔得像是聖地裡出來的精靈王子。而他柔和的目光和溫柔的微笑，也讓我慢慢平靜下來。

「請妳慢慢回想，妳是不是參加了冰凍計畫……」他慢慢地、小心地靠近我，輕輕柔柔的聲音帶著奇特的魔力穿透了我的心，讓我波瀾起伏的心湖漸漸平靜。

「冰凍計畫……」

「對，妳好好想想，冰凍計畫……現在……我們把妳解凍了……」他的聲音如柔潤的春雨，潤澤著我的心田。

我轉身看平台上和我一樣的地球人，她也正望向我，接觸到她帶著激動又有幾分不安的目光時，我想了起來，我是蘇星雨，我參加了冰凍計畫，我……是一名特務……

醫生說我得了絕症，要不就等死，要不就接受冰凍計畫，到未來得到醫治。所以……我現在是在未來嗎？

「現在是三〇一三年了……」他繼續朝我靠近，站在我的身旁：「歡迎妳來到未來，星凰一號……」

他的手臂在我面前揮舞，展現著前方整個寬大的會場。

我俯瞰處處可見高科技的寬闊會場，我……真的到了未來！而且，還是一千年後……

「星凰居然有攻擊性！」

「太可怕了！一千年前的人都那麼野蠻嗎？」

很多個房間飛了過來，裡面除了外星人，居然還有地球人！

看到地球人，我激動上前，趴在透明的玻璃上。可是，我從他們的眼中，看到的卻是驚訝、害怕和陌生，宛如我不是和他們一樣的人類，而是野獸。

為什麼？

為什麼會這樣……

「大家請不要慌張。」

忽然間，整個會場出現了一個朗朗的男聲。在中間的平台上空，出現了一幅畫面，裡面是一個長相邪魅的長髮男子。他一頭黑色長髮直到腰際，斜靠在一張金黃的皮沙發上，右手的食指、中指和拇指隨意地搭在臉頰旁，長長的眼睛裡，是一對琥珀色的瞳孔。

這個男人像邪帝一樣側靠在沙發上，凌駕於整個會場之上。但是，奇怪的是他穿著一身睡袍。是的，是我們那個年代的睡袍，或是……更早。雖然那件睡袍很華美，他穿在身上也很性感，尤其還露出赤裸的胸膛，可是，這不是未來嗎？為什麼還穿我們那個世界的睡袍？而且穿得那麼隨便？

他是地球人嗎？我不敢肯定。雖然他的眸色不正常，但是在我的年代已經發明了角膜變色片，讓你可以擁有各色的瞳孔。既然這是一千年後的未來，又有什麼是不可能的？

看向四周，人們的衣服都跟身邊的藍髮男差不多款式，很莊重、也很整潔，所有的領子都規矩地包住脖子，沒有半點裸露，即使是會場裡的女性。所有人的穿著端莊，讓這裡像是朝聖者聚會的聖殿。

「星凰一號只是剛剛甦醒，有些驚慌。」整個會場裡迴盪著睡袍男的聲音：「我相信即使星凰來自遙遠的一千年前，也不會野蠻暴力，是嗎？星凰一號？」

面前的玻璃裡忽然出現了他，我驚訝地後退一步，離開玻璃。他的影像那麼逼真，宛如真人就在我的眼前。即使再清晰的全像攝影，也做不到這種地步。

他從沙發上站起，朝我走來，他真的走出了玻璃，像是妖男走出了掛軸。他伸出手，挑起了我的下巴。我陷入愣怔，那感覺竟也是那樣的真實，他就像真的站在我的面前，正在勾挑我的下巴，他手指的溫度、觸感，無一不是真實的感覺。

「不不不，不可以！」身邊的藍髮男子忽然到我身前，攔住他：「她現在已經是星盟的財產，沒有獲得主席允許，任何人都不可以隨意觸摸她。」

我瞠目結舌地站在這個長袍妖精男後，他的話讓我感覺自己像是博物館裡稀有的青釉，一句話忍不住脫口而出：「你有病嗎？」

「嗤！星凰一號不文明用語！不文明用語！」

那顆沙灘排球又來了，我想也不想地抬手：「Fire！」

現在我的大腦已經徹底當機，所有的言行都是下意識的、大腦做出的本能回應。白色沙灘球聒噪得像蒼蠅，所以，我想滅了它。

可是，聲控槍並沒像之前發射。

「那把槍只會識別在下的聲音。」蜥蜴怪再次好心解釋，他很老實。

我呆呆看他：「所以呢？」

他客氣地笑了笑：「所以只有我說口令才有用。」

「口令是什麼？」

「Fire。」說完，他的神情再次冰凍，張著嘴懊悔地抱頭慢慢蹲下。

光波再次射出，沙灘排球無聲無息地消失在三〇一三年，因公殉職。

「啊！星凰一號殺了文明先生！」有女人尖叫起來。

面前的藍髮男驚訝轉身，急得臉色刷白。

「星凰一號！妳要冷靜啊！不然妳會被宙斯星際貿易財團回收的！」

「沒錯！」隨著睡袍男邪佞的聲音傳來，他已經走到了藍髮男的身邊，瞇眼看我：「看來星凰一號精神不太穩定，需要回收調整。不過，在回收前，先讓在下為各位貴賓展示一下微腦細胞針對星龍、星凰而開發的一項最新功能，即使買回去的星凰或是星龍具有攻擊性，也不必擔心，因為……微腦細胞會立刻阻止。」

說著，他優雅地揚起右手，對準我做出槍的形狀。

我立刻有一種不好的、讓我戰慄的預感。

他慢慢閉上右邊的眼睛，對我勾唇邪邪一笑，優雅地開了槍：「定！」

我愣了愣，可是隨即，我發現自己真的動不了了，連眨眼都不行。我完完全全定在了原地！就像被孫悟空施了定身術，又像是突然被關掉的機器人。

雖然我不明白到底發生了什麼事，那個人到底是怎樣做到隔空定住了我渾身的神經，但是，應該跟他嘴裡說的微腦細胞有關。

「好了，現在我們的星凰動不了了，大家可以放心購買他們，他們絕不會傷害自己的主人……」

他微笑地在影像中轉身，立時，掌聲從四處響起。

「嘩——」這是對「微腦細胞」功能的讚嘆。

這種被人控制的感覺，很不好。

我相信只要是有意識的生物，都不會喜歡！這是一種侮辱！

「啪！」是我手裡的槍掉落的聲音，心跳開始加快，絲絲害怕從心底滲出。從解凍到現在，我甚至沒有時間去害怕，一直憑著訓練出來的求生本能，首先奪取最近的武器，保住自己的生命。然而，現在我不能動了，武器也從手裡離開，右手忽然虛空，讓我的心瞬間懸空，我會被怎樣？

我身下的地面突然消失，我從藍髮男身邊直接掉了下去，他驚訝地朝我看來，碧綠的眼睛裡是深深的擔憂。不知道為什麼，我害怕地向他發出求救的目光，儘管他看上去也是外星人，也是那麼的不可靠。但是，他是到現在為止，唯一善待我的人。

他正堅定地看我：「星凰一號別怕，我會救妳的！」

我的身體直挺挺掉落在一個水晶艙裡，上方的圓洞慢慢收攏，藍髮男焦急的臉消失在眼中。

他真的會來救我嗎？心裡很忐忑，記憶也很混亂，很多資訊像是被啟動似地在大腦裡亂竄，讓我一時無法理清思路。深深的恐懼正在替代不安，淹沒我整個人。

水晶艙飛速地平移著，眼前全是那卵形的房間，裡面的人都低下頭來看我，指指點點，像是在討論一件商品。當看到那些地球人也用那種目光看待我時，我的心有一種被親人背叛的沉甸感。

★　★　★

轉眼我進入一條閃著光芒的長長白色通道，忽地，它停住了；緊接著，我身下再次抽空，我又掉了下去。

眼前出現了華美的歐式圓頂，我知道，那應該也不是真的。

「噗」一聲，我掉在一個涼涼的懷抱中，一雙有力的手臂接住了我的身體，那張在玻璃上出現的臉，真真實實地出現在眼前。

他充滿邪氣的眼睛裡，是滿滿的笑意。

「你們中國有句古話：『弱水三千，只取一瓢飲。』現在，我算是明白這句話的意思了。」

他的睫毛短而濃密，讓他像是畫了一圈黑黑的妖魅眼線。

「三千個古人裡，只有妳給了我那麼大的驚喜，讓我全身的細胞在妳拿槍的那一刻都激動起來……」

他對我舔舔唇，我看到了他嘴裡的尖牙，像是吸血鬼的牙齒，而且他的臉色也不像正常人的臉色，有點病態的白。

這一切讓我的大腦再次脹痛，這不是現實，這不是、這一定不是！因為直到現在，我都沒接觸到一個長得像人樣的人！

他把我放在畫面裡那張金皮沙發上，一手撐在沙發靠背上，一手撐在我的頭頂，慢慢俯了下來，寬鬆的睡袍領口因此下垂，更加露出他光潔健碩的身體和蒼白的皮膚，他身上一塊塊肌肉我都能看得清楚分明。

「啊……我真是看走了眼，當妳是殘次品，沒想到妳那麼極品，這樣的好東西怎能便宜了星盟？」

他邪魅削尖的臉靠了下來，高挺的鼻尖已經碰到了我的額頭，開始嗅聞我的臉。長長的黑髮也垂了下來，遮住了我的兩邊，他順著我的額頭、鼻梁，一點一點嗅聞下去，我完全無法動彈，也無法抗議出聲。

「讓我先嚐嚐味道。」忽然，他吻住了我的唇，冰涼冰涼的唇，像是在親蝙蝠的皮。

我驚詫地視線擴散，視野中，赫然出現了一條長長的、無毛的黑色尾巴！

那像撒旦的黑色尾巴，末端真的是一個三角形，它正高高翹起，在它主人後背的上方彎曲，並隨著他主人的吻擺動，三角尖直指向上。

如果這是夢，讓我快醒吧！我的口味一直很清淡，不習慣人獸的！

「嘶……夜，讓我怎麼說你好呢？」忽地，一個熟悉的聲音傳來，惡魔男的吻也就此停住，我看到有人把手心正對在惡魔男的外側太陽穴上，手心閃現奇怪的紅紋。

「你可真是有夠讓我噁心的！」說話間，來人一把扯起他，手肘橫在他脖子前，把他重重按在沙發上。

我看清了來人，他有一頭層次不齊的紅色短髮，像一團燃燒的火焰。我也認出了他的聲音，是那個好奇要來摸我的男人。好像叫……迦炎。他是跟藍髮男一起的，他真的來救我了。

這個迦炎叫惡魔男「夜」？惡魔男的名字是「夜」？

迦炎幫我制服了夜，他的側臉精幹而勻稱，眼睛尤其大，而且瞳孔還是紅色的。他身穿黑色無袖緊身衣，材質非常鮮亮，也非常精幹，衣服上插了很多槍，正壓在夜衣領鬆散的身上。他兩隻手腕上各有一個粗粗的銀色金屬環，此刻他右手的金屬環正閃爍著紅光，看來似乎也是一件武器。

「根據星盟活體文物保護條例，星盟的活體文物未經允許，不得隨意餵食、隨意觸摸、隨意親吻，當然，更不能隨意……」

他拍了拍夜帶著嘲笑的臉。

「性、交。就憑你剛才對星凰一號所做的一切，我就能讓你入獄三年，讓裡面的罪犯好好陪你玩玩你那些下流的遊戲！」

我僵硬地躺在沙發上，迦炎的意思是，我是星際聯盟的活體文物？

「嘖，星凰一號有些問題，為了保護客人的安全，我有權回收。」

夜揚唇綻放一抹狡黠的笑，一臉奸商似的狡詐，尖尖的白牙露在紅唇外面。

「回收？哼。」迦炎好笑地看他：「我們星盟不覺得她有任何問題，沒必要讓你們回收。要不是星盟遵照寶藏發現條例，誰發現的寶藏歸誰，你們財團一個星凰、星龍都別想留下！怎麼可能還讓你們財團拍賣他們！」

「咕！」夜斜睨迦炎，不屑地冷笑：「哼，誰叫你們星盟窮，只能買最便宜的？有本事全買去，你們就是他們的救世主了。這樣吧，星凰一號留下，其他的你們隨便挑。」

迦炎瞇起了紅寶石一樣的大眼睛，憤怒地貼近了夜的臉。夜冷冷盯視他，右手開始擰緊，倏然，他從迦炎身下消失了。我暗暗吃驚，只見迦炎轉身就飛了出去。

我無法動彈，視野有限，看不到視野外的景象，只知道下一刻，有人被踢到我的沙發下，「砰」地好大一聲，然後迦炎一手就按了下去，憤怒地咬牙切齒道：

「別太猖狂，我早晚有一天能找到證據，把你這隻吸血鬼送進監獄！」

真是吸血鬼？

「嗯！嗯！」房間裡只剩下夜掙扎的悶哼聲。

「把控制星凰一號的基因密碼交出來！」迦炎沉沉命令，感覺夜好像掙扎了很久，然後，沒了聲。迦炎啐了一口：「啐，真不禁打。」

什麼？他把他弄暈了？那麼我那什麼基因密碼要怎麼弄？

就在這時，傳來急急的跑步聲。

「迦炎，怎麼樣？」是他，聽到他焦急的聲音，我懸起來的心更加放下來了。安全了。

「抓住了。」

「我是說星凰一號怎麼樣？」隨著話語的到來，藍髮男再次出現在我的身邊。終於感到少許安心。

迦炎從我身邊也站起身，滿臉的不悅：「你怎麼就只關心星凰一號，好歹也關心一下我。」

藍髮男沒有理睬他，只是憂心忡忡地看我。

「星凰一號現在是聯盟的財產，也是我們唯一能救出的一件女性文物，不能毀了。」

女性文物？這算什麼稱呼。不過，我從他憂急的目光裡，看到了考古專家對一件稀世文物的珍愛。

無所謂了，只要他對我有愛就夠了，至少，我不用擔心這個……外星人會傷害我。

現在的情形，讓我只想逃離這裡，逃離這個讓我恐慌的地方、這個能控制我的惡魔男，到一個安靜的地方，好好整理這突然發生的一切，讓自己恢復正常。

藍髮男綠色的瞳孔又閃爍出奇怪的紋路，他認真地一點一點掃視過我的身體，彷彿在掃描我身上是否殘留指紋。

這種被人近距離掃描的感覺讓我十分彆扭，也很害臊，不像X光掃描或是做電腦斷層掃描，人都躲在外面。心裡也十分擔心，他的眼睛該不會可以透視？會不會看到我衣服裡面？他看向我的目光又是在看什麼？女人？乾屍？還是別的物種？

漸漸地，他露出安心的神色：「還好、還好，沒被摸過。」

什麼？他真的是在掃描我身上有沒有那個惡魔男的指紋？天啊！喔！我的天！

「是沒被摸，被親了。」迦炎悠悠戳了一句。

「什麼？」立時藍髮男瞪大了眼睛，驚慌地像是高級文物身上被留下了骯髒的指印：「不行、不行，要擦乾淨。」

什麼？要給我擦乾淨？還真拿我當文物看啊，一個唇印都不能留嗎？還要幫我擦掉！別以為你是外星人就可以亂摸我們地球人！現在哪裡還顧得上什麼唇印？逃命要緊啊！

眼看他真要掏出什麼東西來擦我，迦炎已經不耐煩地催他：

「藍修士，現在不是擦她的時候，你得先拿到控制她微腦細胞的基因密碼，夜的人很快會衝過來，麻煩你做事有點輕重好不好？」

迦炎的話深得我心。

藍修士？是眼前這個藍髮精靈王子？修士似乎是個稱謂，如同我們的博士。

藍修士在我面前眨眨眼，連連點頭：「對對對！我來、我來！」

他離開我的上方，來到我旁邊，伸出手不知做了什麼，目光直直落下。而迦炎站在他身邊，雙手環胸，緊盯入口方向。

我從他手腕的金屬環上隱隱看見藍修士一手掰開了夜的眼皮，俯下身靠近他的眼睛，幾乎是臉貼臉的距離，然後他保持那個姿勢很久才起來，長舒一口氣道：「好了，控制密碼到我這裡了。」

他拿到那個可以控制我的密碼了？怎麼拿的？看他那個姿勢似乎是從眼睛？一千年後的科技，我已經完全脫節了。

不過，至少我不會被夜控制，但是，我的「主人」是不是成了這個藍修士？

他再次俯到我的上方，微笑看我，溫溫和和地說：「解除。」

我眨了眨眼睛，我能動了！果然，我現在的主人是他了。

「我們得快離開！」迦炎提醒藍修士，伸手要來扶我，藍修士緊張地阻止他。

「星凰一號不能隨便亂碰，要戴上無菌膜。」

迦炎咬牙瞪眼，煩躁地抓亂了滿頭紅髮：「麻煩！我又不是考古學家，怎麼會隨身戴膜啊！」

「那還是我來吧！」藍修士伸出雙手，面露學者般一絲不苟的認真，沉語道：「上膜。」

就在這時，我看到了一層透明的膜正從藍修士衣袖裡慢慢覆蓋了他手指特別修長乾淨的雙手，如果不是有反射的亮光，根本發現不了那層膜。

他轉身來微笑扶起我：「星凰一號妳沒事吧？」

我搖搖頭，還有些懵然：「大概……沒事吧！只是還有些害怕。」

「害怕是正常的。」他的聲音總是那麼好聽，像是催眠師那般充滿磁性、能安撫人的聲音：「別人醒來都會有一個適應的過程，妳醒得太突然。發生了這麼多事，大腦沒有錯亂已是萬幸，其他的事以後慢慢解釋給妳聽。妳只須知道現在妳安全了，我們是妳在未來的家人。」

他懇切的話，無不安撫人心，尤其是「家人」兩個字。

我略帶不安地看他，在他溫和的目光中慢慢點頭。

藍修士扶起了我，小心跨過挺屍在沙發下的夜，我忍不住去看他的下身，真的有一條黑色的尾巴躺在地上。

迦炎從我身前走過去沙發邊，那裡有一盆樹，樹葉成桃形，他摘下一片最大的葉子，也不知他要做什麼？

只見他利索地脫下了夜的睡袍。我完全沒想到夜沒穿褲子，甚至連內褲都沒有，一下子來不及收回目光，看到了他光潔溜溜的下身。

我立刻轉移視線在迦炎身上，感覺眼睛髒了，需要洗洗。

迦炎把手裡的樹葉，蓋在了夜雙腿間光潔的部位，拿起睡袍站起身冷笑。

「既然星凰一號被你親了，你總得支付費用。」

這句話，讓我感覺很古怪。

說完，他轉身把睡袍蓋在我身上，對我眨眼一笑。

「這件也是骨董，現在歸妳了，可不能讓這爛貨白親了。」

我愣愣看他，忽然明白一千年後的夜，為何會穿睡袍，原來這也是骨董。雖然現在恢復了行動，心跳依然不太正常，時快時慢，感覺有些呼吸困難。無論是剛剛解凍，還是一下子遇到這麼多事情，讓我生理上和心理上，都一時無法完全協調正常起來。渾身的血液也始終保持緊張狀態，加速流竄，神經更是無法鬆弛。

「你們……你們……」身下傳來夜氣若游絲的聲音。他醒了，他正無力地抬手，指向迦炎：「別想帶她走……」

他又指向了我，琥珀的瞳孔收縮到了最小的狀態。

迦炎毫不客氣地一腳踩在夜的臉上：「對不起，她現在是星盟的了！」

夜指向我的手墜落在地，再次沒了聲。

我僵了僵，迦炎……比我還要暴力。

忽然間，身後傳來「刷拉」的聲音，藍修士緊張地看向身後：「不好，門被鎖了！」

「沒關係。哼。」迦炎勾勾唇，悠閒地從身上拔出一把手槍，放到我的面前：「喂，星凰一號，再毀一堵牆怎樣？」

我愣愣地看他手裡的槍，那是一隻黑色的槍，形狀十分接近我所在年代的「沙漠之鷹」（一種手槍）。

「現在的槍已經沒有扳機了，但我還是喜歡有扳機的感覺，而且很喜歡這個槍型，所以這把槍是我訂做的。剛才看妳拿槍的樣子，是老手，給妳玩玩、過過癮。」

他對我一眨眼，食指勾住槍：「快喔！不然追兵到了。」

我擰了擰眉，掃除大腦所有混亂的思緒，只集中在他的槍上，從他手中毫不猶豫地拿過槍，心裡瞬間踏實了。

迦炎指向西面的牆，藍修士在旁邊緊張地雙手緊緊交握。

「星凰一號妳可要小心啊，那槍雖然是仿古設計，但是威力……」

在藍修士還沒說完前，我已經果斷扣下扳機，登時，傳來與剛才分解槍完全不同的感覺——一股分外強大的力量和一束紅光同時衝出槍口，巨大的後座力瞬間震起了我的身體。我驚得目瞪口呆，擔心手臂不會震碎吧？至少我的手發麻了！

忽然迦炎有力地抓住我差點離地的身體，這槍威力這麼大，用它的人必然手勁、臂力、腰力、腳力都十分厲害，才不會被它震飛。這股威力讓我想起了「ＭＩＢ星際戰警」裡把史密斯震飛的那把袖珍小槍。

不過，即使有這麼強大的衝擊力，也沒有聽到任何爆破的聲音。我們那時已有消音槍，而這裡的槍用的明顯不是子彈，不是光波就是光束，或許這是沒有聲音的原因。

「轟」一聲巨響，但不是槍發出，而是對面的牆被震碎的聲音。牆體雖然被毀，但沒有煙塵，這裡的建築似乎都不是用有塵物質造的。

一個大洞在面前出現，立刻吹入了清新的風，微微揚起了我的長髮。眼前出現一片碧藍天空，看到天空的那一刻，我宛如聞到了自由的氣息。

迦炎立刻拿回槍，大步到洞口左右張望。

藍修士扶住我緩步上前，站在大洞前瞭望出去，鮮綠整齊的草坪，沒有樹木和花叢，各式各樣的小型飛船在草坪上緩緩飛行。而上面是晴空無雲的碧藍天空，可是，有什麼讓我在意起來——天上，沒有太陽。

「呼！」一陣風在面前揚起，一艘銀灰色像是瓢蟲的飛船停在我面前，光潔的銀黑色六邊玻璃一塊塊排列，像是細胞的膜壁。

「叱！」艙門向兩邊打開，如同瓢蟲打開外殼，飛船裡面空無一人。

「快進去！」迦炎推了我一把，我躍入飛船，藍修士隨即跳入。艙門緩緩關閉，我緊繃的神經終於稍稍鬆懈，因為緊張而狂跳的心也慢慢平穩下來。

飛船旋即離開那個大洞、那個房間、那個吸血鬼一樣的惡魔男，向天空飛去。奇怪的是，並沒有安全帶綁住我們的身體。

我站在飛船裡，可以看到外面所有的景象。儘管飛船飛升，我並沒有不適或摔來摔去，依然如履平地。

隨著飛船的急速上升，我看到那片碧藍的天空打開了一個洞，裡面是長長的隧道。

「未來……到底有什麼東西是真的？」

右手放在眼前像是玻璃的艙壁，看著外面碧藍的天空，左手抓緊身上的睡袍，宛如只有這件真實的、屬於我時代的東西，能讓我感覺到自己還是真實的存在。

未來的高科技，能夠類比這麼廣闊的天空，難怪房間裡能呈現幽美的竹林風情。

飛船衝入隧道，隧道似乎有什麼力量讓飛船加速得更快。

藍修士微笑看我，輕輕地攬住我的肩膀讓我轉身，輕柔地對我說：「妳很快就能看到真實的東西了……」

飛船在他話音結束的那一刻衝出了隧道，眼中，映入了一片活火熔岩！

腳下到處都是滾滾的岩漿，濃濃的熱氣升騰上來，讓整個世界像是神話裡的地獄！

一條又一條隧道清晰地在火海上排列，而我衝出的那個地方，像一個巨大的白卵臥在岩漿之中。放眼望去，大大小小的白卵還有很多，我離開的地方更是大得不見邊際，顯然是中心。

「這是未來的火星。」藍修士說。

未來的……火星？印象中的火星跟眼前看到的，完全是南轅北轍。是火星被未來人改造了，還是這裡根本不是我們那個年代的火星？

飛船離這片火海越來越遠，白色的城市也漸漸縮小，最後成為一個白點，消失在視野之中。我們衝出了這顆星球，眼前是一顆紅得近乎暗紫色的星球，透出神祕和誘惑的氣息。

很多小小的飛船在這顆星球進進出出，並不止我們的。而且，很多金屬橋在這顆星球外延伸，它們像是棧橋一樣，連接著一艘又一艘巨大的飛船。

我驚嘆地看著那些看似巨大，但絲毫不顯笨重難看的流線型飛船。至今為止，我的大腦依然有一部分在告訴我，這一切不是真的。

「等上了靈蛇號，我們就返回妳的地球。」藍修士的話拉回我的目光，他對我微笑，我恍然發覺飛船已經不再上升，而正平行前進。

他轉身走向飛船的前端，我也隨他轉身，那一刻，我看到了一艘黑色的船型飛船，它帶著一種磨砂質感的黑色，讓視覺變得很舒服。而且，在飛船身側，還有銀色巨蟒一樣的花紋，美麗得就像咖啡師在黑咖啡上畫了一條迷人的奶泡線。

整艘飛船上方也是和這艘小型飛船一樣的銀黑色玻璃，時時有光芒劃過，如同星光閃耀。

不知為何，這艘飛船讓我感覺像是一個穿著黑色鑲鑽晚禮服的東方女人，她婀娜多姿地站在宇宙之中，右手優雅地夾著香菸，左手托著一條妖嬈的銀蛇，蛇頭正搭在她的肩膀上，冷視茫茫宇宙，透著無限神祕和性感，還有女王的傲然。

「真漂亮……」我情不自禁地感嘆。

「是很美，是主席親自設計的，要讓它成為全宇宙最優雅美麗的飛船……」

藍修士的話音裡，帶出一絲對他口中主席的崇拜。

「它也是全宇宙最靈活的飛船，所以命名為靈蛇號。很快妳就能見到靈蛇號上的船員了。」

他轉過臉綻放微笑，溫暖地看著我。

不知不覺間，飛船已經減速。神奇的科技讓人完全感覺不到這艘飛船的加速、減速，也沒有感覺到因為加速衝出星球，或擺脫引力而產生的各種強大壓力，甚至也沒有在太空中飄飛的感覺，一切都在不知不覺中前進、停落。

遠觀的太空船此刻已經近在眼前，巨大的飛船巍峨高大，站在近前的我們變得十分渺小。小飛船在他的面前，真的成了一隻小小的瓢蟲。

正前方，飛船黑色的一處外殼上移，裡面出現了一條通道。我們的小飛船飛了進去。白色的通道，燈光明亮。飛行片刻後，看到了出口。當我們離開出口時，出現了一個懸空的藍色平台，飛船停了上去。

又一塊小一些的懸浮藍色平台移到了我們的艙門前，藍修士扶我下船，當我們和迦炎都站上浮台後，停有飛船的巨大平台兀自上升、飛離。面前，是一片空曠的空間，大大小小浮台停在空間之中。

我往下看去，看到了一片綠色草坪，我有些驚訝，那是真的假的？

「藍哥哥，這就是星凰一號嗎？」忽然間，上方傳來一個悅耳動聽的少女聲音。

身旁的藍修士微微轉動身體：「是的，小狼。」

我抬臉之時，一抹紅影掠過眼前，然後停落，我看到了一個有著黑色長捲髮的可愛少女。她就是小狼嗎？

小狼踩在一塊懸浮的滑板上，黑色的捲髮是歐美宮廷公主般的髮型，還帶著可愛的蝴蝶結髮帶，大大的眼睛、長而捲的睫毛，眼睛和我一樣是黑色的。在看到那雙黑色的水汪汪大眼睛時，我感覺到一絲親切。

她正鼓著臉，嘟著水潤光澤的小翹唇，眨巴著漂亮的大眼睛看我，一副清純可人的乖巧模樣。不過，她的穿著卻和她的髮型大相逕庭，因為她穿的是紅色緊身小可愛，下面也是極短的紅色皮褲。

慢著，她身後那晃來晃去、黑白相間的狼尾巴是怎麼回事？這就是他們叫她小狼的原因？

我愣愣地看她的尾巴，怎麼會有尾巴？會不會是假的？一種裝飾？一種潮流？

小狼腳踏一塊懸浮的滑板朝我靠近。

忽地，身邊的迦炎已經伸長手臂，一把推在小狼小小的、鼓起的胸部上。

「你別過來，她不適合做你的玩具！」

「呀！」我驚然回神，立刻推開迦炎的手。因為用力過大，他整個人都被推得側轉了身，面前的小狼眯眼笑了起來，迦炎轉回身莫名其妙看我：「妳在幹嘛啊？」

「你怎麼可以摸一個女孩的胸部！」我朝他嚴肅大喝。

他的表情立刻定格，指向小狼，對著我像是有話卡在喉嚨吐不出，我繼續說道：

「難道你們未來已經開放到可以隨便亂摸異性的地步嗎？」

迦炎指著小狼的手移回來指我，咬牙切齒半天，臉色十分難看。

「就是、就是，炎哥哥最壞了！」小狼躍落我的身旁，親熱地挽住我的手臂：「老是亂、摸、人、家、胸部！」說完，她還害臊地摸了摸自己的小胸部。

登時，迦炎一個白眼，像是要氣暈過去。

「小狼！」忽然，藍修士又急了起來：「不能亂碰星凰一號！」他來扯小狼挽住我的手臂。

迦炎又是一個白眼，這次我則無語了。他雙手環胸，懶得理緊張的藍修士：「我剛才也碰了。」

「什麼？」藍修士像是要抓狂了。

迦炎嫌煩地看他：「你有必要這麼緊張嗎？星凰一號到底是個人類，你還說你是她家人，可你把她當文物、當死物，你這不是互相矛盾嗎？」

倏然間，藍修士愣在了原地。

迦炎拉住我的手臂。

「別理他，妳先去休息，整理好大腦了，我們再來見妳，給妳介紹靈蛇號的成員，還有解釋一切。」

說完，他已經自顧自地拉我上了另一塊浮台。藍修士還站在原地嘆氣，像是懺悔。

他抬手揉了揉眉間，緩緩從眼中像是摘下隱形眼鏡似地，摘下了兩塊綠色薄膜，隱隱露出了一雙銀瞳。那綠色的、會閃爍奇怪紋路的東西，果然是一種微型電腦。

藍修士是一個認真又嚴謹的人，而且很善良，看他那副內疚的樣子，似乎要懺悔很久。

小狼眨著清純的大眼睛，踩著她的滑板跟了過來，迦炎狠狠瞪了她一眼。

「把你那個像章魚觸手一樣的捲髮給摘了，我看了噁心！」

迦炎在說什麼？摘了？那頭髮是假髮？我也在想那頭髮跟小狼身上的衣服實在很不搭。而且那樣的捲髮在我們的年代也只有在歐美宮廷劇裡才能看到，莫非現在流行復古？

小狼不屑地昂起臉，右手拂了拂自己的捲髮：「你懂什麼？這是風潮，哼！」

見她要飛過來，迦炎居然把對付夜的右手忽然揚起，對上了小狼，手心紅紋閃爍，分外鄭重地警告：「再次警告你，別靠近星凰一號，你應該知道主席的脾氣，星凰一號可不是你能玩的！」

小狼倏然睜圓的雙眸，再也沒有最初的清純可愛，只有冷冷的殺氣。

好奇怪，為何此刻我感覺到小狼對迦炎來說，是一個既危險又十分強勁的對手？

「哼！」她一扭頭，飛走了。

迦炎手心的紅紋這才消失，他認真地警告我：「那傢伙妳千萬不要靠近。」

我有些迷惑地看他，想追問原因時，我們身下的浮台已經停下，正是停在那片草地的上方。

我的目光隨即被眼前一座圓形的白色可愛小屋吸引，它像是一個奶油球點綴在這片鮮綠的草地上。

「那是妳的房間了，房間裡所有的東西都是聲控的。」

迦炎在我身邊簡單介紹著，他語速很快，就像他出招一樣乾脆俐落。

「如果不會用，房間裡的智能管家會教妳。經歷那麼多事情，現在也不適合與妳長談，妳還是先休息比較好。」

說罷，他扶我下了浮台。我踩上了草地，腳底感覺軟軟的，這草坪是真的！

迦炎從我身旁飛離，我慢慢朝那間圓形的小屋走去。

「刷拉」一聲，門開了，裡面一片亮潔，屋內的家具很簡單，只有橢圓的白色桌子、懸浮於地的蛋殼椅，還有一張看上去似乎極其舒服的床。整張床像海浪的形狀，下面睡人，上面衍伸出彎曲如海浪的部分，輕覆在床的上方。

「請選擇您想要的智能管家。」

房子在我進門後，響起了好聽的女音。隨即，面前出現了一個無形的螢幕，上面有許多動物和人的圖形。我好奇地伸向螢幕，這果然是光結構，我的手穿透了它。

螢幕上有美男子、也有美女，還有可愛的小動物。我選了一個形狀最簡單的管家，它是粉紅色的毛球，有一對長長的兔耳朵。經歷那麼多複雜的高科技，我的大腦本能地選擇簡單的物體，越簡單越好……

「您選擇的是伊可。」

螢幕消失，從房頂飄浮下一顆蛋，半人高的蛋在我面前打開，從裡面突然蹦出了那個毛球伊可。胖嘟嘟的蛋蛋形狀、全身粉紅的長毛、一雙大眼睛，和一對長長的、拖到地上的兔耳朵。

「伊可見過主人，主人需要什麼服務嗎？」它在我面前蹦來蹦去，是個活潑的傢伙。

我微笑搖頭，它還是蹦來跳去的。

「謝謝主人選擇伊可，伊可好開心啊！主人主人，您還是快上床吧！飛船就要啟動加速，進入光速時，一開始會有些震動的。」

我點點頭，走到床邊，整個房間的燈就此暗了。我躺到床上，身邊的伊可散發出柔柔的粉紅光芒。

「主人想要伴隨怎樣的景色入睡呢？」

我雙手交疊在胸口，神經終於鬆弛下來，我沒有回答伊可，也沒有想到脫衣、梳洗、吃飯、上廁所，或是歇斯底里、發神經一樣地大吼：

「天啊！我真的到未來啦……天啊！還被人賣啊……天啊！這裡的飛船漂亮得像畫出來的啊……天啊！這裡入得了眼的美男都有尾巴不是地球人啊……」

我其實挺喜歡妖男的，但是夜有尾巴，真的、無法接受……

以上的一切一切都不想做，因為，我真的很累，連一根手指都不想再動了。閉上了眼睛，徹底放鬆的神經讓我很快入睡……長長舒出一口氣，安全了……

第2章 嘴賤的星龍一號

我叫蘇星雨，我參加了冰凍計畫。

冰凍計畫是保密的，並不是所有人都可以參加，也不是完全安全的計畫，它還在試驗階段，所以對社會保密。

它的初衷，是運用於醫療和罪犯的監禁上。在二〇一三年無法治癒的絕症，希望未來能治癒；一些罪惡滔天但不能判處死刑的罪犯，想把他們冰凍起來，永遠放逐在宇宙。

這就是冰凍計畫。

我們這些絕症患者，成了第一批活體實驗品，然後再運用到罪犯身上。

我帶著任務參加了這項帶有危險性的計畫，因為冰凍過程不一定會成功，成功後也不一定會被解凍，解凍後還不知道未來是什麼樣子，所以，一切都是未知數。

朦朦朧朧中，感覺到眼淚從眼角流下，有人輕輕擦去。我驚醒過來，昏暗之中，我看到了一個人站在我的床邊。

「對不起，吵醒妳了。」他很客氣，也很禮貌地說。聲音很有磁性，語氣沉穩有力。

伊可在我的懷裡，它轉了個身，繼續睡了。

「因為看到妳哭了，所以想為妳擦擦眼淚。」來者擁有與藍修士不同的低沉聲音，因為有種磁性，給人不同的安撫感覺。

我緩緩坐起來，擦掉了眼角的眼淚。

「我沒有惡意，我是靈蛇號的智能艦長。」他自我介紹著。

這裡既然有智能管家，有個智能艦長並不奇怪。所以，也就是說……他不是真人。

房間慢慢亮起了柔和的光，我也看到他了，一個身穿黑色銀邊立領長衣的男人，收腰的制服帥氣而神氣，他靜靜站在我的床邊，溫和地俯視我。

俊美的臉輪廓分明，清爽的黑色短髮、清晰的眉眼和黑色的眼睛，神情雖然威嚴，但是又有著絲絲溫柔。這是一個……典型的東方美男子，有種器宇軒昂、玉樹臨風的感覺，這是地球人王者的形象。

看到他，我感覺很親切，因為他是人類的樣貌，而且很英俊，可惜他不是真人。

我抱膝坐在床上看他，他露出一抹淡淡微笑：「妳需要什麼嗎？什麼可以讓妳安心？」

未來的人工智慧這麼溫柔、這麼貼心嗎？我都想做他女朋友了。

我搖搖頭，看看自己的手，空空的，果然只有拿槍才會覺得安心？

「星龍一號說想要一架鋼琴，妳呢？」他再次溫和地問我。

我有些驚訝地抬臉看他：「星龍一號？」

「是的，星盟買了一男一女。」

一男一女……一公一母……

感覺，好奇怪……像是被人豢養在一起的大貓熊，然後等著牠們交配……

「聽說女人只要購物，就能安心下來，喏。」他遞出一張黑色銀紋的卡，像是購物卡。

我伸手接過，愣愣看著他。

「希望妳在靈蛇號上過得愉快。」

他溫和地說完，漸漸消失在空氣中。我拿著卡，卡沒有消失，這是真的。

「小雨啊……」耳邊浮現出隊長的話：「如果你們到了未來，得到醫治，那是最好的。如果你們醒來，落到了外星人手裡，並成為試驗品，妳要救出大家，救不出的話……妳應該明白怎麼做。我們地球人，寧死也不能成為外星人的玩物和小白鼠！妳要為守護我們地球人的尊嚴而戰鬥！明白嗎？」

握緊磁卡，不知道其他人怎樣了？

回想會場上衣冠端正的人們，他們會對買回去的星凰、星龍好嗎？

肚子發出「咕嚕嚕」的聲音，我餓了。

很多事急不來，還需要慢慢整理。伸個懶腰，搖搖頭，我蘇星雨終於活過來了。

「伊可。」我推推兔耳胖球，它迷迷糊糊起來。現在的人工智慧真有趣，還會自己睡覺？

它揉揉眼睛，打個哈欠：「主人有什麼吩咐？」

「嗯……我想洗澡、吃飯、上廁所。」

「好咧！」伊可恢復活力，蹦下了床，立時，整個房間發生了變化！它重組起來，床鋪收回到頂上，地板開始下凹，出現一個大大的白色浴池。蛋形椅也平移到別處，出現了一個應該算是……呃……如廁的地方……

脫掉惡魔男的睡袍時，伊可頂著一個托盤過來，上面有兩顆藥丸，一顆綠色、一顆藍色。

「主人請吃飯。」

「什麼？這是飯？你們……未來人不吃東西嗎？比如食物裡的米飯、蛋糕之類的。」

伊可長長的兔耳朵攪在了一起，大大的眼睛顯得有些委屈。

「是這樣的，巴布這人做事太精細，他做飯通常要做兩個小時，那時主人肯定已經餓壞了。所以，主人可以先吃這個生命膠囊。紅色的是人體所需要的各種元素，提供必要的能量；藍色的是微縮營養液，可以立刻補充水分，提高紅血球裡的含氧量，讓主人提起精神。」

我單手托腮，看那兩顆藥丸，突然明白了。

我指向紅色：「紅色的是ＨＰ。」再指向藍色的：「藍色就是ＭＰ，藥丸作為緊急補充能量所用，是嗎？」

「主人好聰明！」伊可蹦跳起來：「雖然不明白主人的ＨＰ、ＭＰ是什麼，不過這確實是緊急補充能量用的，比如出去的時候沒辦法帶食物，但藥丸就很簡單輕便啊！」

嗯……未來還有這種東西，真好。

服下後，果然有了飽食的感覺，精神也好了起來。在二〇一三年也有這種東西就好了，用途非常大，比如登山的人不用再帶鍋子上山，也不用擔心沒有吃的。不然即使是壓縮餅乾，也挺佔空間的。

洗澡的時候，我問伊可飛船上的水如何解決？

它很驕傲地為我介紹起飛船的水循環再生系統，它說到汙水淨化再生時，我打斷了它，小心地問我現在洗澡的水該不會是排泄後淨化的水吧？這可讓人太倒胃口了，雖然明明知道這水已經處理過。

不過，它的答案讓我放了心。它說那部分汙水經過淨化合成後，會轉化成營養液，灌溉飛船裡生態艙的農作物，還有我外面的那片草坪。

伊可說，靈蛇號是整個星系最先進的飛船之一，配備生態艙、水循環系統，自給自足，在星系裡進行再漫長的旅行也不會有食物的問題。這兩套系統十分昂貴，尤其是生態艙還有人造小太陽，能讓作物行光合作用。一般的飛船只配備水系統。

它說的時候分外自豪，一直說個不停。

水池裡也很舒服，讓人有點不想起來。

「衣服在哪兒？」我問伊可，因為整個房間沒看到有衣櫥。

話音剛落，從床邊的牆內忽然移出一個衣櫥，這房子的收納功能太強大了。

白色的櫥門往兩邊移開，裡面衣服一應俱全。

水開始從水池裡流走，緊接著和煦的風吹上了身體，不一會兒吹乾了我的身體，還噴出香香的水，不太像香水，因為噴完後我的皮膚變得分外光亮，像是打了蠟。

怪怪的。

我摸摸自己乾透的身體，還散發出陣陣幽香。

「伊可，下次香水這個步驟不要了，我感覺像是一件物品被打蠟。」

「好的。可是主人，現在的人很喜歡這個功能啊！會讓皮膚變得水靈靈的、美美的。」

它長長的兔耳朵羞羞地包住自己的臉：「伊可也很喜歡呢！伊可的毛毛會變得特別漂亮。」

我拍上它粉紅的頭，毛絨絨、軟綿綿，也很暖和，很難相信這個有思想、有體溫的小東西會是人工智慧。

起身時水池陷入地面，周圍一切又恢復正常。

應該算是衣櫥的家具裡，掛著這個時代女孩的裙子，下面是內褲和襪子，奇怪的是沒有看到內衣。

是不是不穿內衣了？

我們那時很多國外的女人已經不穿了，現在不穿也很正常，胸罩對女人的健康也不好。

拿起一條內褲，透明的……扔開。再拿起一條，有尾巴的！果然我看到的尾巴應該都不是真的，只是一種裝飾。

這裡的內褲奇形怪狀，還有前面模擬男人的……太兒童不宜了，雖然伊可說那是女扮男裝用的。

找了條最正常的穿上，然後挑衣服。

立領、立領，全是立領，好規矩的穿戴。

「現在人們崇尚端莊典雅的穿著，所以女人會把自己包得嚴嚴實實的，除非宴會，一般都是這樣的衣服。」伊可蹦蹦跳跳地說著。

端莊、典雅，讓我想起了民國初年的服飾。

大部分的款式都差不多，所以隨手拿了一件沒有拉鍊的，扯了扯布料，分外有彈性，然後套上。

當穿到身上時，奇怪的事情發生了。整件衣服像是活的，忽然收緊了我的腰，托起了我的胸，瞬間收腰讓我還一時不適應地停了口氣。

衣服根據我的身材自我調整，上上下下，就像有隻手在我身上到處亂摸，怪怪的。

四周出現四個螢幕，現出我的不同角度。

身上的長裙是白色的，隱隱泛出黃色的絲光，領口有細細的、像是黑絲絨的滾邊，瞬間讓整件裙衫莊嚴肅穆起來。袖子窄細，但袖口是仿魚尾的設計，像是宇宙裡的小公主。

伊可又為我拿來鞋襪，穿戴整齊後，我認真地對伊可說：「妳可以告訴大家，我準備好了。」

「是！主人。」

面對大門，我深吸了一口氣，門開之時，映入眼簾的，是昨天的草坪，還有……一個陌生男人。

他蹲在綠色的草坪上，身上是白色立領的長褂，像我的白大褂，但質感更好、更挺直、更神氣。一頭月牙色的長髮全部垂在肩膀上，用一個夾子隨意夾住，形成鬆鬆散散的一束，遮住了他的耳朵和小部分側臉。

他右手正拿著一塊閃爍著文字的小透明板，左手輕輕捏著地上的綠草。認真的側臉弧線柔和、下巴微尖，眼角和惡魔夜一樣微微上挑。他的側臉讓我莫名地想起了夜。

我輕輕走上前：「你在做什麼？」

「在檢測生命草的狀……」他愣了愣，轉臉向上朝我看來，他的眼睛裡有一副和藍修士一樣的眼鏡，不過他的是水藍色的。

看到他的臉，我更覺得他和那個惡魔夜有點像了。

他因為扭頭，所以我看到了他另一邊的耳朵，有點尖，但是跟藍修士不同。藍修士的耳朵比我們地球人長，而且緊貼鬢角，如果要形容，倒是有點像人魚的耳朵。

而這個男人的耳朵，跟我們的耳朵大小差不多，只是上端有點尖，也戴上了一枚好看的、閃爍著月牙色的耳釘。

惡魔夜也是一頭長髮，不過總是遮住耳朵，我沒有看到他耳朵，所以不知道他的耳朵跟眼前的人是不是一樣。

雖然眼前這個男人和夜有點像，但是沒有夜的邪魅，他像是獨角獸的主人，靜靜站在月光下，純淨而無法靠近的感覺。

「妳是星凰？」他站了起來，比我高出一個頭。白色的長褂沒有扣住，裡面是一件立領的、筆挺的亞麻色制服。

我點點頭，他面露禮貌的微笑，伸出了手：「歡迎妳，我是靈蛇號的生態學家——月。」

我看看他的手，通透明亮。

「你好。」我握住他的手，他的手很涼，跟惡魔夜的一樣。我不由得出了神。

「怎麼了？」他問我，聲音是好聽的男中音，很乾淨清亮的嗓音。

我收回手，繼續一臉迷惑。過會兒抬臉看他的眼睛，指向那水藍的眼睛：「這到底是什麼？我看見藍修士也有。」

他微微一笑，抬手低頭拿了下來，隨即露出了一雙琥珀色的瞳孔，又跟那個惡魔夜一樣。

「這是微縮儀，根據不同的功能而被現在的人廣泛使用，一般人常用它來記事或是打遊戲。我和藍的是用於科學研究和考古，妳可以戴上看看。」

我好奇地從他手心拿過，戴入眼睛時沒有隱形眼鏡的不適感，相反地，它和衣服一樣，像是「活」的，不需要我難看地仰臉翻眼皮，它靠近眼球的時候，就自動吸在我的眼睛上。

立刻，我眼前的世界完全變了，右上方有很多數值，左邊全是圖紋，上面的字……一個都看不懂。

「我看不懂……」我老實地說。

他在我身邊淡淡地笑，他的神情很淡，像植物一樣含蓄安靜。

「我是派瑞星人，所以上面是我們派瑞語言……」他在我身旁淡淡地解釋，我低下頭看小草，微縮儀把小草放大了，我甚至可以清晰地看到小草上的每個細胞壁。

「這是生態觀測微縮儀，可以觀測植物的狀態是否健康、光合作用是否正常、有沒有缺水等狀況。」

「喔……」我連連點頭，低頭拿出了眼鏡還給他，他繼續說著：「藍的是考古微縮儀，可以用來掃描文物上的紋路，鑒別真偽、年限、狀況、細菌等等。」

心中不由得想起那天藍修士掃描我，果然是這個意思……

他再次戴上，眼睛再度變成了水藍色。

「當然，炎的是用來作戰、瞄準。根據需求不同，而用不同的微縮儀……」

他認真地對我解釋起來，我卻開始走神，偷偷瞄他的身後。他潔白的長褂後，沒看見尾巴。

「妳在看什麼？」他察覺地問。

「尾巴。」我脫口而出，忽然感覺很唐突，趕緊道歉：「真是對不起，因為我越看你越像那個壞蛋夜，所以我……」

他眨了眨眼睛，睫毛也是短短的。他淡淡一笑，掀開了沒有扣住的長褂。慢慢地，一條月牙色的小白蛇羞澀地從他的腿邊和褂子下游了出來，而它的「蛇頭」正是三角形！

「你？」

他放落長褂，面帶淡淡微笑：「夜是我的弟弟，我們都是派瑞星人。」

我驚詫地看他，很難想像，面前這位儒雅沉靜，像是個君子的男人，會是那個混蛋惡魔的哥哥！

「我們因為跟你們地球人傳說中的吸血鬼很像，所以也被人叫作吸血鬼。」

說完，他微微揚唇，兩枚尖牙便從唇中露出。

「那尾巴是真的？」我不可思議地問他，見他抿唇點頭，我連連搖頭：「不是那種內褲上的尾巴？」

他又笑著搖搖頭，溫和地看我。

我站在他身前，一時難以消化這訊息。原以為那是現代人的一種打扮，內褲上裝根尾巴，屬於這個年代的時尚。卻沒想到月的尾巴是真的！而且他明顯比夜羞澀靦腆，尾巴藏在白褂下，不像夜那樣張揚地在身後搖來晃去。

「能不能讓我摸摸？」我認真地看他，他微微一怔，水藍的眼睛眨了眨，露出一絲尷尬，臉微微泛起了紅。

我立刻說：「對不起、對不起，我只是好奇怎麼會有尾巴？不摸也可以，能不能讓我再看看？」

我真誠地看他，他淡淡的表情下出現一絲同意。隨後再次微微提起長褂，那條羞澀的小蛇又游了出來，我摸著下巴俯身看它，百思不得其解：「你們派瑞星人怎麼會有尾巴？」

「其實你們人類一開始也有尾巴，只不過在慢慢進化中，尾巴的作用漸漸喪失，最後退化了。」

「嗯……」我起身，托腮深思：「也對，我們是人猿進化來的，當年我們也有尾巴。」

「而我們星球因為氣候條件、生存環境等原因，需要尾巴的地方還很多，所以才沒有退化。不過萬年以後，我們的尾巴可能也會退化……」他認真地說著。

「他們的尾巴現在就兩種作用。」

忽然傳來迦炎的聲音，同時間他從上方躍落，長長的制服衣襬微微掀起，是和那個智能艦長差不多的長制服。修長收腰的制服，讓男子看上去格外俊美和精神奕奕。

他隨手勾住了月的肩膀，調侃地看他：「瞬移時的平衡和……交配。是吧？月。」

迦炎的話讓月擰起了眉，似乎有些生氣，月沉臉看他。

「少不正經，你口口聲聲說夜是流氓，我看你跟他是同類。」

迦炎笑了起來：「喂喂喂，就准你們這些科學家說些術語，我說一句交配就成流氓了？那我說你們的尾巴有說錯嗎？」

月不說話了，皺著眉像是很彆扭。

迦炎說月的尾巴用來作為瞬移的平衡，我能夠理解，因為在迦炎和夜的戰鬥中，夜突然消失，不就是靠瞬移？這或許是他們派瑞星人的某種異能。而快速運動中自然需要平衡點，猴子不就是用尾巴來維持平衡的。

可是後者，我就不太明白了。

「尾巴怎麼繁衍？」我迷惑地問，月的臉立刻紅了起來。迦炎放開月，雙手環胸笑看我。

「星凰一號，妳只要記住，他們派瑞人的尾巴如果高高翹起，只有兩種情況，一是進入戒備狀態，要跟妳戰鬥。這種時候，他們尾稍的三角會正對敵人。」

我認真點頭，這也是貓的特性。看來迦炎是這些人中的戰鬥家，我有很多地方要跟他學習。

「第二種，就是他們興致來了，想要性……」

「炎！」月忽然沉聲打斷了迦炎的話，顯得有些生氣：「跟星凰說我們生理狀態的時候，能不能選我不在的時候？」

月真的生氣了，臉陰沉得可怕。

迦炎卻變得分外認真：「我這是在教星凰如何防備你們派瑞星人。你知不知道你那個下流的弟弟就對星凰翹尾巴？這是一種信號，星凰知道了只有好處。我還會跟她說其他物種的危險訊號，你聽了不舒服，走就是了。」

月聽完臉色更加陰沉：「夜的事我不想知道！我先走了。」

他看我一眼，扭頭踏上一塊浮台離開了草坪，走時臉還是紅的。

迦炎笑看他的背影一眼，轉回頭繼續一本正經地對我繼續說：「當派瑞星人想性……性……」

他居然說不下去了。此刻只剩下我和他兩個人，他反而放不開了。

他變得有些煩躁，擰擰眉，拉拉脖領，看到他這個樣子我提醒他：「你可以說嘿咻。」

「嘿咻？」

「嗯，那個詞的替代詞，有些名詞說起來尷尬，於是那些聰明的網路鄉民想出了很多替代詞，從而在說的時候變得輕鬆幽默。」我正經地說著，有些東西，你尷尬、我尷尬，只會越來越尷尬。

就像迦炎，月在的時候，他說起來反而放得開，就像我們以前在上健康教育課一樣。然而當只有兩個人的時候，就會尷尬起來。

迦炎笑了：「嘿，你們這些古人真有意思，可能是我們現在都太正經了。」

回想一下，確實。除了那個夜，遇到的藍修士、月，都是非常正經的男人。月還比藍修士更加靦腆一些，很難想像他怎麼跟那個惡棍夜是兄弟，是同一個媽生的嗎？

「總之派瑞星人想嘿咻的時候，妳記住他們的三角形是筆直朝天的……」迦炎在我胡思亂想的時候，再次說了起來：「這個時候妳……」

「我跑？」想到惡魔夜，心有餘悸。

「呿，妳哪跑得過他們。」迦炎白了我一眼：「妳記住，他們最大的弱點也是他們尾巴，妳只要一把抓住它，狠狠地扯，他們就會全身沒力氣，最後暈過去。」

我恍然點頭：「那天你就是那樣制服夜的？」

「不錯！」迦炎得意起來，捏緊了右手的拳頭：「哼，當然，他們的尾巴也不是那麼好抓的，平時也不會讓人亂碰，因為他們的尾巴很敏感，直接連接了他們的中樞神經。嘶……其實關於其他物種尾巴的問題，我還真有一大堆可以跟妳說。尾巴是他們心情的信號，比如生氣、高興、興奮、危險等等等等……」

「那月和夜真的是兄弟嗎？」我終於忍不住八卦一下。

迦炎聽到我的問話不禁揚唇笑了，上上下下打量我許久，壞壞地笑。忽地，他俯到我耳邊，對我輕聲細語說道：「說實話，這個問題也是我想知道的。這兩人的性格……實在太不像了。」

我也這麼覺得。

「走！」他一把拉起了我，躍上了一塊浮台。

我又忍不住問：「剛才月給我看他的眼鏡，他用的是派瑞星的文字，那他怎麼會說漢語？」

浮台升了起來，迦炎變得有些不耐煩：「妳這人問題還真多，那是妳的微腦細胞幫妳翻譯的。」

「怎麼翻譯的？」

他抓抓紅色的頭髮。

「反正就是翻譯，讓妳能夠聽懂整個星系的語言，告訴妳原理，妳也不知道！」

是你也不知道吧！就算是未來人，也不可能有全才。迦炎是戰鬥方面的專家，遇到科技學術問題的時候，他就沒轍了。

之後他不再說話，帶著我進入一條長長的藍光通道……

★　★　★

終於和藍修士再次見面了。他身上穿的是和迦炎款式差不多的制服，這應該是靈蛇號上統一的制服。

我坐在一個全白的小房間裡，一張橢圓的白色桌子從身前升起，對面是藍修士。迦炎靠立在牆邊，即便是他，今天也穿得很規矩，制服的每一顆黑色金紋的鈕釦，都扣得很整齊。

「休息得舒服嗎？」藍修士的開場白很客套。

我點點頭。

他安心地笑了：「接下去妳會接收很大的資訊量，所以……需不需要讓環境變得舒服一些？比如你們二十一世紀的咖啡廳？」

他說完時，周圍的白色牆壁已經開始成像——是法國巴黎街邊的咖啡茶座，身邊還人來人往。面前的桌子已經變成咖啡桌，我坐得挺舒適的流線型白色椅子也變成了籐椅。右邊還看得到巴黎鐵塔，陽光十分明媚。

「對了，妳應該是中國人，蘇州園林如何？」

周圍的景物再次幻化，當看到鼓樓庭院和波光粼粼的大湖的那一刻，我的情緒瞬間失控，眼淚漸漸濕潤眼角。

「對不起、對不起。」藍修士變得手足無措：「是我不好、是我不好。」

「藍修士，我看還是恢復原樣得好。」迦炎環手笑呵呵地開口。

倏然間，一切恢復原樣。

我慢慢恢復平靜，長嘆一聲：「那是嘉興的南湖，雖然有部分是園林設計，但不是蘇州。」

藍修士變得有些尷尬，迦炎側開臉握拳「噗哧」噴笑出來，嘴裡還嘟囔一句：「還是考古歷史學家，噗！」

藍修士尷尬地低下臉，臉紅了起來，雙手交握放在白色的桌上，難堪地說著：

「地球因為科技發達，期間發生了很多毀滅性的事件，很多古建築和資料都遺失了，使得歷史在資料上出現了從未有過的斷層。現在我們要做的，即是找到那些遺失的資料，來填補這段歷史的空白之處。我們現今知道的，也是前人留下的，會有很多錯誤，這些錯誤也只有請你們來糾正了。」

「沒關係。但是，我並不精通歷史。」我抱歉地看他。

他連連擺手說：「即使只是一丁點，也帶給我們很大的幫助了。比如剛才的圖片，至少妳已經替我們糾正了一個錯誤。」

「呵……」出現這樣的錯誤，確實很讓人意外。在我的年代，電腦可以記錄下任何資料，而且無論是硬碟還是光碟，都應該比紙質更好保存，怎會沒留存下來？難道是因為藍修士口中的那些毀滅性事件？

「刷」一聲，門開了，一個男人走了進來。我一眼就看到他臉上的疤，一條很深很長的疤，從左眼眼角直接穿過眼睛，貫穿了左側的臉，像是砍出來的。

他很明顯是一個中國男人，擁有和我一樣的黑髮黑瞳。他的頭髮和我差不多長短，梳了一條辮子，末梢垂在右側肩膀上。他的表情有點不善、不耐煩，雙手插在褲袋裡酷酷冷冷地走進來，穿著和藍修士他們一樣的衣服，但是沒扣釦子，像個不良高中生。

他的嘴唇很薄，一直緊抿著，走進來後直接就坐在藍修士的身邊，然後一腳蹬上了桌沿，眼皮下垂地看著我：「妳就是星凰一號？呿，到底是便宜貨，長得可真不怎樣。」

一聽他的語氣，還有他和別人完全不同的穿著習慣，難道他是……

伊可說過，現代人穿著嚴謹，所以我遇到的所有人都穿戴得很整齊，除了那個夜。然而眼前這個人，雖然看上去很欠揍，但是我心底卻產生了熟悉和親切感。

「他是誰？」我看向藍修士。

他微笑地告訴我：「為了讓妳感到更放鬆，我們特地讓星龍一號來陪妳，你們是同一個年代的，所以更方便交流。星龍一號很聰明，他已經知道了我們大部分科技，所以現在妳有什麼疑問可以儘管問他，若他不知道的，我會在這裡補充。」

藍修士的熱情和他旁邊那個冷淡的星龍一號完全成了反比。

真是氣悶，好不容易見到一個自己人，偏偏擺出一副漫不經心的臭臉。

看著他那副跩樣，就莫名地生氣，明明比我們懂得更多的外星人都那麼友善和謙遜。

「有菸嗎？」

我不抽菸，可是看到這個癟三星龍一號，心裡有些煩躁，忽然想用煙霧遮住他那張不可一世的臉。而且……也習慣了在煙霧環繞下開會，不然我一時不知該從哪裡問起，想問的實在太多。

「噗！」星龍一號笑了，兩隻眼睛終於好好看我。只看他另半張臉，還能看出人氣明星的味道。

面前的藍修士笑了起來。

「對不起，菸草已經停產五百年了，現在妳只能在黑市或是骨董店裡買到。」

「什麼？」

「香菸有害健康，自從崇尚健康飲食後，香菸就漸漸退出了歷史舞台。」

藍修士微笑看我。

「我有。」忽然間站在一旁的迦炎開了口，嘴角噙著壞壞的笑：「我可以弄一根給妳，不過……妳得親我一下！」

他火紅的瞳孔裡，是滿滿的不正經。

「迦炎長官！請你正經對待聯盟的財產！」藍修士生氣起來。可是他天生性情和善，即使生起氣，看上去也並不可怕。

迦炎看著藍修士生氣的臉呵呵地笑，似乎調戲我不是重點，看藍修士生氣才是他真正的目的。

「我倒是真有……」星龍一號蹬在桌沿上的腿放下了，雙手交叉放在下巴下看我：「不過現在屬於聯盟產物，被作為骨董封存了。」

「骨……董？」果然開啟話題最好的方法就是香菸、女人和酒……

「不錯。」他好整以暇地看我：「妳、我，還有所有參加冰凍計畫的人都成了骨董。就算是我們身上的毛，都能賣個好價錢。我和妳因為是殘次品，所以被星際聯盟收購，成為星際文物。但是其他人……就不知道會被賣給誰了。所以，我們作為殘次品，算是我們的運氣。」

「殘次品？」我不解地看他，從他臉上的疤裡，似乎得到了答案。就像瓷器有了裂痕，身價降低。

「我有疤。」他指指自己的臉。

「而妳……」他又指向了我：「妳是個健康的人。」

「健康？」我疑惑了。不對啊，我記得醫生說我得了絕症啊！所以隊長才勸說我參加冰凍計畫。

「相對於現在，一千年前的絕症和病毒都算是骨董，當然患病的人就更加值錢……」

星龍一號的話讓我完全無法接受！

「可是不治癒他們，他們會死的！」我有些激動地雙手按在桌上，不解地看他。

他開始毫不在意地扭動脖子，淡漠地說了起來：

「這妳不用擔心！這個時代已經發明了一種微細胞，可以輕鬆控制病情，就像把病毒和病原體關起來，但不破壞，讓它們繼續存活在攜帶者身上……」

「變態！太變態了……」我不能接受地連連搖頭。

星龍一號不再扭脖子，指指自己的臉。

「為了讓我們保持原生態，我這條疤他們都給我保留著……」

「Shit！他們到底把我們當作了什麼？」在我怒罵時，藍修士臉上的表情越來越尷尬。

「嗤！星凰一號不文明用語！」

我愣了愣，僵硬地看著神奇出現的文明先生，它什麼時候在的？

「這東西能關掉嗎？」我指向文明先生。

藍修士對我繼續尷尬地笑，伸手的時候，桌面上出現一朵百合花。見他摘下百合花，才發現原來那是一塊變成百合花的手巾，他用那飄著淡淡百合幽香的手巾開始擦汗。

「文明先生請你先出去一下，不然你有生命危險吶！」

「是。」文明先生扭頭走了。經過迦炎身邊時，迦炎呵呵地笑，像是看到好玩的玩具一樣興奮。

「那是未來人的紀律監督者。」依然是星龍一號為我解釋，他顯然懂了很多東西：「語言、穿著、行為、舉止，並給出相應的懲罰。」

他再次雙手環胸，懶懶地垂下眼皮：「妳不想它在一旁聒噪，文明一點不就行了？Come on～～我們都是文明人，大嬸妳別丟我們遠古人的臉好不好！」

大大大大嬸？

有種想揍他的衝動！

蘇星雨，妳要冷靜。回想一下，妳從小到大身上背著的就是偽娘、哥們、爺們、男人婆的稱號！

明明我長得是一張女性的娃娃臉，為什麼可愛、美麗、溫柔、性感這些讚美女人的詞都會繞開我？

現在，好不容易算是重生，我一定要重拾女性形象，不能在未來又被人叫作胸部發達的男人婆！

想到這裡，我忍住了。

「呃……星凰一號，妳還有什麼問題嗎？」在藍修士的話中，我回過神，深吸一口氣，壓住怒火、揚起微笑。

我並沒從這個跟我同病相憐的星龍一號身上得到任何溫暖，反而是面前的藍修士，一直讓我感覺親切。

我微笑地問：「那麼現在你們說的是漢語嗎？還是被微腦細胞翻譯過的？」

藍修士微笑起來：「銀河系大多數公民會說漢語。大約在二〇三四年左右，漢語已經成為當時地球的通用語，和英語一樣，成為全球必修的語言。後來因為人類有了進入星際的能力，他們……超強的繁衍能力，把漢語和英語很快帶入了整個銀河系，現在也成為銀河系通用語言了……」

他一邊說，一邊眨眼，視線有些閃爍。在說到人類超強的繁殖能力時，我從他臉上看到了驚嘆和一絲恐懼的表情，如同我們人類是蟑螂、是老鼠，頃刻間，佔領了銀河系。

「然後妳的微腦細胞，可以幫妳翻譯星際裡大約三千六百種外星語，有助溝通。」

「什麼是微腦細胞？」

「是一種仿生人腦細胞，但是有別於腦細胞，這種仿生腦細胞中已經直接植入了……」

「我來說。」星龍一號忽然打斷了藍修士專業而又認真的解釋：「你的解釋以她的智商，是聽不懂的。」

可惡！我沉睡了一千年的第六感告訴我，這個星龍一號是個賤男！

星龍一號挑挑眉，說了起來：「把人腦比作我們那時的電腦，那麼微腦細胞就是一個軟體，它安裝到了我們的電腦裡，開始幫助我們翻譯，妳……聽明白了嗎？」

他扶了扶鏡框，好整以暇地看我。

我白了他一眼，也雙手環胸，瞥向別處。

「明白了，不就是電子辭典裝在我腦子裡嗎？有什麼不明白的。」真當我弱智啊？自大男！

「電子辭典？」藍修士有些激動，匆匆拿出一塊和月一樣的透明板埋頭記錄起來。

星龍一號一副癟三樣地看著我：「沒想到妳還能理解。」

「廢話，說得更先進點，就是晶片放到我腦子裡去了。」

「不錯。」星龍一號忽然也認真起來，身體微微向前坐了坐，眼鏡下的視線變得更加專注：「區別在於晶片植入時，大腦會有排斥現象，但這個仿生的微腦細胞是一個活體，並且植入了本人的基因，讓它不會被人體腦細胞裡的衛兵察覺、排斥。嘶……啊……厲害，厲害……」

他微微搖頭，不斷驚嘆，對現在科技的發達程度有種不可思議的感覺。

「既然現在那麼發達，為何不把所有的資訊全部植入微腦細胞放在我腦子裡？今天也不用這樣來問了。」

「哼！」他輕笑一聲，嘴角扯出一個奇怪的弧度，露出了一絲諷刺的意味：「如果我們一下子接受現在全部的資訊，一來大腦難以負荷，二來我們的行為舉止也會被改變，不知不覺與現代同步。拜託！大嬸！他們買我們就是為了看耍猴戲，看我們在面對現代科技時驚叫：『喔～這是什麼？天哪～

居然有了飛船～Oh My God！』」

他開始學女人尖叫起來。

我偷偷把雙手放到桌下，捏緊，還是好想揍他。

他雙手攤開聳聳肩：「所以我們的微腦細胞只有翻譯功能，也是為了跟主人溝通方便，其他的，什麼都沒有，他們也不會教我們，只會告訴我們比如近千年的歷史啦、怎麼購物啦……一些最簡單的東西。妳不會的，他們會說找智能管家啦！懂了沒？大嬸？」

雙手在桌下越捏越緊，不僅僅是因為這個賤男人，也氣憤未來人對我們的藐視！你馬的！老娘可是你們的祖宗！居然真把老娘當猩猩耍。

看向藍修士，他一直在認真記錄，看他那副像是研究猩猩語言的模樣，心裡就有氣。

「藍修士，你到底在記錄什麼？」

他抬臉笑笑，綠色的眼鏡不停閃爍著興奮的光芒：「你們說話真有意思，感覺像在看電影。」

「是你們說話太正經！」星龍一號抬手拍在了藍修士肩上：「啊！對了，星凰，告訴妳一個好消息，現代可以一妻多夫喔！」

我一愣，他立刻對著我拍手大笑起來：「哈！我就知道妳眼睛會放光！哈哈哈！」

他連連拍手，整個房間都是他肆虐的大笑和拍手聲。

「啪啪啪啪！」白色的小屋裡依舊迴盪著星龍一號的拍手聲，他也不覺得手痛。

藍修士和迦炎奇怪地看他。

「這有什麼好笑的……」迦炎疑惑地看星龍一號，然後看藍修士，藍修士也茫然地搖搖頭。他們平淡的反應，說明這個婚姻制度已經持續了很多年，才會讓他們覺得再正常不過。

「是啊，有什麼好笑的？」藍修士也重複了一遍：「現在的婚姻很開放，星國那麼多、公民那麼多，只要雙方自願，都可結為夫妻，一夫多妻、一妻多夫，這很正常。」

原來……還有一夫多妻……

星龍一號漸漸止住了笑，拍上了桌子，瞇起一隻眼睛看我。

「而且，男人和男人……也可以結婚喔！」

他這句話，顯然是說給我聽的。

之前聽到一妻多夫，我其實並沒太大的感覺，可是在聽到這句話時，我怔住了。

星龍一號慢悠悠抬起手，食指指向我，賤賤地咧開嘴。

「是不是很興奮？啊？是不是？是不是！」

我眨眨眼，莫名地看他：「你微腦細胞塞多了吧？」

「嘶……」他疑惑地單手托腮，挑眉看我：「奇怪啊……那時不正流行腐女嗎？妳怎麼聽到這個一點都不興奮？」

「呿。」原來他說的是這個，我好笑地看他：「這有什麼好興奮的？你別幼稚了。」

「嘶……」他慢慢靠後，又抬腳蹬上桌沿，像是研究似地打量我：「難道是成熟型的？」

「腐女是什麼？」迦炎在旁邊好奇地問。

藍修士看向他，耐心地解答：「是二十一世紀特有的女性族群，她們對男人與男人之間的愛情有一種難以解釋的特殊熱情，並且在大腦中幻想身邊男人與男人的各種親密接觸。」

當藍修士解釋完看向迦炎的時候，迦炎的的表情古怪起來：「你看我做什麼？我們又不是。」

藍修士也變得尷尬起來：「咳，既然你問我，我當然看著你，這是應該有的禮貌。」

迦炎擰起眉：「那你解釋完了，就別看了。」

「喔，好……」藍修士轉回臉，低頭看透明平板。迦炎則轉開臉盯著白花花的牆，整個小白屋的氣氛，莫名地詭異安靜起來。

星龍一號搖著椅子，好笑地瞅了藍修士和迦炎一眼。忽然間，我有種奇怪的感覺，在星龍一號眼裡，迦炎和藍修士這樣的外星人才是猴子。

一時間，話題因為腐女而中斷了，沒有人再接話，藍修士和迦炎的身體也開始僵硬起來。

我看看星龍一號，他依然腳踩在桌沿上，像不良學生。

我指向他的腳看藍修士：「藍修士，他這樣不文明的行為，文明先生為什麼不管管？」

再次有了話題，藍修士終於放鬆下來，迦炎也拉了拉領口，握拳咳嗽了一聲：「咳。」尷尬從房裡慢慢散去。

「為了保持你們的原生態，所以你們不必太在意文明先生，只要做自己就好……」

藍修士微笑著，和善地看著我。

「下次我會注意讓文明先生和你們保持距離，而且它內建的智慧程式是監督和處罰，會因讓你們保持原生態的語言行為而起混亂和衝突，它智慧的設計或許會導致它邏輯混亂，最後短路。」

「喔？」原來會短路啊，那文明先生在我身邊，還真有生命危險。

「聽到了沒？大嬸，原生態！」

星龍一號右腳蹬桌沿，優哉游哉地翹起椅子，雙手插在褲袋裡。

「哎……還以為會給我配個漂亮點的女人，這種大嬸我怎麼會有興趣？我強烈要求星盟給這個女人隆胸，不然我拒絕跟她交配。」

「你說什麼呢？賤人！」終於忍無可忍拍響了桌子，這男人從進來到現在就是在討打。

當我拍響桌子之時，藍修士再次變得侷促不安。

「妳還不知道？」星龍一號雙手放在腦後，嘲笑地看我：「我們現在就跟貓熊先生、貓熊小姐一樣，被這批人關在一起，然後交配，說不定還會被這個時代的通訊裝置直播給全星系觀賞，然後等妳生下小遠古人的時候，說不定有無數未來人類為我們激動地落淚歡呼！」

我簡直無法相信他說的話，真的如此荒謬？

我沉臉看向藍修士：「藍修士，星龍一號說的是真的？」

藍修士緊緊捏著他的透明平板，藍色的短髮完全遮住了他緊張的臉。

「妳妳妳妳、妳放心，我、我們不會強迫你們的……妳、妳可以先跟……星龍一號……培養培養……感情……」他說到最後，聲如蚊蚋，臉幾乎貼上了他手裡的透明平板。

隱忍許久的怒火終於從丹田而出，「啪！」一聲我拍案而起，冷冷俯視藍修士，藍修士緊張地不敢看我。

「噓……」迦炎悠閒地吹起了口哨，藍修士偷偷看他，那神情像是在向迦炎求救。

迦炎雙手環胸笑看他：「藍修士，你有星凰一號的控制代碼，你怕什麼？」

藍修士眨眨眼，鬆了口氣，笑了起來，轉回臉再次溫和看我：「星凰，請妳先冷靜一下，妳和星龍來自同一年代、同一國度，日久生情也只是時間問題……」

「你們不是推崇高尚與文明嗎？」

我沉聲打斷他，他愣愣地點點頭。

「那請問這種行為算什麼？把我們當動物一樣觀瞻嗎？你願意冰凍一千年後，然後被人圍觀，並被安排跟另一個雌性交配嗎？」

藍修士一時愣住了神情，小小的房間再次一片寂靜。

「我無所謂啊……」那個賤男人又開了口，好整以暇地笑看我：「漫漫銀河路，也確實需要個女人。來吧，星凰，反正這是遲早的事，我們乾脆早點把這任務辦了吧！」

他色瞇瞇地看著我的胸部說：「我吃虧點，就當跟個男人就是。」

「賤人！」我飛快地踩上桌子，躍過去，直接踩在來不及反應的星龍一號的臉上，一直靠在牆上的迦炎驚得站直了身體，藍修士也嚇得從座位上跳起。

「星凰冷靜啊！不要破壞星龍！」

在藍修士話音結束時，我已經把星龍踩在了地上，一腳在他臉上，一腳在他兩腿之間。

「你居然想跟你大嬸做，你口味也太重了吧！可惜你大嬸我看不上你！」

小小的白屋裡，鴉雀無聲。

「大嬸……妳……不怕……腿……折……了嗎……小心……妳的……老腰……」星龍在我的腳下艱難地說。

我右腳踩他臉，左腳踩他根，幾乎劈腿。

「這點不用你擔心，你大嬸我還可以再劈下去！」我冷冷俯視他，膝蓋慢慢放落，壓上他的小腹。

「啊！斷斷斷了……」

「哼！」踩在他身上，我借力跳了起來。

他立刻蜷在地上一手捂小腹，一手僵直地伸向藍修士，嘶啞地抗議：「我抗議……我抗議……我要求……星盟換個星凰……」

藍修士站在一旁抱歉地看他，雙手規矩地交疊在身前：「對不起啊星龍，很難退貨啊……」

「你——」星龍僵硬地指了指，下一刻暈了過去，無聲無息地躺在地上。

藍修士緊張地想要跑過去，我冷冷看著他說：「他死不了的，我們地球人的生命跟蟑螂一樣頑強！」

「我、我只是想看看他哪裡被妳破壞了……」藍修士在我面前小聲嘀咕，對戳手指，從短髮裡冒出來的耳朵折疊向下——原來藍修士的耳朵還會動！

就在這時，門再次打開，先是看到一對波濤洶湧的胸，然後是一名穿和服的日本童顏少女。

童顏巨乳！

「喔！」她一進來，看到地上的星龍就驚慌起來：「主人！主人您怎麼了！」

我清楚地看到這女孩說的是日語，後面「桑麻」的唇形特別明顯。

「帶他回去吧！」藍修士溫和地對那快要哭出來的少女說，少女抹著眼淚直點頭。

我靠，人形智能管家，男人就是膚淺。

星龍躺的地方慢慢浮起，形成一個懸浮的擔架，童顏巨乳的智能管家手扶擔架走了出去，經過迦炎身邊的時候，迦炎摸著下巴看星龍，臉上露出一絲痛苦表情：「嘖，另一邊臉也毀了，嘖嘖嘖。」

我冷冷坐回原位：「我的行李箱呢？」

房間裡沒了那個賤人，感覺舒服多了。

「呼……」藍修士擦擦汗，坐回原位。

「在這兒。」門口出現一塊浮台，上面是我的紅色大行李箱。

迦炎笑呵呵地去提，但馬上愣了愣：「這麼重，妳裝了什麼？」

說完他才再提起來，進來橫放在我面前的桌上，順勢坐在了星龍的位置上，單手拄著臉看我。

「星凰，妳若是長在這個年代、接受特殊訓練，絕對不會比我差啊！」

我沒看他，只是看自己的行李箱。星龍說我是一個健康人，這裡面一定出了什麼錯。我不是不相信現代的科技，而是信不過我們那時的……醫院……

這箱子裡有我的診斷紀錄，應該說每個參加冰凍計畫的人都會隨身帶著他們的病例，以方便在未來進行醫治。

「嘀、嘀、嘀。」在我按動密碼時，發現藍修士分外緊張，目不轉睛地盯著我的箱子，宛如在我打開時，他可以看到整個二十一世紀。

「藍修士。」

我停下按密碼的手，他下意識地抬臉看我，碧綠的眼鏡正閃爍奇怪的紋路。我有些失望地看他。

「我以為你是我的救星、是我的朋友，可是我沒想到你還是把我當作一件文物，不是當作一個人類來看待，我很心寒。」

他碧綠的眼鏡倏然從他眼中掉落，露出了一雙驚詫呆滯的銀瞳，淡淡的藍色長睫毛排列在他眼瞼上，使他呆滯的眼睛更大了一分。

迦炎伸出了手，看似安慰地拍了拍他的肩。藍修士哀傷地低頭，靜靜地不再說話，只看著手裡透明的平板。

「哎。」嘆口氣，打開了箱子。

當箱子打開的那一剎那，迦炎登時從座位上跳起，大驚失色地看我：「妳到底是來未來醫治，還是來攻佔未來？」

藍修士聽到迦炎的話，慢慢抬起臉，目光掃進我箱子時，登時呆若木雞！

迦炎在大驚後又興奮起來，看進我的箱子，滿目的驚喜：「這、這、這……」

他已經激動得說不出話來，紅色的瞳孔中，映入的是滿滿一箱子槍枝！

「天哪！真齊全！手槍、步槍、狙擊槍！星凰！妳到底是做什麼的？」

迦炎激動地看我，我淡淡看了一眼箱子裡的槍，大部分是手槍，因為攜帶方便。箱子蓋上固定的是一把輕便式自動步槍和一把狙擊槍。當然，最底層還有彈藥。

隨手拿起了一把手槍，把槍對準了迦炎：「如果我說我是個殺手，你們信嗎？」

他對我沒有絲毫的戒備，反而揚唇笑了，雙手撐上桌面，臉湊到了我的槍前。

「根據妳之前的表現，我沒理由不信。」

我們的目光在空氣裡相交，久久看著彼此，沒有移開對方的眼睛，從他的紅瞳中，我感覺到了他的興奮。

於是我慢慢地揚起笑，瞇起眼，天真一笑。

「騙你的，這你都信。我只是一個愛槍的人，是射擊俱樂部的會員。上次你給我你的槍，這次我的給你玩，要不要？」我勾住槍，放到他面前。

「當然要，不管妳是不是殺手，妳，絕對不簡單。」他呵呵地笑，對著我眨了一下眼睛，從我手裡接過槍擺弄起來：「嘶……這好像是指紋加密型的手槍吧？」

「不錯，這裡所有的槍都已經用我的指紋鎖定，這是我還活著的時候最先進的技術了……」

「妳……怎麼會帶槍？」藍修士終於回過了魂，大惑不解地看我。

我隨口答：「怕自己醒來落在邪惡外星人手裡，打算與他們同歸於盡用的，我們地球誓死捍衛自己的尊嚴！」

說這話時，我沒看他，但是眼角又瞥見他再次受打擊的表情。

「啊！這是傳說中的泡麵吧！」迦炎又發現了一樣讓他激動的東西。

我看向箱子第一層裡最多的另一樣東西——泡麵。

「不錯，這是我個人愛好，我最喜歡吃這個牌子的泡麵，想到未來可能不會有泡麵，所以各種味道都帶了一包，要不要吃？」我問迦炎。

他當即放下槍，直接拿起泡麵，對我舔舔唇：「那還用說！」

看他那副饞樣，像是很久沒吃過鮮美的食物。也是，畢竟在太空船上，想必食材是很有限的。

「聽說這是你們最常吃的食物，雖然沒有什麼營養，但味道十分鮮美，嘶……啊……你們每個人的行李都跟隨你們一起冰凍保存，應該還能吃，嘿嘿……」

迦炎說得口水都快流了出來。

「自從崇尚健康飲食後，菸、泡麵、零食，各式各樣有害健康的零食基本上都退出了歷史舞台，東西也越來越沒什麼口感，有時還是貧民星球的東西夠味啊！」

「迦炎！」藍修士忽然打斷了迦炎的話，整個人的神情分外嚴肅認真起來，銀色的眼睛裡，還透出一絲警告。

迦炎拿著泡麵白了一眼藍修士，似乎因為被藍修士打斷而有些掃興。

「星凰，妳還有什麼寶貝？快讓我瞧瞧。」

迦炎催促我，整個腦袋都快鑽進我的箱子裡。藍修士低下臉，抓緊他的碧綠眼鏡，顯得有些氣鬱和煩躁。

剛才那瞬間到底發生了什麼事？

我取下箱子的第一層，下面是訊息工具、電子工具、求生工具、病例，和……家人的照片。

我拿起了全家福和病例，看著照片裡的爸爸媽媽和弟弟，心裡倒是意外的平靜，一睡千年，他們已經離我太遙遠……

「哇！妳還真是來侵略未來的，別人的箱子裡是衣物，妳是槍和生存工具，看這繩索……喂，藍修士，你到底看不看啊？你最感興趣的東西來了，你看星凰還真有電腦，有電腦不就有資料？」

藍修士變得有些無精打采，迦炎主動討好地把我的電腦給他，他才多少提振起精神，接過並鑽研了一會兒，非常熟練地打開。

而我，已經打開了病例的檔案袋。「啪！」掉出了一封信，其他的什麼都沒有。我困惑地再倒了倒，真的沒了。

打開信，發現是院長寫給我的：

「蘇星雨小姐，如果您看到了這封信，那我們真是高興萬分，證明您已經安全抵達未來，並成功復活，也不枉我們每年燒香求菩薩保佑您的健康。

我們想了很久，才決定以手寫的方式告訴您，因爲我們實在沒臉見您，而且手寫也代表了我們的誠意和深深歉意。

蘇星雨小姐，對不起！

其實，我們誤診了，您是一個健康的人！」

什麼？看到這裡，我的大腦一片炸響！

轟！轟轟！！轟轟轟！！！

「這是真正手寫的！」藍修士在看到我的電腦時，並沒太大興奮，反而看到我手中手寫的信時，興奮了。

「眞的很對不起，因爲您當時特殊的身分，我們不得不讓這個錯誤繼續下去。我們也有家人、孩子。我們並不怕承擔責任和法律的制裁，但是我們很怕被人肉搜索啊……所以，請原諒我們的自看不下去了！

我把信直接撕掉！

「住手！」藍修士撲過來握住我的手，阻止我撕信，我憤怒地瞪他：「放開！」

他眨巴眨巴著銀瞳，咬了咬下唇，擰眉搖頭。

寒氣瞬間從身上爆發，手臂開始運力：「那我不客氣了！」

「求妳，別！這可是珍貴的文物！」藍修士苦苦哀求我，他求我，他真的在求我，但依然是為了什麼狗屁文物在求我。

我受夠了！

憤怒提昇了我的力量，當我要用力甩開他的時候，他突然非常痛苦地對我大吼：「定——」

然後……

我……

再次……

被定住了……

他緊閉的眼睛像是做出了什麼讓他極為痛苦和掙扎的事，他像是經歷了生死一般無力地垂落腦袋，整個擱在我的手上。

熱熱的額頭抵在我還緊捏著信件的雙手上，他那聲像吶喊一般的長吼，讓一旁的迦炎也愣住了。

「對不起……」藍修士幾乎哽咽地低聲說著：「那對妳或許不重要……但對我們……真的很重要……」

我一動不動地看他，那只是一封信，上面更無資訊可言！但是，只因為它是手寫的，卻讓它身價百倍！

「藍修士……你……沒事吧？」迦炎伸出一根手指，戳了戳藍修士的身體，他的額頭慢慢離開我的手，低低地說：「我沒事……」

他緩緩地、極其小心地，從我手裡一點一點抽出了那封信，然後像是接到一個嬰兒般，萬分小心地捧住了那張紙，站起身來。

「你帶星凰回去吧！」他垂著臉說著，藍色的短髮因為他低著臉而垂落，幾乎遮住了他的臉。

迦炎一直僵硬地站著，然後靜靜看藍修士捧著那張紙獨自離開了房間。

藍修士走到門口，頓了頓腳步說：「星凰一號已經屬於星盟，她的物品也已經屬於星盟，你不准碰箱子裡面任何一樣東西。」

他像是警告似地低沉說完，便消失在門外的白色通道裡，也消失在我的眼前……

★ ★ ★

轉眼，我已經躺在了自己的床上，伊可在我身旁蹦蹦跳跳。

「我從沒見過那樣的藍修士……」迦炎坐在我床邊，對著像是屍體的我說：「他是一個很和善的人，也是個守禮儀的人。嘖，星凰，妳知不知道，現在妳若在公共場合大聲喧譁，也是不文明的行為。像藍修士那種絕對良民的人，是不會對任何人大叫的，今天，妳是第一個。」

他雙手放到腦後，躺了下去，他坐的椅子一下子變成躺椅，移到我身邊。

為了讓我能看到他，他還伸手轉過我的臉，然後平躺在我床邊，雙手放在腦後看著上方。

「嗯……不過，他是一個很善良的人，我好像誤會他了。我一直以為他只是把妳當文物看，感覺沒什麼人情味。不過，剛才看他那麼痛苦掙扎和矛盾，似乎……他還是想和妳友好相處，或是想跟妳做好朋友。只是工作的關係，他比我們有更多的不可以，嗯……藍修士這個人真是……」

迦炎擰起了眉，像是在深思什麼。

忽地，他翻身側對我，摸摸下巴，對著我僵硬的臉笑了起來。

「星凰，從我們認識到現在，我對妳應該算不錯吧……」

我想點頭或是眨眼，但都不能，我只能像個死人一樣瞪著他。我一點都不想看現在自己的表情，一定像條死魚。

「藍修士說了，妳的東西我們不能碰，但是……我是真的很想吃妳的泡麵……」

他的表情已經足以證明他想吃，雖然泡麵或許不是最鮮美的東西，但因為強烈的好奇心，讓泡麵現在變成像仙丹一樣饞人。

「我看妳身手非常不錯，要不這樣，妳想辦法弄一包回來。那個，我絕對不是叫妳去偷啊！」

他立刻正經地坐起來，又把我的臉擺正，鄭重其事地擺手。

「絕對不是偷！只是在藍修士不注意的時候去拿，而且，妳帶了那麼多包泡麵，拿一包回來也沒問題，對吧？」

他對我眨眨眼，俯下臉在我臉上親了一下，舔舔唇，輕聲說：「拜託了。」

我能說不嗎？我現在動都不能動！

「妳不說話我就當妳答應了！多謝！」

我去！

他開心地站起來，激動地直搓手，忽然，對伊可狠狠一瞪眼：「妳敢說出去半個字，小心我把妳拆成零件！」

「是，是……」伊可嚇得縮到我脖子邊，用兔耳朵抱住我，我清晰地感覺到它在瑟瑟發抖。

於是，我像條死魚一樣在床上躺了很久，直到藍修士來了。

他很安靜地走進來，像是懺悔一樣坐在我床邊，始終低臉不敢看我，也很久沒說話。

我直挺挺躺在床上，被他控制讓我心裡很不爽。但這已經是事實，對這項科技表示抗議，顯得如此無力。

不過，任何科技都有反科技力量的存在。人們發明了電腦，於是有人成了駭客，然後又出現了防護系統。所以，藍修士的口令能控制我，我為什麼不在他發出口令前控制他？

「對不起……」他說話了，很無奈、很抱歉的語氣：「我……妳……對不起……」

他站起來，俯到我的上方，專注地看我的眼睛說：「解除。」

當聽到這個口令，我毫不猶豫地伸手掐住他喉嚨，一個翻身，他被我壓在了地上。我坐在他身上，掐住他的聲帶，讓他再也發不出半點聲音。

他驚訝地看我，臉開始漲紅，碧綠的眼鏡不停閃現紋路，忽然間，我又不能動了。怎麼會？

他匆匆拉開我卡住他喉嚨的手，從我身下狼狽爬出，扶住床沿，捂住脖子難受地喘氣：「呼呼呼……」

我僵硬地跨坐在原地，雙手還保持著掐他的動作。因為他跑了，維持這個姿勢……好累……

他喘了一會兒，臉像是快斷氣一樣通紅，然後看看我，對我雙手合十舉過頭頂地道歉：「對不起、對不起，我不是有意的，現在我要碰妳了，請妳別介意……」

你馬的！我介意有用嗎？

他紅著臉抱住我，把我攏到床邊，拉直我的雙腿，推上我的肩膀，讓我靠坐在床沿上，然後握住我的手腕，開始慢慢往下。

我直勾勾地看他，他紅著臉垂頭喪氣地蹲在我面前。

「對不起，我知道妳現在一定很生氣，沒有人願意被另一個人控制，但是……但是我也是迫不得已……」

他似乎忘記正握住我的手腕，在我面前誠懇而沮喪地說著：「那封信雖然沒有任何的資訊，但因為它是手寫的，所以十分珍貴。從妳那個年代開始，手機、電腦等等，各種通訊裝置讓手寫的東西越來越少，人類也越來越依賴電子產品，它們也成為保存資料的首選。上下一千年，地球已經歷了無數次的戰爭，能保存下來的紙質東西已經越來越少了。」

他嘆息地搖搖頭，然後放開我的手坐到了我的身旁。

我僵直地望著前方，無法瞧見他的臉，但隱隱感覺到他的目光在我身上。像這樣被人偷偷注視著，感覺已經是很遙遠的事了，國中？高中？還是……大學？

「控制妳的不是我的聲音，而是我的腦波。」

他淡淡的解釋，解答了為何他不開口也能控制我的原因。

「現在的人都喜歡黑色，因為黑色是宇宙的顏色，神祕、性感，也讓人的內心產生恐懼，所以比妳好看的東方人，都賣出了好價錢。我想……妳不是殺手，但妳是為了他們而來的，是不是如果所有人都落到邪惡外星人手裡，妳就會殺了他們？」

雖然我不能動，但是我感覺到我的心沉了。我不想承認這個任務，因為這個任務讓我感覺很沉重。所以，我祈禱大家都有了好去處。

「妳放心吧！在宇宙星貿集團宣布要拍賣你們的時候，我們星盟也開了一次會議，請熱愛和平與文明的善心人士，能夠買下這些遠古人，讓他們在未來能得到安全而平靜的生活……」

這下真的可以放心了。人類只會越來越文明，沒道理外星人就一定是邪惡的，不是嗎？

「所以這次拍賣會三分之二的人都是善心人士，剩下的三分之一……我們也會時時監視，如果有傷害遠古人的行為，我們會依據人權法和活體文物保護法實施控制、逮捕和審判。所以，妳現在真的可以放下槍，安心生活了。之前，我讓妳感覺不舒服，是我的錯，我……我……我因為看見遠古人還是太興奮了，沒有顧慮到妳的感受，所以……不如讓我們重新開始吧！」

他又開始恢復了他一貫的熱忱和真摯。

「我是利亞星人，我叫藍爵。是考古科研中心的修士，所以大家也叫我藍修士。」

眨眨眼，身體在無聲無息中又能動了。看著他伸過來的手，我安靜了片刻，在他有些失落地收回手時，我握住了他的手，看向別處：「蘇星雨，警察。」

都是職責上的事，我懂。有時職責，會讓我們做不願做的事情，但是，這是職責。

「有沒有酒？」我問藍修士。關於誤診的事，我不知道該用什麼表情去面對這件事，甚至憤怒都覺得無力。

「酒沒有，不過有個蛋糕。」

他笑著拉起我，伊可開心地跟在身旁：「蛋糕、蛋糕。」

當門在面前再次打開時，眼前瞬間映入一張張帥氣美麗的笑顏，迦炎、月、一身公主裙的小狼，還有一個分外高大、幾乎有兩百五十公分高的面無表情的褐髮男子，以及一個胖胖的、像彌勒佛一般微笑的中年人。

他們站在一個大大的蛋糕後，一起朝我微笑：「星凰，歡迎加入靈蛇號。」

這次，他們說的不再是「歡迎來到靈蛇號」，而是「加入」，一個詞語的變化，卻讓我感覺到家人般的溫暖。

我站在了蛋糕前，心情難以言喻地感動，不由得對大家深深一鞠躬。

「對不起，之前讓大家擔心了。」

大家都愣愣站著，看著我，似乎完全沒料到我會朝他們鞠躬。

「不好！」忽然，迦炎喊了起來：「巴布你做的蛋糕太圓、太白了，小狼要變身了！」

隨即，面前混亂起來。

「快拿開蛋糕！」

「不對，是拿開小狼！」

「咕嚕——咕嚕——」我聽到了像是狼發出警告似地，從喉嚨裡發出的咕嚕聲。

我慢慢起身，還來不及看，藍修士突然把我往後扯，然後看見那個特別高大的男子一手抓起了小狼的蓬蓬公主裙。小狼對著蛋糕張牙舞爪，漂亮可愛的臉忽然猙獰起來，灰灰白白的毛從她粉嫩的臉中慢慢鑽出。

「巴布！快扔了——」迦炎對始終沒有表情的那個高大男子喊，原來他就是巴布。

緊接著，巴布真的把小狼扔了出去。

我在旁邊看呆了，在這些人面前，我那點粗暴算啥？

只看見小狼從我頭頂「咻」一聲被扔了出去，迦炎在蛋糕邊長舒一口氣。

「呼，總算保住蛋糕了，巴布，下次記得做方的。」

「嗯。」巴布點點頭，依然面無表情。這個巴布……該不會是面癱機器人吧……面對做得像人一樣的人工智慧，我無法不懷疑巴布裡面的構造。

大家再次展開笑顏，我發覺無論剛才發生怎樣的驚險，那位胖大叔依舊面不改色地保持他慈善如同佛祖的微笑。

「星凰，讓妳受驚了。」藍修士的語氣，總是那麼地抱歉。

我此刻回神過來，才覺得不對勁：「小狼她……」

「他是為數不多的獸人族了。」

「獸人族？」

「沒錯啊！」迦炎奇怪地看我：「你們地球上不是有狼人嗎？其實就是他們。他們獸化的時候，像你們地球上的狼，所以被你們稱為狼族，現在整個第一星國也這麼叫他們。地球上的獸人族，應該是當年他們的一部分祖先離開彼滋坦星定居在地球的。他們看見又圓又亮的東西就會變身，大家想讓妳有家的感覺，所以讓巴布做了一個像月亮的蛋糕，結果……算了，別管小狼了，我跟妳介紹靈蛇號上的其他人。」

迦炎過來環住我的肩膀，藍修士立刻推開他，漲紅臉，身體緊繃地發出警告：「迦炎！跟你說過多少次了！不要亂碰星凰！」

「走開、走開。」迦炎把藍修士推到一邊，根本不理他，把我拉到大家面前，指向巴布：「這是巴布。」

「你好。」我抬高臉，巴布低下下巴面無表情看我，然後發出一聲：「嗯。」

「……」

「那是唐頓船長。」

胖大叔是船長？難怪他衣服的款式，跟別人有點不同。雖然他已經胖得扣不上釦子，但是他的領口，比別人多了一顆銀黑色的五角星。

「我們都叫他大叔，或是老頭。」迦炎一邊說，一邊迫不及待地拿起刀：「快切蛋糕吧！托妳的福，我們很久沒吃固體食物了。」

迦炎的話，說得像是我們很久沒吃肉了。

感激地看大家，大家也都友善地對我微笑，於是，我把面前做得確實很像月亮的蛋糕給分了。

在大家吃蛋糕吃得津津有味的時候，我陷入了困惑，因為……這蛋糕味道極淡，而且……奶油吃上去不像奶油。我不敢說出口，或許是我口味比較重？每個人口味不同，每個地域的口味又不同。比如我吃香港的食物，就覺得有點淡。或許這種吃不出是什麼味道的東西，正是現在人的口味？

在我們快要吃完蛋糕時，小狼才從我的小白屋後面走出來。她一邊整理她的假髮和裙子，一邊不以為然地走到蛋糕邊，宛如剛才的事根本沒發生，或許……她被人扔習慣了？

呵，靈蛇號上的人，真有意思。

第3章　風雅星球

之後，大家帶我參觀靈蛇號。唐頓船長因為走不動，所以坐守駕駛艙。

藍修士帶著我一邊參觀，一邊解說。上下千年的歷史，也漸漸地在我面前慢慢展開。

千年科技的進展並非循序漸進，而是有時緩慢、有時像噴發，有時卻又陷入近乎停滯的狀態。

在二〇六五年發生了兩件大事。第一件，美國改造火星計畫第一步成功，飛船順利抵達火星，並開始建立火星基地。但因為能源問題，所以，這是張單程票，無法實現火星移民。

同年，大部分國家通過了同性婚姻法，中國人終於不用再到別的國家完婚。全世界人民開始尊重這部分特殊人群的愛。當然因為信仰不同，有些國家依然抵制這個特殊的人群。

之後的漫漫數十年，火星基地在緩慢建設中，因為火星基地是美國人建造，所以美國宣布火星為他們的殖民星。這項宣布受到全球的反對，最後只同意他們將火星改名為A星，也叫美星。自此，火星這個詞，漸漸成為了歷史。

難怪藍修士當初會對我說：「歡迎來到未來的火星。」

在美國忙著建造火星基地這段期間，中國一直致力於核融合的開發與研究。

終於，在二一〇五年，核融合的研究有所突破，發明了全世界第一台核融合的引擎，掌握了最先進的能源系統。掌握了能源，等同於掌控了未來，這是一場能源的革命，是一個里程碑！

核融合引擎的發明，也實現了星球之間的往來。火星不再是單程票，第一批中國人成功踏上了火星，在美國人面前樂瘋了似地來來回回，美國人想搭飛船得買票。

核融合又加快了火星改造系統，使美國人一百年才能達到的效果縮短至五十年，加快實現火星移民。

之後，金星改造計畫、木星改造計畫開始一一放上聯合國的提案。這段期間，被稱為「創世時代」，也是科技最噴發的時代。各種能源被核融合替代，各種概念中的交通工具和建築，依靠核融合得以實現。日本人的機甲也獲得更大規模的建造。

在這段科技噴發期之後，漸漸進入了一個緩滯期。長達數百年的時間，大家忙於改造其他星球，以達到移民的目的。當一切條件成熟之後，於是，歷史迎來了星球移民。

在當時，移民成為時尚的代名詞，年紀大的人帶著在死之前要看看宇宙的心情加入移民，而年輕人更不用說。並且，星球的土地公開拍賣，誰挖出稀有礦石就歸誰，所以移民成為有錢人的專屬。窮人只能去做星球礦工來實現移民。

日本人的機甲也被廣泛運用，當時因為是和平年代，所以機甲大部分是用來拓荒、採礦，以及建造等重體力的工作，機甲的高效可以良好的替代各種重型機器。

歷史進入了另一個時期：淘星熱時代和機甲時代。長長數百年，人們都在淘星。想從外星礦石中，找到可以替代核融合的、更高效的能源。因為核融合的方程式，只掌握在中國人的手裡。雖然始終沒有找到理想能源，但找到了很多外星金屬，它們耐熱、輕薄，成為非常好的材料。

地球成為人類的總部，因為能源完成替代，地球的生態也開始慢慢自我癒合；淘星又緩解了人口壓力，地球終於得到了喘息。

之後的科技雖然沒有太大的突破，但是進入微縮時代。科學家們開始致力於縮小各種大型器械，例如縮小核融合引擎，讓它在飛船上所佔的面積更少，縮小水循環系統、縮小環境改變系統……就像我們那個時代電腦漸漸縮小一樣，各種大型的儀器開始慢慢縮小。

人造人也開始出現，但因為人造人成本昂貴，還不如人類自己生，所以這項科技並未投入一般社會，當然也有機器人的運用。

人類迅猛的外星發展，終於在二六三三年，發生了巨大的改變，一場近乎毀滅性的災難也隨之而來。

一艘私人的「開拓號」飛船在冥王星上勘測到了一艘外星飛船，在飛船上找到了一種新型的神祕能源，並找到了這種能源所在星球的宇宙航圖。這無疑是重大的發現！

但飛船上是否有生命現象，並未提及。

這艘「開拓號」帶著這神祕的外星能源和航圖祕密返航，卻不知為何這祕密的消息傳了出去，另一艘私人飛船對「開拓號」發動了攻擊。這場本是私人間的戰爭，漸漸演化成為星球間的戰爭，並且一發不可收拾。二六四〇年，第三次世界大戰，也是第一次星球大戰爆發，導火線是那神祕的外星能源。

這場戰爭持續了近百年，經濟倒退，除了兵工以外的科技全部停止，人類紛紛逃回地球。大戰從飛船打飛船、機器人打機器人、機甲打機甲，到最後人類打人類，將數百年的輝煌一朝化為灰燼。不過，似乎有一條不成文的規則，就是任何人都不得攻擊地球。高科技武器的運用使得殺傷力大幅增強，男人在這場戰鬥中死去大半。

地球上的人類也因為戰爭過著戰戰兢兢的生活，野蠻無知的邪教徒還發起了「焚燒圖書館」、「粉碎科技」的運動，宣揚是科技帶來了毀滅。他們燒毀圖書館，粉碎各種電腦資料，目的是毀滅科技和文明。很多人開始守護人類的文明財富，地球上的戰爭也因此爆發。

這大概就是藍修士所說的歷史中斷點。

這場無知的運動和在地球外持續的戰爭，終於在一場近乎毀滅性的天災中停止。一場巨大的隕石雨意外到來，當時地球外還在大戰，無數戰艦和飛船被飛速而來的隕石擊落，其中一顆巨大的隕石落在南半球，激起的煙塵久久不退。

各種疾病開始發生，隕石又帶來了可怕的外星致命病毒，人類開始逃到地面下，被飢餓、黑暗和恐懼所折磨。人類開始反思，教會則認為這是天啟。大家開始用剩餘的資源來拯救僅存的人類，讓人類免於重蹈恐龍滅絕的覆轍。人類終於因為這場天災而再次團結，摒棄種族和國籍，共同為拯救人類而努力。

外星能源被找了出來，人類用它啟動了最大的宇宙堡壘、飛離地球，從漫天的煙塵和外星病毒中脫離。於是，這外星能源被稱為「方舟能源」，直至現在。

之後是漫長的重建。

因為戰爭、隕石雨和外星病毒，人類幾乎滅絕。剩餘的人類中，百分之九十都是女性，男女比例嚴重失調，且發生了女性性侵男性的案件。這個……在我那個時代的某國也時有發生。有些事在我們所處的年代、所在的地方不曾發生，但我們不能用井底之蛙的眼睛來看其他國家、其他的時代。沒有經歷過，有誰能確保不會發生呢？

於是，為了讓人類再繁衍起來、減少女性犯案，臨時政府通過一項提案，取消一夫一妻制，剩下的男人們都要肩負起繁衍的責任。包括同性戀，也須跟一名異性成婚後，方能和同性在一起，以貢獻自己一份力量。

特殊階段、特殊的體制。聽起來很荒謬，但我想在當時，會是很嚴肅的事情。

當社會漸漸穩定，地球的煙塵慢慢沉澱，有望回到地球時，女性又開始要求平等，既然可以一夫多妻，自然可以一妻多夫。

在當時，女性成為主力軍，勞動力、工廠、部隊、科技研發、政府，基本都是女人當家。於是，這項提案沒有任何阻力地通過了，當時被戲稱為萬年來第二個母系社會。

這個婚姻體制，也被遺留至今。

人類對方舟能源的運用不斷成熟，終於跳出了自己的星系，進入整個太陽系。與此同時，外星系的大門也向人類打開，整個銀河系開始進入了星系貿易時代，人類實現了星際旅行，人類的足跡正式進入宇宙歷史長河。太陽系也成為了藍修士他們口中一直提的第一星國。

原本只能在自己星系穿梭的外星人，終於跟人類的太陽系連接起來，技術的加強使星際之門終於產生，人類再次繁榮昌盛，展現了其超強的繁衍能力……

藍修士送我回到小屋，小屋前的燈光變成了月亮的顏色，很美，灑落在我小屋前的草坪上，像是真的打上一層銀霜。

這艘宇宙中最強飛船之一的靈蛇號，上面卻只有六名成員，迦炎沒有疑問是負責戰鬥，月則負責生態和飛船醫生，巴布管機械和廚房，而小狼負責電子系統的檢測和飛船智能艦長的維護。

似乎，整艘飛船最沒事做的，就是胖船長和面前的——藍修士。

他站了很久，沒有說話，忽然間一整束月光打在了他身上，他愣了愣，仰臉看上方。那一刻，他白淨俊美的臉和銀藍的短髮，在銀白月光中散發出如同水光似的美麗華彩。

「請別這樣。」他略帶窘迫，羞澀地說著。

那束月光慢慢減淡，他低下臉尷尬地笑看我：「真是的，靈蛇號有時候很調皮。」

「嗯。」我雙手環胸看他，其實心裡還是感謝他帶我參觀靈蛇號。但是控制密碼的事，始終在我心裡成了一個結。

他看我一會兒，眨眨眼，忽地低下頭，從眼睛裡取下了微縮儀，伸手抓住了我的手。

我疑惑地看他，他把那副綠色的微縮儀輕輕放入我的手心裡道：「這裡下載了妳的控制代碼，我想……應該還給妳。」

「你……」我有些吃驚地看他，他低著臉，淡淡微笑地說：「誰也不喜歡被人控制，這點我最清楚……」

似是感嘆的語氣，讓他帶有一種莫名的滄桑，宛如他也曾被人控制，身不由己做了一些事情。

他在我面前轉過身，靜靜離去。銀藍的短髮在月光下隨著他輕微的步伐微顫，如同一層層水暈，慢慢蕩開。

「藍……」我伸出手想叫住他，可是叫住他又該說些什麼呢？他是一個靦腆的人，如果我對他冒出一堆感謝，他又會臉紅得不知該說什麼。

看著手中的翠綠眼鏡，感嘆這神奇的科技。只要有代碼，就可以通過腦波來控制，彷彿……精神力。

「藍把代碼還給妳了？」幽靜之中，傳來月清澈如同琉璃的聲音。我抬起臉，看到了站在月光中的他，他月牙的白褂與長髮，讓他在月光下更像一分貴族吸血鬼。

他雙手插在衣袋裡，朝我慢慢走來，目光溫和地看我手中的眼鏡。

「藍是最討厭控制人與被控制的人，也難怪他在控制妳的時候，會那麼痛苦。」

他從我手中拿起眼鏡，彎腰俯身。靠近我時，我愣愣看他：「你不會真吸血吧？」

他也愣愣看了我一會兒，「噗哧」地笑了，然後把眼鏡戴上了我的眼睛。立刻，眼前紋路跳躍，顯示出月的名字和種族。

月再次站直身體，在月光下蒙上了一層朦朧的月光。

「我們派瑞星人不吸血，其實我相信遺留在地球的派瑞星人也不吸血，只是因為我們的攻擊狀態，而讓地球人誤會我們吸血。」

「攻擊狀態？」我疑惑看他，他淡淡點頭道：「不錯，在最初沒有先進科技和武器時，我們一般是直接咬對方的脖子，殺死對方。」

「喔……」我明白了！地球上的吸血鬼其實和小狼的獸族人一樣，是外星人。他們的攻擊方法是最直接、也是最快速奪取對方性命的方法，難怪會被人誤認為是吸人血。

「藍給妳的這副眼鏡裡，有飛船進出的代碼，妳已經可以自由出入飛船了。」月在我面前淡淡說著。

我不由發了愣，他們對我很信任。隨口問：「星龍也有嗎？」

他搖搖頭，薄薄的唇微微開啟：「我們感覺星龍比妳更不穩定，所以他還在控制之中。」

「星龍比我更不穩定？怎麼會？他那副樣子……」

「藍對生物的大腦活動很敏感，所以如果藍覺得危險的人物，必有危險所在。」月的神情變得認真起來：「馬上要到風雅星了，妳好好休息吧！在風雅星補給後，我們會直接前往地球。」

「地球……」我在他悠遠的目光中輕喃。

「是的，地球。」他微微頷首，轉身消失在銀白的月光之中。

我要回地球了。心情越來越激動，越來越激動……

★　★　★

風雅星是一顆類似轉運點的星球，外側環繞著一條又一條長長的黑色軌道，太空船整齊地停在軌道上，像一個環形的停車場。

意外地，星龍被放了出來。他完好的側臉一片淤青，那是我的傑作。

他斜睨我，我則不看他。

「我拒絕跟這個野蠻人搭同一艘飛船！」他像個女人一樣大吼。

這次一起進入風雅星的除了藍修士、迦炎，還有小狼。

「那我看住他。」迦炎說。

藍修士點點頭。

「為什麼不留他在船上？」我瞟了一眼吊兒郎當的星龍。

星龍抬起下巴、勾起唇，雙手插在褲帶裡，以高高在上的姿態俯視我。

「這飛船快悶死我了，我當然也想出去透透氣。」

「呵，不就是遛狗嗎？」

「妳說什麼？」

「沒什麼。」我轉開臉。

藍修士在旁邊看著我尷尬地笑，最後我跟藍修士、小狼一起，迦炎和星龍一道。

小狼今天一頭金色大捲髮，身上是黑色的緊身小可愛和緊身短褲，一雙紅色繫帶的長黑靴。如果是熟女，自然性感非常。不過小狼是可愛的少女，所以顯得非常可愛俏麗，還有一分壞壞少女的感覺。

當我們離開靈蛇號上小飛船時，看到了滿目的幻彩色，整顆風雅星球就像一顆神祕的妖精星球，幻彩迷離、妖豔性感。

藍修士說這裡的大氣層很特殊，所以會在光學作用下，顯出七彩一樣的幻彩天空。

不久之後，飛入了風雅星球，穿過那片幻彩的天空後，看到的就是一片一望無際的建築群。那些建築在一個又一個巨大的透明泡囊中，泡囊裡的建築各式各樣，我還看到了中國古色古香的酒樓。

藍修士說風雅星球是這個星系最大的旅店式星球，這裡只有旅店和補給市場，再過去就會到星際之門。離開這片星系之後，很長一段時間沒有其他可供補給的地方，所以飛船會在這裡稍作停歇。

藍修士問我要不要入住中國式的酒樓，我搖搖頭，住在那裡只會讓我更想家。

飛船朝一片像七彩氣泡黏在一起的建築走去。那個建築很有意思，那些七彩的氣泡是獨立的，會不定時移來移去。

飛船停落在一個淺黃色的氣泡前，氣泡很大，比我飛船上的小白屋還要大。

當我們停下時，氣泡表面映出了一個藍皮膚美人：「歡迎光臨泡泡屋，如想入住請出示星際銀河卡，或是報上太空船ＩＤ，我們會從帳號中扣除費用。」

藍修士開始找卡，小狼翻個白眼：「藍修士你總是慢慢吞吞的，我來。」

小狼走上前，拂了拂長髮：「白癡，你看不出我們是靈蛇號的人嗎？快開門！」

「喔！原來是靈蛇號的貴賓，請進。」氣泡上打開了門，那個美人映在門上。就這一會兒，旁邊的房間又換了幾個，這個真有趣，每次開門的鄰居都不一樣。

小狼對我燦燦地笑：「星凰，可以進去了喔！我知道主席給了妳一張購物卡，記得幫我買這些東西，但千萬別說是我要的喔！」

她拿出了一張小小的透明卡，上面有著閃光的紋路。

「小狼，你不可以這樣……」藍修士著急阻止：「那是主席給星凰買東西的卡，你不能借星凰的名義……唔、唔！」

藍修士還沒說完，就被小狼從背後環住脖子，捂住了嘴，小狼對我綻放純真的燦笑：「還不快進去？我們還要去買補給品。」

看看可憐的藍修士，他最老實，所以總被他們欺負。

藍修士被小狼捂著嘴走了，門上的美人在關門後還貼在門上，其實這樣有點陰森。

「尊敬的客人，請問需要什麼服務？」

環視整個房間，布置得很溫馨，像一個小窩，還有一扇「窗」，窗外是美麗壯觀的宇宙星雲。再看看手裡透明的卡。

「呃……我要購物。」我想既然我那年代已經可以網購，這裡應該沒那麼老土還要逛街吧？總有不出門能買東西的方法。

「好的。」美人話音一落，一個椅子忽然出現在屁股下，然後一片光線從我身邊劃過，編織出一個又一個店鋪。不是吧？實體網購啊！

「嘀。」手裡的卡有了反應，我拿起來，一長竄的文字瞬間從卡裡源源不斷冒出！我一時看傻了眼。還真是小姑娘，喜歡買東西。仔細看看，都是女孩打扮用的，嗯……好多啊！小狼好像真的挺喜歡打扮啊！

隨手選擇一個店鋪，店鋪的大門立刻在我面前打開，電子服務員在身邊陪同，一步不挪地實現購物。衣服、裙子、食物、鞋子……對了，遊戲！嗯……好像也沒其他東西了，也不知道買的食物好不好吃。

又看到一家店，點了進去，嗯？是一排排精緻漂亮的人。

「這是什麼？僕人？」我問藍美人。

「不，貴賓，這是快樂伴侶。」

「快樂伴侶是什麼？」

美人隱晦地笑了起來：「貴賓到底是不是銀河系的人？」

感覺……被一個智能管家看扁了。

「就是那個啊！比如生理上有需要的時候，他們就可以為您服務了啊！」

瞬間懂了。

天啊！我不小心進了一千年後的情趣用品店了！那時是充氣娃娃，現在是直接做成仿真人形了。看那個樣子，估計還是真實感十足。

不僅有女人，還有男人，各種類型，滿足各種需求。

還不小心看到了外星人，包括藍修士款的、月那款的、小狼款的，呃……怎麼還有蜥蜴怪款的？這口味……實在是……不過，可能是蜥蜴怪他們星球要買的吧？

「貴賓想買一個嗎？可以排解漫長旅行中的寂寞。」藍美人曖昧地笑。

連連擺手，趕緊退出。我靠，感覺有點悶熱。

結帳時拿出智能艦長給我的那張漂亮的卡，原來這是主席給的，有意思。

買了很多東西，但都是虛擬的，也不知道他們怎麼送來，不過這不是我需要擔心的問題。反正他們說會送來。

走到窗邊，美人又從牆上飄移過來：「請問要到陽台透透氣嗎？」

「還有陽台？」明明只看到一個個氣泡。

她禮貌地微笑：「自然有。」說完的時候，我站的地方移動了，延伸了出去，隨之前方也出現了門。窗戶消失，牆面移開，形成了一個陽台。

「貴客請慢慢欣賞，我去為尊客準備晚餐。」美人消失在身邊，我的面前是一望無垠的幻彩天空。

「嗚——」身邊傳來機器聲，一旁房間也移出了陽台，一個和我一樣擁有黑髮的女人身穿睡袍站在陽台上，因為她是黑髮，又是……人形，不由得多看了幾眼。這是一個很漂亮、很精緻的女人。身材也非常好，但在她長髮下的脖子上，有著讓人臉紅心跳的紅色痕跡。

那些痕跡很新鮮，還沒泛紫。

她會不會是……

眼前的這個東方女人讓我有種強烈的直覺，心情不由得激動起來。

「呼……」她吐出一口氣，形成一縷煙，然後她轉臉看向我，紅唇裡真的叼著一根菸！

她取下菸，對我皺眉：「這個世界連菸都沒有尼古丁的味道，讓人怎麼活？」

我愣了愣，果然是！

「哈哈哈，沒想到這裡可以遇到自己人。」心裡真的很激動，居然會在這裡遇上。

她也笑了笑，從口袋裡拿出一根菸遞給我：「要不要？」

我想了想，還是接過了。她看了我一會兒，轉臉繼續抽菸，她抽菸的姿勢很優雅。

「我認得妳，妳是星凰一號。妳現在算是個名人了。呵！我們這麼多人，一半自殺、一半順從，只有妳會拿起武器反抗，看來革命真不是每個人能做的。」

她的語氣帶著一絲對於命運的感慨。

「那妳……過得好嗎？」我雙手隨意放在陽台上問她，手裡夾著她給我的菸。

「嗯哼！」她點點頭，深深吸了一口菸，慢慢吐出：「喂，妳相信輪迴嗎？」

我靜靜看著她，這是一個有過經歷的女人，否則不會在遇到和自己來自同一個時代的人時，能這麼的……從容淡定，簡直是……一種無所謂的態度。至少，我的心裡還在因為見到她而激動著。

我對她點點頭：「我信。」

「呵……」她夾著菸低頭笑了笑：「我原來真不信，被我男朋友甩了後，我就再沒相信過愛情和命運，自然也不相信會有神這種東西，只相信錢，只有錢能讓我安心。於是，我只跟有錢的男人，最後騙了一個高富帥。事實證明，高富帥裡，凱子也挺多的，那小子真捨得為我花錢。在我絕症的時候，這白癡還花錢讓我走後門，讓我參加冰凍計畫，還說什麼來世再遇……」

一串眼淚從她漂亮的鳳眼裡落下。

「妳知道嗎？我直到被冰凍之前，還在心裡笑他白癡、笑他弱智，哪裡有輪迴這種東西？哪有人會等我？絕症已經是對我的懲罰和報應……」

她的聲音越來越哽咽，拿菸的手也止不住地輕輕顫抖。

我沒有說話，只是一直安靜地做一個傾聽者。

她再吸了幾口菸，慢慢平復。她擦了擦眼淚，轉過臉對我揚起了微笑。

「直到我看到這個買我的主人，我才相信，這世上真的有輪迴。他跟那白癡長得一模一樣，連胎記都是，呵！我實在忍不住想找個人說這件事情，可是這個年代的人對我來說都是陌生人，老天卻讓我突然遇到了妳。妳說，老天爺對我是不是特別好？」

「知道妳過得好，我很開心。」看著她眼中的幸福，我為她高興。

「星凰一號。」忽然，她鄭重地看我：「我從沒想過會遇到妳，因為妳成了一個神話，妳與我們不同，三千個人裡，只有妳奪了槍。我們……甚至從沒想過要去奪槍。我們很害怕、很恐慌，很多人也想自殺過，但在這狗屎的世界，連自殺都太難。既然老天爺對我這麼好，我也不想再做一個冷漠的人。若是從前，我肯定覺得別人好不好關我什麼事？但是現在，我希望星凰一號妳能看看大家過得是不是都好，是不是都跟我一樣，遇到一個愛他們的主人，善待他們。星凰一號，只有妳在星盟裡，星盟可以為妳提供一切。妳可以找到所有人，所以，拜託了。」

我笑了，站直身體，香菸放入口袋，然後對著她敬禮。

「妳放心，保衛人民的安全，是我的職責。」

「噗哧！」她笑了起來：「妳這星凰一號，讓我想起查我駕照的交通警察，所以別來盤查我，我已經重新開始，不想再被人打擾……」

正說著，從裡面走出了一個英俊的東方男人，也穿著睡衣，溫柔的眼睛裡只有眼前這個女人。

「親愛的，少抽點菸，對身體不好。」

女人白了他一眼：「沒有尼古丁的菸還能傷身嗎？下次給我想辦法弄點有菸味的！」

男人似乎很為難，焦急地撓頭道：「可是買黑市菸是犯法的……」

他們的房間慢慢移開，心裡暖洋洋的。真的有所謂的輪迴，說不定我會在這裡遇到爸爸、媽媽和弟弟。

「嗚……」忽然間，整個氣囊內閃起了紅燈，即使經過千百年，紅色代表警告始終未變。

「星凰一號，請趕緊入內，有危險！」貼在牆壁上的藍美人又出現了，剛說著，忽然面前有物體劃過，直接朝下面掉落。

我幾乎出於本能地伸手去抓，根本沒想過如果抓住了會不會跟著掉落或者骨折，可我發覺得還是太晚，他直接掉了下去。不好！有人墜樓，危險！自殺還是謀殺？

「我要下去！」抬臉之時，面前突然降落一個黑影，帶起一陣勁風揚起了我的長髮。那一剎那間，我看到了飄揚在空中的鮮紅殘破領巾。

突然，他朝我伸出手，直接抓住我的衣領，快速的動作讓我根本沒有時間反抗地被他一把從陽台拎起。「咻」一聲，下一刻，我已經飛離陽台，整個人懸在半空中。

我終於看清了這個擄劫我的人，他身上穿著一身銀黑色的衣甲，還有一個銀黑的頭盔。一塊紅色的圍巾圍在他的脖子上，化作銀黑衣甲中的一抹血紅。

我立刻去拉他扯住我衣領的手，神奇的衣甲有如象皮一樣堅硬，顯然這身衣甲還加強了他的力量，我根本無法拉開。

「阿修羅！放下星凰！」忽然間，傳來迦炎的聲音。緊跟著，右側飛來一個身穿紅色衣甲和頭盔的人，是迦炎？

「嗚——嗚——」紅燈依然在不停閃爍。

「全區戒嚴！全區戒嚴！」重複的警告聲在閃爍的紅燈中不斷播放。

立刻，周圍飛來飛船，對準了我面前的黑甲男子，神奇的衣甲讓他和迦炎都在空中自由飛翔。

「阿修羅，你居然殺了議員！還綁架星凰，你這次別想逃！」聽到小狼的聲音，往左側一看，竟是一個身穿銀灰衣甲的人。

原來小狼也能戰鬥！

轉眼間，我們已經被重重包圍，無處可逃！

眼前的男子看看左右，雖然因為頭盔看不到他的神情，但是我感覺得到他很鎮定，沒有絲毫慌張。

不好！我成了人質，只要我在他身邊，沒人敢攻擊。該死，這讓人很不爽，我怎能成為罪犯的人質！

我開始抓住他的手掙扎，混帳，這套衣甲給了他無窮力量，更可惡的是我連想擺脫自己的衣服都不能。為了抓捕罪犯、不成為他的人質，我願意裸奔。可問題是這衣服到底什麼做的，根本扯不爛。

忽然，他高舉起右手，抬臉向上，登時，一束藍色光束從他手心射出，立刻擊穿了上方的一艘飛船。「轟」一聲，飛船朝一邊撞去，旁邊的飛船趕緊逃開，在我們左側的小狼迅速朝墜落的飛船而去，拉住那艘飛船，以防它撞上泡泡屋酒店，帶來更大的傷亡。

看到小狼超人般的力量，我也看出了這套衣甲武裝後的巨大力量。

可是，眼前的人並沒從那個缺口逃離，而是繼續發射光束，拎住我直接往上。

「不好！他要破壞壓力氣囊！」當迦炎的高喊響起之時，「砰」一聲巨響，上方被擊穿了，瞬間一股強大的吸力從那個破口而來，我們被瞬吸了出去。與此同時，一層防護罩出現在我們身邊，讓我在被吸出氣囊、脫離風雅星球時，沒有感覺到氧氣的缺失和壓力的變化。

而在我們身後，很多東西也緊跟著被吸了出來。

我和他在那個巨大的防護罩內，迦炎追了出來，緊接著有一艘飛船堵住了那個破口，我竟然看到星龍一號悠閒地躺在裡面。

飛船會自動駕駛，我想這不會是星龍一號所為。堵住缺口，可以防止更大的破壞。

傾刻間，那個建築裡的氣泡房子已經亂成一團。

「你逃不了的！」我抓住黑甲男子的手，明知道以我的血肉之軀根本捉不住他。

他低下頭，根本沒說話，忽然，他頭盔的下半部向上收起，露出了明顯是年輕人的下巴，和鮮紅飽滿的嘴唇。就在這時，一隻銀色的、極小的蜘蛛，從頭盔邊緣爬出，爬到他的嘴上。他隨即輕輕咬住，小蜘蛛縮起了機器腳，變成了一顆銀色的小珠。

「阿修羅——」迦炎追了上來，憤怒地大吼。面前的男子鎮定地舉起手，手心裡閃現出白色的，如同上次我在迦炎手心裡看到的紋路。

緊跟著，光束隨即射出，在迦炎閃避的同時，他拎住我，忽然俯下臉到我右耳邊，下一刻，唇就落在了我的右耳上。我立刻掙扎，他把我揪得更緊，雙手被他緊緊壓在他的衣甲和我的身體之間，無法動彈。

他一邊射擊迦炎，一邊將嘴唇壓在我耳朵上，我清晰地感覺到那隻小蜘蛛被他的舌頂入我的耳內。

「混蛋！你放了什麼在我耳朵裡？」

在他拎開我的那一刻，我立刻去挖耳朵，右手卻直接被他扣住。他的頭盔已經重又遮住了他下半張臉，他看我一眼，扣住我的手忽然放開了……

他放開了我，然後輕輕推了我一把，我慢慢離開了他的身前，在防護罩內與他越來越遠，直到他離開了防護罩，紅色的領巾飄揚在空氣中。在那一刻，我瞬間墜落下去，但是我身上的防護罩並未消失，我像是被一圈磁場固定在防護罩的中央。

他在空中俯看我片刻，轉身迅速飛離。

「星凰——」迦炎選擇朝我衝來，我一直下墜，然後落在地上。

「砰！砰！砰！砰！」

「啊！呃！哇！啊！」

我就像一個球掉到地上，被不斷彈起，雖然我被特殊的力量固定，但還是隨著這個球彈起、掉落，天旋地轉。

終於，球停了……

頭暈目眩，想吐……不行，我要忍住。若是在這樣一個密閉空間吐了，還有那特殊的力量，我的嘔吐物勢必回到我的身上……

「星凰妳沒事吧！」迦炎落到我的上方，這個防護罩極大，迦炎隔著近兩公尺的距離問我。

我艱難地搖頭，怕一張嘴就吐了。

在防護罩停落後，防護罩內的力量讓我呈平躺狀。

「沒事就好！呿！又讓阿修羅跑了！」迦炎雖然也戴著面具頭盔，但我聽出了他的咬牙切齒。

我抱歉地看他：「對不起。」

「與妳無關。」迦炎說得爽快：「就算不是妳，阿修羅也會抓住別人作為人質。那種情況下，他沒有人質逃不了，只能算妳運氣好。奇怪，妳怎麼會被他抓住？」

他疑惑起來。

我鬱悶地看他，平躺讓我的胃好受些：「怎麼能算我運氣好？」

「當然，沒幾個人能成為阿修羅的人質。」

迦炎的語氣像是我能成為那個阿修羅的人質還是我的榮幸。

「他對妳還不錯，至少把氣壓防護罩留給妳，不然妳現在已經被這裡的氣壓撕碎了。走，具體情況回去告訴妳。」

氣壓防護罩？難道他剛才放到我耳朵裡的就是這個東西？

我原以為迦炎會進防護罩送我回去，哪知，他居然站在防護罩上踩著我滾回去！

天殺的！迦炎你能再懶點嗎？

★　★　★

阿修羅的出現，讓風雅星球進入一級戒備，但也正因為他出現了，所以迦炎認為他不會再回來。

風雅星球的警部部長很快聯繫上迦炎，請他去協助調查。小狼和他同去，我和藍修士還有星龍則撤回靈蛇號。

我和大家站在靈蛇號主控制室大廳裡，眼前是大大的螢幕，裡面是一名女記者正在報導方才的事件。

「經確認，受害者正是星盟議員安德魯．邦。安德魯．邦議員是基路亞星人，生前……」

「噓……」星龍蹺著腿躺在一張白色駕駛椅上吹口哨：「聽說星凰妳好像是警察來著，居然被人捉住當人質，嘖嘖嘖，該不是冰凍太久……凍壞了腦子，反應遲鈍了吧……」

「你閉嘴！」我沒有看那個賤男，心裡已經為此事鬱悶不已。他大爺的，我就不該說自己是警察，真是丟臉丟到全宇宙了。

「這事不能怪星凰。」藍修士溫和地、安慰地看我：「阿修羅是邊緣反抗組織的首領，他身上的衣甲結合了奈米技術和仿生技術，並且是用方舟能源催動的高科技盔甲，穿上能夠提昇各種力量的戰鬥力，不是星凰能夠應付的。所以星凰，妳不要再自責了。」

藍修士安慰我，我心裡依然不好受。一隻大手落到我肩膀上，我抬頭看，是巴布，他低臉看我，然後發出一聲：「嗯……」

「……」巴布安慰人的方式，還真是……

「星神戰甲不是所有人都可以穿的。」月在一旁淡淡說了起來：「必須要經受過超乎常人的體能訓練，才能穿上星神戰甲。普通人如果穿上，各項體能值忽然提高，細胞會因無法承受負荷而破裂，嚴重者有生命危險。」

月的話讓我心裡暗暗吃驚，也就是普通人穿上那身戰甲，說不定還會虛脫而死？迦炎能穿我不意外，沒想到小狼……真是看不出來！她跟我同樣是女孩，而且明顯比我年紀小，卻能穿上這神奇的戰甲。

不對，她是狼人來著……

「對了，剛才那人把一隻機器蜘蛛放我耳朵裡，藍修士你快看看，希望不是追蹤器。」

我指向自己耳朵，藍修士低下臉，他已經換上了另外一副藍色的眼鏡。

「微型蜘蛛？」月也朝我看來：「那多半是氣壓防護器了。阿修羅從不濫殺無辜，他借妳逃離，最後還是會保護妳安全。」

說話間，藍修士已經幫我挖出了那隻蜘蛛，蜘蛛靜靜趴在他手心裡，很溫馴。

「是氣壓防護器沒錯，我檢查過了，沒有跟蹤裝置，妳還是戴著吧！有了它，妳可以在很多星球行走。」他又給我塞了回去。

「喂，那東西那麼好，我也要！」星龍用腳踩著透明的駕駛平台喊著。

藍修士微笑看他：「對不起，星龍，主席還不准你隨意走動。」

星龍瞇起了眼睛，看著坐在一旁的胖船長：「喂，胖叔，這可是不公平對待啊！重雌輕雄啊，憑什麼啊？你們也太沒眼光了吧！是不是太久沒女人，所以平胸也好啊？」

藍修士的笑容變得很尷尬，巴布扭頭不看他，月則微微皺起眉，繼續看還在報導謀殺案的螢幕。

而胖船長卻面不改色繼續微笑，任由星龍說再難聽的話，他也巍然不動，如彌勒佛般繼續微笑。

「刷！」駕駛艙的門開了，迦炎和小狼走了進來，迦炎一邊走一邊說：「真晦氣，居然遇上議員被謀殺！這個混帳阿修羅，就不能讓我多休假幾天嗎？遇上這事真麻煩。」

小狼一邊撩起金色長捲髮，一邊不以為然地說：「很好啊，那混蛋該死，現在不用我們動手了。貪汙受賄，還祕密走私，建立非人後宮、性虐女人，那種畜生早該殺了，現在阿修羅幫我們斬草除根，我們可少了不少事。」

「這倒是。」迦炎抓了抓紅髮：「不過這樣的混蛋應該讓我親自制裁的，讓阿修羅搶先，心裡不爽。」

「你？」小狼雙手環胸好笑地看他：「證據呢？要有證據，主席早就辦他了。」

迦炎又煩躁起來，抓亂了一頭紅髮，忽然看到了月，說道：「對了，月，夜的『夜都會』好像就是這老頭批的吧！」

倏然間，月沉下了臉，雙手插入白褂的衣袋，冷冷轉身：「夜的事與我無關。」

說罷，他驟然消失在原地。下一刻，他已經出現在艙門前，白褂飛揚，月牙的尾巴優雅地在衣襬邊搖擺。

「刷！」艙門再次打開，月直接離開了駕駛艙。

大家都看向他，直到艙門關起。

「呿！每次說到夜他就逃，逃有用嗎？兄弟就是兄弟。」

迦炎搖搖頭，轉頭看到我，生氣起來。

「我說妳怎麼莫名其妙被阿修羅抓了？看了文明先生的重播才知道妳就在陽台上！我說妳不好好待在屋子裡，跑到陽台做什麼？跟妳聊天的那個女人又是誰？如果妳不在陽台，阿修羅就抓不到妳，妳也不會成為人質，我們說不定就能捉到阿修羅了！」

他對著我突然一陣炮轟，我任由他責備，因為今天的事，我很自責。

忽然間，巴布走到我面前，巨大的身影擋住了我。

「巴布你做什麼？」

巴布沒有說話，直接抓起了迦炎，把他夾在腰間，然後走了。

迦炎在巴布胳膊裡愣了一會兒，掙扎起來。

「巴布你把我放下！該死！你這塊石頭！我命令你立刻、馬上、把我放下！」

巴布把一直命令他放下的迦炎夾出了駕駛艙。

小狼到我面前，雙手背到身後對我咪咪笑：「別放心裡，我們都知道，那是個意外和巧合。對了，我們買的東西到了，一起去看吧！」

小狼開心地挽起我的手臂，把我直接拖走。

藍修士和老船長繼續看報導，星龍瞟了我一眼，壞壞地問：「有沒有幫我買啊？我可聽說了，這裡有賣快樂伴侶。」

我白了他一眼：「你有那個童顏巨乳還不夠嗎？」

「沒那個功能啊……」他皺著眉，悠悠然地說著，雙手枕在腦後，蹺腳蹺得自得其樂。

我轉開臉，走了幾步，想想心裡憋氣，回身一腳踹在他躺椅上。他嘰裡咕嚕滾了下去，趴在地上，悠悠然地單手拄臉，笑道：「呿！妳也就能欺負、欺負我而已……」

一口氣悶在胸口，扭頭就走。

我蘇星雨什麼時候變成了欺軟怕硬的人？

可是，我在那身衣甲前就是那麼的……沒用……

躺在自己房間的床上，見小狼開心地拆包裹，感覺飛船動了一下，我知道，是再次航行了。

「邊緣組織是什麼？」我問。

小狼漫不經心地答：「反抗組織嘍！是人造人建立起來的，要求平等的組織。其實我挺喜歡他們的……」

小狼一邊整理自己的東西一邊說。

「小狼、小狼，小聲點！」伊可緊張地在旁邊提醒。

「怕什麼啊！」小狼叛逆地白她一眼：「他們是人造人，我們是異種人，反正我們都沒純種人地位高，我們是一樣的……」

小狼的語氣帶著嘲諷和冷笑。似乎，在未來，人種決定了很多事情。叛逆的少年，對叛逆的事情總有一種盲目的情懷。

小狼就是。

雖然伊可害怕地捂著耳朵，但小狼還在不停地說著邊緣組織。

「他們不只有人造人，也歡迎異種人、混種人、變種人……」

小狼說了很多。現在的人大致分為五類，純種人、異種人、混種人、變種人和人造人，這五種人的社會地位，依次降低。

人造人的生產早已禁止，它開始於第一次星球大戰後。那時政府尚未穩定，但經濟已有所恢復，有人便提出用人造人技術來增加男人的數量。

但是，人造人的基因還是從現有的人類身上提取，這樣就出現了很多「近親」，反而降低了人類的素質。而且人造人的各項生命值都比較低下，為了不拉低人類後代的素質，人造人計畫最終被停止了。

已經造出的人造人，成了沒有公民權的人類，但他們終究還是人類，於是被統一流放到邊緣星球，任其自生自滅。數百年來，人造人在邊緣星球繁殖起來，成為邊緣星人。他們的產生，是人類當初一個錯誤的決定，但是人類卻沒有對他們負上應有的責任，才有了現在的邊緣組織。

他們想要的，其實還是公正的對待。

一說到這種話題，總覺得有些沉重。

靈蛇號跨越星際之門後，會經過漫長的一段旅行。星際之門也是各星系之間的大門，給空間跳躍提供座標和軌道。

穿過的時候，要付錢。

過路費真是千萬年屹立不搖、增加財政最好的方法。

第4章　老娘是你們的祖宗！

阿修羅的事件讓我胸悶了好幾天，不想跟人說話，正好，大家也是各忙各的。

藍修士得了我的電腦，如獲至寶。冰凍計畫的時候，領導人就把很多資料存放到我的電腦裡去，說到了未來就算我死了，這台電腦還能給人類追溯祖先時提供價值。

我當時很無語，可以想像我當時的表情，似乎我的價值還不如那台電腦。但是，相對於時間來說，確實我不值那台電腦。

我懂什麼？除了會打、會拿槍，連唐詩宋詞都背不了幾首，還不如我們隔壁兩歲的小孩，這也是藍修士不找我的原因。說白了，我現在只是一個古人類，一個供人參觀的……古人類。

對於這個新的「職業」，我過了很久才能接受。

如果把自己看作骨董，這個事情無疑是挺侮辱人的。但是，從歷史研究來看，我作為千年後醒來的古人，是不是應該為歷史盡一份責任？讓現在的人看到我們那時的說話方式和為人處世。我們並不可怕，並不野心勃勃，第一次星球大戰不是全人類希望的，人類其實是愛好和平的人種。

我也向藍修士要了其他冰凍人的資料，他說他也在跟進，主席也希望所有冰凍人能在現代過得好，所以在回到地球總部彙報工作後，我們會踏上星系巡展的旅程。在巡展中探望那些冰凍人，並收集資料。

聽到這個消息，我很高興，感覺自己終於能做一點「歷史花瓶」以外的事。

至於星龍那個賤男，他很自覺地跟我隔離。他原名叫東方白，而且並不是跟我一起冰凍的那批人。

冰凍計畫在我被冰凍的三年後，因為人權組織的反對，以及擔心未來人口突然膨脹，而被取消了。因為如果人人都能冰凍，為何不花點錢一起冰凍到未來？所以當時很多人鑽這個漏洞，明明健康的人也走後門來冰凍，讓發明冰凍計畫的科學家們非常憤怒。

冰凍計畫一被取消，科學家就帶著冰凍人一起到了北極，把我們全部埋入北極冰川，封印了「冰凍計畫」。

藍修士說當時被冰凍的人，其實已經有一萬人。至於為何只剩下我們三千人，而且我們三千人還是在水星地獄監獄的殘骸裡找到的——我們什麼時候被帶離地球，又被誰藏在恐怖灼熱的水星監獄，剩餘的人到哪兒去了——等等，都沒有記錄，這已經成為一個千年之謎。

坐在草坪上，伊可站在我的面前，兩隻粉色的耳朵直豎起來，然後雙耳的頂端會出現一個螢幕，裡面有我的書，是藍修士從我的電腦轉移到靈蛇號資料庫裡的。

為了讓我們保持「原汁原味」，我和星龍甚至不可以看這個時代的電視或是各種資訊。假使我們試圖翻看的話，會自動鎖上，難怪星龍要一架鋼琴。那個吊死男，會彈鋼琴嗎？

看了一會兒，覺得真沒勁兒。我一個全天候備戰的女警，有時還要保護政要，全身的細胞處於高度緊張狀態，可是現在卻閒散成這樣，渾身都不舒服，快長蘑菇了。

抬起手臂，甩了甩，原本緊致的手臂都快成蝴蝶袖了。不由得想起迦炎和小狼他們穿的戰衣，不知道穿上是什麼感覺？

但依目前的情況來看，我是不可能穿上的。我需要靈蛇號，需要這個星盟帶我去看剩餘的星龍和星凰。等我的職責結束之後，我就……

以我現在的能力，別說靈蛇號，就算一個迦炎都逃不過。我必須要了解他們武器的運用。然而很明顯地，靈蛇號上的任何一個人，都不會給我武器玩。

我摸著下巴想了很久。蘇星雨，好好想想，我們雖然跟他們相隔一千年，但是我們的智商可不一定比他們差。諸葛亮到了二〇一三年，難道就成為白癡和弱智了？

有了！

嘴角一揚，看著伊可：「伊可，好悶啊，有沒有……遊戲可以打？」

「有啊！」伊可耳朵動了動：「主人是想要體感還是腦波代入？」

這麼多花樣？還是先從聽得懂的開始。

「就體感吧！」我站起來，開始活動手腳，看來遊戲技術也沒怎麼發展嘛！看看這一千年後的體感有啥區別。

就在這時，伊可雙耳上的螢幕消失了，下一刻，整個草坪上的燈光一盞接著一盞熄滅，我瞬間陷入黑暗之中。

四周一片漆黑，一對藍色的眼睛突然飄浮在我面前，把我嚇一跳：「伊可？」

「是我啊！主人，請選擇遊戲。」

說話間，四周射來如同蛛絲的藍色光束，編織出了無數個網格。這個景象很熟悉，像上次在泡泡屋購物的場景。

「啪」一聲，四周瞬間變成了銀白色，形成一個虛無的無窮空間，只有腳下依然是綠色的草地。伊可飛在我的面前，頭上頂著很多遊戲畫面。

「主人，這是體感系列，可好玩了。伊可最喜歡玩太空滑板，又快又刺激……」

它不停地說著，我開始翻看。

誰要在三〇一三年玩什麼太空滑板這種小兒科遊戲？這種遊戲用我二〇一三年的大腦想想也知道是怎樣的情節。

忽然眼前一亮，跑出打外星怪獸的畫面，嘿嘿，就這個。

點入，隨即發出「叮」一聲。

「主人您確定要玩這個嗎？」伊可叫起來：「這個遊戲好恐怖啊，裡面的怪獸好可怕！」

「當然！」就是看到有槍才玩的。

「那……好吧！」伊可還挺委屈：「開始進入遊戲。」

慢慢地，我身上的裙子變成了一件深藍色的制服。

周圍的無窮空間開始幻化出茂密的叢林，身旁不遠處是一架墜毀的飛船和幾名傷員。身前是一個身穿和迦炎他們一樣衣甲的軍官，他正在放送求救信號：「求救、求救，星河號墜入不知名星球，求救、求救、求救。」

然後，他轉身看到了我，黑色的頭盔閃過反光：「士兵！報上妳的姓名！」

「好真實。」我不由感嘆，這就是體感？

我忍不住伸手去摸，對方突然揮手，穿透了我的手臂：「嚴肅點！好真實！」

「……」好真實竟成了我的遊戲名……不過，沒想到遊戲裡的ＮＰＣ居然還能根據玩家的動作做出反應，這樣互動更加真實。

「拿上槍，帶上妳的智能寵物，到前方會合！」他扔給我一把槍，我接在手裡，這觸感是真的。然後他跑了起來，我趕緊跟著他一起跑。身邊出現了伊可，它也是一個小頭盔和一件小戰衣。

我一邊跑一邊問伊可：「伊可，這槍怎麼是真的？剛才那個人的手臂明明穿過我的手臂了。」

伊可飛在我的身邊說明：「主人，這槍是遊戲的裝備槍，完全仿真設計，後面隨著妳的升級，還會穿上戰衣呢！」

「戰衣？跟迦炎他們一樣？」

「不不不，是遊戲裝備，是遊戲戰衣，上面有特殊的感測器，根據妳等級的上升，會自動升級出相應的戰衣效果，最後就是星神戰衣了！超棒的！」

我明白了，這些都是裝備，假的，就跟光槍一樣。

「那我這樣跑沒問題嗎？會不會撞到牆？」我分明是在往前跑。

「不會的，主人，現在整個場景已經根據妳的跑動移動了，其實妳屋前的這片草地，就是靈蛇號其中一個遊戲艙。為了讓妳住得舒適，可以看到綠色植物，所以大家為妳在這裡安了小屋。」

「遊戲艙？這麼大的遊戲艙！」

「好真實！快隱蔽！」突然，ＮＰＣ朝我大吼，他的面前出現了一隻巨大的蜘蛛，蜘蛛張開嘴，裡面伸出了恐怖的觸手。

天啊，異形啊！難怪伊可覺得恐怖。

「嘀嘀。」手裡的槍有了反應，我舉起來，旁邊出現一個藍光箭頭，指向槍側邊的一排能量槽：「能量已經滿格，請說『開槍』。開槍後，自動鎖定您的聲音。」

「……」這突然出現的箭頭可真夠搶鏡的。

立刻對準異形喊：「開槍！」

瞬間一束光束射了過去，擊中了巨型蜘蛛。蜘蛛倒地，ＮＰＣ又不知從哪兒蹦出來了：「很好！我們繼續向前！」

好樣的，剛才老大您跑哪兒去了？

「好真實！快開槍！」他剛喊完，一條舌頭不知道從哪裡過來，一下子捲住我，然後神奇的箭頭又出現了：「匕首在小腿上。」

「……」抽出匕首切斷，登時綠色的液體迸射出來，瞬間淋了我一頭。

「嗤！嗤！嗤！」遊戲突然暫停，面前出現三個大大紅字：「您死了。」

「什麼？我怎麼死了？」我莫名地看伊可，伊可指向我身上的綠色液體。

「根據攻略，您要閃開綠色的汁液。那是腐蝕性液體，剛才淋到主人的頭上，主人是必死無疑的，所以……才說這個遊戲又難又變態……」它兩隻兔耳朵攪在了一起，顯得萬分委屈。

我呆呆看它片刻，頓時明白了，這遊戲是真的體感，簡單的肢體動作根本過不了關，必須配上我的全部所學。

很好，就這個遊戲了！

小宇宙立時爆發，我陰邪地笑了起來：「不打爆你，我就不叫蘇星雨！」

伊可在旁邊害怕地看我。我扭扭脖子、捏捏關節、抖抖全身、壓壓腿，站起、大喝：「再來！」

「啊！」伊可嚇一跳：「好，好……再次進入遊戲……」

當遊戲重啟，我再次站在那個NPC後，我蘇星雨已經做好了痛宰外星怪獸的準備！

靈蛇號上的人，其實性格還是比較悶的。藍修士自從風雅星回來，一直忙於我電腦資料的整理和研究。而月更多時候都在他的生態監控艙裡，監控飛船各項生態值和植物的生命值。巴布只喜歡在廚房裡，早上起來準備早餐，然後做午餐，晚上開始煮晚餐，最後滿足地睡覺……迦炎和小狼倒是挺活潑，可他們兩個喜歡在一起對練，在對我這個遠古人的新鮮感過去後，很少人會來打擾我。聽說這也是主席的命令。

至於船長……就像一團軟綿綿的橡皮泥，不動、不說話，只在吃飯時出現一下。

當然，剩下的最後一個活體——星龍一號東方白，不提也罷。

最重要的是，跟這些人暫時都沒共同語言。所以，如果沒有遊戲打，我想我真的會成為渾身長毛的骨董。

「找到一把射線槍。」神奇的箭頭出現，我換了把更好的槍。只闖過第一關，我已經腰痠背痛。一路飛奔跳躍、匍匐打滾過來，能不累嗎？

「呼！存檔吧！」暫停一下，第一次運動量不能過大。

「提示，玩家二進入。」當這排字出現在眼前時，我看向四周，納悶誰忽然闖入我的遊戲？

「咕，沒想到就妳這種大嬸，居然也能闖過第一關。」一聽到這個聲音，我已經沉下臉。

單手扠腰，看往聲音的方向。從死掉的怪物裡，走出了一身白色戰衣的賤男東方白，雪白的戰衣緊身收腰，包裹著他的大腿。忽然發現這小子的腿挺修長。

戰衣兩側是藍色的條紋，分別沿著他的手臂外側、腋下腰線、臀部外側以及大腿外側而下。腰間斜跨一條黑色腰帶，腰帶的右邊是一把配槍，左邊是一把匕首。

「他、他的裝備怎麼比我好？」

我指向他身上的裝備，這混蛋已經換上戰衣了，而我還是普通制服。

「主人，顯然星龍一號也在玩這個遊戲，而且……似乎已經等級很高了……」

伊可說話的時候，東方白身後已經跟入了他的智能管家童顏巨乳。

它進入遊戲時，身上衣服也已經完全更換，不再是日本和服，而是銀色的盔甲。胸部依然暴突，被堅硬的盔甲托住，深深的乳溝可以夾死蒼蠅。

「哇……伊塔麗的裝備已經那麼好了！」

見伊可滿臉的羨慕，我斜睨它：「出息點好不好。妳們同一個家族的啊，都姓伊？」

伊可兩隻長長的耳朵又攪在了一起：「我們是同一個批次的……」

轉臉冷看不速之客，東方白辮子的末梢在他左邊的肩膀上，他踱踱地站在我的面前，指尖挑開額前的瀏海，目光看所有的東西就是不看我。

「要不要我帶妳練等級啊？」

「喂，這是我的遊戲，請你出去！」我朝他一甩手。

他側臉舔唇道：「哼，妳不知道這遊戲可以連線嗎？我當然可以進來玩。既然妳不需要我帶，我們比一比怎樣？」

「比什麼？」

「比誰先到聚集地啊！」他雙手攤開，一臉得意地說：「Come on～大嬸，我讓讓妳。不用武器，再讓妳先跑三十秒如何？」

「不早說。」我直接跑了，身後的他露出愣愣的神情。我回頭對他做了一個大大的鬼臉，他摸過辮子搖頭笑。

一路急奔，不再求分、不再殺怪，只求最快。忽然，一抹白影從我身旁飛速而過，揚起我的長髮，我怔然而立。

他在我面前做了一個漂亮的迴旋，停頓在空中，腳下踩的居然是伊塔麗的後背。伊塔麗生出一對翅膀，頭戴頭盔，漂亮得像機甲女神。

他站在伊塔麗後背上，彎腰俯身，右腿前弓，後腿伸長。右手手肘撐在膝蓋上，壞壞地笑看我。

「大嬸，看來妳還沒摸透這個遊戲啊！」

他那副得意的模樣，看著就欠打。

「它怎麼會飛？伊可妳怎麼不行？」我看向伊可。

「我還沒升級……這個功能要15級才能開啟……」伊可顯得有點委屈。

我氣悶了，抽手拔槍就射伊塔麗。整個過程一氣呵成，乾脆俐落。

他的雙眸閃過詫異，一時沒有防備地被我射中坐騎。

「啊……」伊塔麗墜落，東方白從她後背後翻跳下，姿勢漂亮俐落，甚至十分優雅。

一時間，我愣住了，這絕對不是普通玩家能做到的。回想之前的種種，越來越覺得東方白很可疑。

還記得那次關於晶片和微腦細胞的討論，當時因為剛剛甦醒，還處於各種不適應中，現在回想，越來越不對勁。當時他言之鑿鑿，侃侃而談晶片與微腦細胞的各種區別，但是明明在我的年代，晶片還只是一個概念，而他說得像是已經用過。而此刻他乾淨俐落的動作，已經表明他練過。他挺拔的身姿，也分明透出一種熟悉的軍人神武。

忽然，眼前白影撲來，我被他撲倒，他抱住我在地上翻滾了一圈，停落，扣住我的手腕揚起我手中的槍，眼前正是一隻巨型的蜘蛛。

「還不發令！」他沉沉地開口。

當下我出於本能地發令：「開槍！」光線射出，掠過他認真沉著的臉，射穿了蜘蛛的身體。

「噓……」轉眼間，他又恢復他不正經的姿態，一手摸過我的側身，一手扣住我的手腕，繼續壓在我的身上，對我笑咪咪地說：「我救了妳一命喔！」

「滾開！」我推他，卻發現根本推不動。

他笑咪咪地扣住我的手，慢慢按在我的頭頂，一條腿跨在了我的身上，大半個身體重重壓住我的身子。

「大嬸，我已經升級為戰衣了，力量、生命、體能，都比妳高出許多，妳是逃不掉的……」

「你想做什麼？」我冷冷看他。

他俯下臉，對著我的臉「呼」地吹口氣，吹起了我的瀏海。

「妳看周圍死屍林立，環境幽美……」

「……」哪裡幽美了？都是怪獸屍體，綠色液體、內臟一地，他的審美觀怎麼那麼奇葩。

「星盟也一直希望我們培養、培養感情，剛才已經證明我們很合拍，所以現在……不如我們趕緊造人完成任務吧！」

見他突然吻了下來，我側開臉大聲喊：「遊戲解除！」

瞬間，周圍的景物漸漸消去。伊塔麗飛到我們上方，然後我看到了驚悚的一幕，伊塔麗的肚皮打開，收回了東方白的戰衣、配槍，以及所有的裝備。

難道我的東西，伊可也是這樣給我的？

伊塔麗的盔甲也慢慢恢復為和服，從空中降落。落地之時，四周景物已經恢復如常。

「沒關係，這樣也不錯。」東方白的嘴落到我臉上，另一隻手摸到我的臀線。

怒火立刻竄上腦門，用盡所有的力氣掙扎翻身，終於把他壓在身下，右手也脫離了他的桎梏，反手扣住他的手按在他的頭頂，揮起左手，就要給他一拳。

「你這個垃圾！」

突然，我的胸部被人一把握住了，瞬間體溫超標，全身完全僵硬。

「嗯？原來還有點……」他的右手按在我胸部上，自言自語。

啊啊啊啊啊！我一定要閹了他！

「喲！進展不錯！」聽到忽然闖入的迦炎對眼前景象做出的評論，讓我瞬間石化：「嗯……沒想到遠古人喜歡暴力一點的，有意思。藍修士，不知道他們要做多久，我們還是先迴避吧！」

「不錯……」身下的賤人用另一隻手撐起身體，靠近我的臉：「我們還要做很久，你們別來打擾我……」

「砰！」

「噗——」

一拳揮下，一口血直接從他嘴裡飛出，隨即他往後倒了下去。

「砰！」一聲他暈在草地上，辮了像蝌蚪的尾巴在他後腦勺彎曲著。

寒氣包裹我的全身，我冷冷站起，雙拳擰出「咯吱」的聲音，四周一片寧靜。

轉臉看一旁僵硬的兩個人，藍修士的臉正由紅轉白。

「你們來幹什麼？」

「地、地球到了。」藍修士咽了口口水。

「嗯。你們有沒有見過太監？」

聽到我的發問，他們搖搖頭，而藍修士戴著藍色眼鏡的眼睛眨了眨。

「太監在你們那個年代應該已經絕跡了吧？不過星際博物館裡有幸收藏了一具太監屍體……」說著說著，他慶幸地微笑起來：「幸好那具屍體埋得深，才沒在戰爭中毀滅啊……」

我點點頭。

「那你們現在又會多一具了。」說罷，抬腳，對著東方白直接踩了下去。

「住手——」

「啊——主人——」

就在迦炎飛速到我身邊要阻止我時，身下的人就地一滾，又活了。

他爬起來，捂著臉，狠狠指著我：「妳等著！妳給我等著！」

「我現在就在這兒，有本事你來啊！」我推開迦炎，開始擰拳：「迦炎、藍修士，對不起，請你們暫時迴避一下，我想私下教訓、教訓星龍一號。」

東方白瞇了瞇眼，收回手，雙手環胸，再次恢復那副屌樣。

「好啊！我倒要看看妳有什麼本事。」

「別別別！已經到地球了，你們如果有損壞不太好……」藍修士要來阻止，被迦炎攔住。

「藍修士，我覺得挺好。他們積怨太久了，就讓他們痛痛快快打一場，我們退避，走啊！」

迦炎笑嘻嘻看著我們，還對藍修士頻頻使眼色：「嘖，走啊！」

藍修士還是不放心，最後被迦炎硬是拖走了。

他們離開不久，東方白已經吊兒郎當地聳著肩朝我而來。

「大嬸，妳想打什麼？我可告訴妳，我練過的也不少……」

「你到底是誰？」

面對我的發問，他頓住腳步，玩起了自己的辮子：「我是東方白啊！」

「哼！」我轉臉笑了笑，看看一旁的伊可和伊塔麗，現在迦炎和藍修士說不定在駕駛艙看著我們。

「你覺得你這防備有必要嗎？」我轉回頭看他，他仍在把玩自己的辮子，顯得漫不經心。我則繼續學藍修士的口吻，試圖說服他。

「以他們的科技、他們的特殊能力，我覺得防備他們完全是多此一舉，也是自作聰明。而且他們對我們很好，給我們吃好的、穿好的、舒服的生活環境……」

我雙手攤開，指向四周：「無論溫度濕度，都在遷就我們，還滿足我們一切要求……」

「唯獨沒有自由……」他陰陽怪氣地說著，雙手再次環胸側身靠近我，對我挑眉：「妳……不想出去看看嗎？」

「我已經自由了啊！」我眨眼看他，他的眸光中浮出了疑惑。我輕扣右耳，氣壓防護器爬了出來，落在我手心裡，我放到他面前。

「你看，他們還給我這個，我不就可以到處走了？而且……」我踮起腳尖湊到他的耳邊，一邊把氣壓防護器放回耳朵一邊低聲說：「他們可是把微腦細胞的控制代碼都還給我了喔！」

他的身體倏然怔住，我慢慢離開他的臉側，看一眼他收緊的雙眸，後退幾步，雙手背到身後，轉向四周。

「你所說的自由有必要嗎？我們對這裡完全不了解，也不會用這裡的高科技，身上還有微腦細胞能控制我們，那東西我想應該還有座標定位功能，你認為你能逃嗎？你逃了之後，能活嗎？離開星盟我們什麼都不是。我是女人，我只想要安全、安定的生活，所以現在這樣對我來說，再好不過。」

說完後，我不再說話。他朝我走過來，右手摸下巴，開始繞著我轉圈，上上下下打量我，然後停在我身旁，湊近我的耳朵。

「嘶……我說妳怎麼那麼配合他們，簡直是對他們搖尾乞憐。原來如此啊！妳那一箱東西換來了自由，真划算呢！」

「哼……」我垂臉一笑，繼續做星盟的「說客」：「根據星盟買我們的合約，我們這個人，包括我們隨身攜帶的所有物品，現在都已經歸屬星盟了。現在我想吃一包泡麵，都是不被允許的。至於那些槍，現在這麼和平，我要那些連一個防護罩都打不穿的槍做什麼？它們對我來說是垃圾，但對整個星際而言卻是重要的文物，我當然要自覺上繳，貢獻我一份力量，以感謝星盟對我的拯救和照顧。所以，我勸你最好也老老實實聽星盟的話，才能得到你想要的，星盟才會給你一切……」

語畢，我富含深意地看向他。你明白我的意思了嗎？東方白！

我想，以他的智商，他應該懂。

我的箱子已經屬於星盟，就算我不當著他們的面打開，他們也有權自行打開。所有的過程，是他們對我們的觀察，以判斷能給我們的自由度。

人類是智慧的生物，「察言觀色」這四個字已有上萬年的歷史。不要把自己看得太聰明，也不要把別人看得太蠢。當我們設起防線，存著戒心時，對方會很容易察覺到，從而也對我們設起防線，十萬分地戒備我們。

更何況，我們還沒有完全了解靈蛇號上每個成員的能力。既然月會瞬移、小狼會變身，那藍修士、迦炎、巴布，包括那個總是微笑的彌勒佛，難道沒有什麼特殊能力？尤其月說藍修士對生物大腦活動特別敏感，你戒備起來，他會感應不到嗎？

我想，這或許就是至今星龍還沒有得到自由和微腦細胞控制代碼的原因。

還有隨時隨地都能出現的飛船智能艦長，和我們身邊的智能管家。我們宛如身處於一張嚴密的監控網路之下，一舉一動、一言一行都在別人眼中。

面對這一切，戒備他們只會讓他們反過來戒備我們。不如對這些美男子們完全敞開心胸，他們也才會放下戒心，至少會放下大部分。我們遠古人的身分說不定還會讓他們輕敵，在他們不知不覺中融入他們、了解他們、學會使用他們的武器，獲得最終想要的東西。

「嗯……」他瞇起一隻眼睛對我點了點頭：「現在我倒是真的想跟妳好好培養一下感情了……妳說得對，我也應該放下戒心，全身心地去接受星盟……」

「不止全身心，還有這裡……」我指向大腦：「月說過藍修士對大腦活動很敏感喔！」

東方白瞇起的眼睛緩緩睜開，驚訝掠過他清澈明亮的黑眼睛。他的目光掃向四周，故作驚嘆地搖起頭來。

「我說我怎麼總是逃不過藍修士的眼睛，哎，是我太不信任他們了！其實他們救了我們、養活我們，從沒有害我們之心，分明就是我們的恩人、家人、親人。是我想太多了，總害怕那種恐怖的解剖畫面出現在我們身上。」

我連連點頭：「不錯，不錯！他們對我們很好，還有遊戲打，多好！沒有辦法吸收現代資訊又怎樣？做我們自己不好嗎？現代的生活也未必適合我們。」

「嗯嗯……」他勾住我的肩膀笑了起來：「還有遊戲打！下次我一定要跟妳好好學學！」

他別有深意地說，右手又朝我胸口摸來，我舉手擋住，瞇著眼笑。

「如果你想成為全宇宙唯一的太監，我會成全你。」

扣住他的手用上力，掐入他腕部的神經，他立刻抽回手，齜牙咧嘴地甩起手來。

「對妳的配偶好一點！在這裡，如果我不要妳，沒人會要妳了。妳可別以為這裡的人會看上妳這骨董級的大嬸！」

他好笑地看我。

「在他們眼裡，我們算是低等生物，他們是不會來跟妳來進行交配活動，到時妳豈不是……」

他又開始犯毛病，這人一天不賤，渾身不爽。

「寂寞死啊……配偶？」

我抖眉、出拳，打在他腹部，他吃痛地彎下腰。

「我說你每天不找打，全身不舒服還是怎的？滾回去換衣服，就要回地球了，別丟我們遠古人的臉！」

他抬起臉抽搐地笑，臉上的疤宛如一下子活起來，像一條蜈蚣在他臉上抽動。

★　★　★

坐在床邊，手裡是家人的照片。

馬上就要回地球了，心情看似平靜，但心跳卻快得無法呼吸。

「主人！看！地球！」小屋上開了一扇窗，窗是虛擬的，但仍是立體的，猶如真的透過窗看到了地球。

美麗的地球，藍色和白色交織在一起，以前總是在網路看到地球的外貌。現在親眼看見，呼吸在那瞬間凝滯了。

「人類已經把地球還給了自然。」伊可在飛船緩緩靠近地球時說著：「現在地球成為政治和文化中心，除了星際聯盟的總部，便是學校。整個第一星國最好的學校都集中在地球上，培養出一代又一代第一星國的頂尖人才。」

好乾淨的地球，這份乾淨，是在我那個年代看不到的。

雖然我那時沒能在太空中俯瞰地球，可是那時候地球周邊有很多衛星，有一次流星雨還砸到了一個，而現在卻很乾淨，地球的周圍什麼都沒有。

「我記得……以前有很多衛星的。」

「衛星？」伊可的耳朵轉了轉：「喔，那個東西早就不用了，自從人類在月球上製造了第一座信號站，衛星就退出了歷史舞台。主人、主人，請換衣服。」

我一看，竟是一件我們那個年代的碎花連身裙。

「因為主人是遠古人，所以被要求穿上遠古的衣服。但主人沒有帶衣服來未來，所以這件是臨時做的。」

我拿起衣服，連穿衣服都要被規定嗎？

再次看向窗外，飛船正慢慢進入大氣層，把照片對準地球。爸爸、媽媽、弟弟，我回來了。

「你相信輪迴嗎？」

「是的，我信。」

所以，我一定會再次和爸爸、媽媽、弟弟團聚的。

當我換好裙子時，藍修士來了。

他敲敲我的門，我開門時，他看著我的打扮感嘆許久，上上下下，細細觀瞧，不斷點頭，但始終沒有說話。

「合適嗎？」我問他。

他尖尖的耳朵動了動，連連點頭：「合適、合適。很好！走！我帶妳去看地球。」

他習慣性地拉起我的胳膊，忽然僵硬了一下，趕緊放開，不知什麼原因急紅了臉。

「不、對不起，真是糊塗了，忘記妳沒袖子……」

我正奇怪他在說些什麼，他已經不知從哪裡拿出一塊絲絹，開始在他握過的地方細緻地擦過。

「藍修士，你也太誇張了吧？」我不禁撫額。

「現在妳的手臂裸露了，碰一下會留下指紋的。上次妳那件衣服我擦了好久，之前只看前面，沒看到指紋，結果夜的指紋全在後面……」

藍修士分外認真，巴拉巴拉說個不停。

我揚眉看他：「那你給我準備一件長袖的不就行了！」

他愣住了，站起身，手裡拿著絲巾，呆呆看我。

「對啊，我怎麼沒想到。不過妳的衣服是小狼做的，我們都不知道該給妳穿什麼……」

正說著，面前已經落下了小狼和迦炎。迦炎蹲在浮台上笑看我，小狼一下子躍下來，她今天也穿了一件短裙。

她拉起我的手臂，歡喜地看：「哈哈哈，我做的衣服就是好看，我的手藝真好啊！」

「小狼！不要碰！」藍修士更急了，急出了汗，拿著絲巾又要來幫我擦，被小狼直接趕開。

「藍修士，別藉著擦身體佔小雨姊姊便宜啊！老是擦擦擦，動不動就擦、動不動就擦，她是個人，碰又碰不壞，我看你老是擦，才會把她皮膚擦粗糙呢，哼！」

小狼對藍修士做了一個大大的鬼臉。

藍修士騰地炸紅了臉，拿著絲巾委屈而窘迫。

小雨姊姊。我喜歡這個稱呼，從上靈蛇號以來，每個人都叫我「星凰」，叫東方白「星龍」。

可是，那是一個代號，就像007，也足見我們沒有進入他們的心。

今天是小狼第一次叫我小雨姊姊，這是很好的新開始。

小狼把我從窘迫的藍修士身邊帶走，藍修士還拿著絲巾長吁短嘆。

他們並沒帶我去駕駛艙，而是到了長長的走廊上。這個地方根據我之前的參觀記憶，應該是往靈蛇號頭部的方向，駕駛艙則位於靈蛇號的眼睛。

經過一排房間時，他們停下，叩響其中一扇門。門開時，出現一片花園景象，花園正中是一架乳白色的鋼琴。

有人走了出來，我看到他的那副樣子，登時目瞪口呆。

從花園中走來的不是身穿華美禮服的王子殿下，而是汗衫短褲拖鞋男。關鍵是汗衫拖鞋男身後，是宅男心目中的女神——童顏巨乳日本妞。

「？？？」我想，如果可以解構出我的大腦圖，現在我的頭頂上就是這一串問號。

「東方白，我想……這應該是一個正式場合，你這樣合適嗎？」

而且，我怎麼覺得那些衣服的尺寸明顯偏大，像是一個胖子穿的，我疑惑地看向小狼。

「小狼，以妳的品味應該不會……」

「當然不會！」小狼完全無法直視東方白的穿著：「但是要保持原生態。東方白自己帶了衣服來，妳沒有，所以妳的是臨時做的。」

自己的衣服？再次看東方白的汗衫，領子大得都快露胸了。奇怪，既然是自己的衣服，尺寸怎麼這麼不搭？

東方白聳著肩膀到我面前，右手撐上門框，左手一扠腰，風姿妖嬈地一站。立刻，寬大的衣領從左肩膀滑落，他自得地甩了甩瀏海。

「這才是我的Style！多～～性感！啵！」一個飛吻飛來，飛得我全身僵硬。

他已經自我欣賞地走出房間，雙手插在沙灘褲的口袋裡，露出一個肩膀、半個後背，拖著人字拖，哼著曲兒在前面吊兒郎當地走。

「我受不了他的穿著，我要走前面。」小狼受不了地跑到東方白前面。迦炎笑呵呵地跟過去，他們本來就要為我們帶路。

我跑到東方白身邊，他這副打扮更像要去海灘度假。

「我說，你確定這是你的衣服？」我小聲問。

他的表情僵了僵，抬手撫上額頭，指尖插入髮根：「很顯然……他們把我箱子弄錯了……」

「弄錯？那麼精密的事情也會弄錯？」

「快遞也常常弄丟東西，這一千年的傳遞，怎會百分百正確？嗯？」他的手勾上我的肩膀，又俯下身對我不正經地笑。

心裡想想，出錯也有可能。不過……整件事變得有些可疑。

「瘋三配上小清新，我們是絕配啊！」他的臉湊過來，正想打他，一雙手從我們之間插入，把我們硬生生給分開了。看了看，居然是藍修士擠了進來。

他身穿制服的身體有些緊繃，低著頭、紅著臉，雙手緊緊揪緊絲巾。

「這是正式場合，請星龍不要隨便亂碰星凰，也不要做出任何無禮的舉動！」

東方白比藍修士高半顆頭，俯看藍修士紅紅的臉，「呿」了一聲，好笑地看向別處。

我看藍修士，他銀藍短髮下的尖耳朵折疊了起來，這會不會是緊張的肢體語言？

其實……一直覺得藍修士像小綿羊。

忽然間，亮光從前方而來。扭頭看去時，一片豁然開朗的藍天白雲，眼前出現了巨大寬敞的平台。上次參觀時，這裡明明被飛船的外殼所覆蓋，看不到外面的景象。而現在，外殼正在慢慢升起，透明的玻璃外，正是風和日麗的晴朗天空。流雲此刻像薄紗一樣從我們面前緩緩而過。

當走到最前端突出的部位時，腳下的地面也成了透明的材質。整個人如站在半空中，下面的美景一覽無遺。

飛船正緩緩接近地面，下面是滿目的綠色，細細的藍絲帶遍布其間，隨著越來越靠近，那些藍絲帶變成了一條條碧水。

再也沒有霧霾，再也沒有毒塵，只有異常乾淨的天空和綠地。地球乾淨了！

記得以前跟一位住在北京的朋友線上聊說正在看「沉默之丘」，而那朋友卻吐槽了一句：「我現在開窗就能看見『沉默之丘』。」

巨大的飛船緩緩降落，面前陸續出現了很多人、很多文明先生，還有很多身穿制服維持秩序的人。飛在空中的、站在地上的，還有想越過警衛飛船的。當我們出現在他們面前時，許多像攝影機的飄浮機器人齊齊朝我對準。

「哈！我們要成明星了！」迦炎趕緊整理整理自己的衣冠，小狼也拉直自己的裙子。然後對著那些鏡頭揮手微笑。

藍修士走上前，沉臉看他們。

「你們也該適可而止，你們擋住星凰和星龍了。別忘了他們才是明星，你們只是守衛者。」兩個人翻了翻白眼，掃興地分別退到我和東方白身旁。

飛船停落，面前透明的玻璃緩緩打開，清新的空氣立時撲鼻而來。我從來沒聞到過這麼清新的空氣，就像是在醫院吸氧。

與此同時，傳來了震天的歡呼聲。

「星龍一號！星龍一號！」

「星凰一號！星凰一號！」

「你們的事情已經傳遍整個第一星國，大家都很期待你們的歸來。」藍修士微笑地說著。

我們的腳下慢慢衍伸出透明的台階。

「噓……」東方白吹響口哨，很自然地揮舞起手臂，一副習慣被攝影機對準的明星模樣。「大嬸，麻煩妳有點明星風範好不好，別影響我！」

我斜睨他的汗衫短褲人字拖，我都沒吐槽他，他還來嫌我？

「星盟萬歲！星盟萬歲！」隨著他們的高喊，從我們對面來了一輛圓形的飄浮車，車上站著一前一後兩個人。

眼前人的穿著很奇怪，頭上一頂圓形平頂的帽子，身上是立領的深綠直挺長袍。質感很平整的長袍，讓他看上去像個筆筒，再搭配他頭上的帽子，整體看起來，讓我第一時間就想起清朝的太監。

他長得也有點怪，尖尖的臉、像一條線的極長眼睛、鼻梁骨比普通人長、嘴唇很薄也很長，像是好好一張臉被人給拉長了，又像是動畫「葫蘆娃」裡的蛇精。雙手放在身前，伸入同樣四四方方的衣袖中，再加上他那身深綠的皮，讓他像一條綠蛇似地游過來。

他的身後倒是一個長相正常的年輕男人，白色制服、黑色長靴，顯然是護衛的軍人。相貌英俊威武，不苟言笑。

前者一邊對旁邊的圍觀者揮手，一邊朝我們這裡緩緩而來。

「副主席，能夠成功救回星龍一號和星凰一號，星盟這次真是做了一件神聖的事情！」

車子停下，副主席對周圍微笑。

「拯救星龍和星凰，使他們得到應有的人權，是我們星盟的責任。」聲音很細，是男人中偏女性的那種。

「那為什麼不全部救出？是財政問題嗎？」

「星盟的錢都流入貪官的口袋了嗎？比如安德魯議員？」

「副主席您對安德魯議員的死怎麼看？」

「星盟打算對阿修羅的邊緣組織採取軍事行動嗎？」

「大部分公民認為阿修羅這是正義的舉動，星盟是怎樣認為的？」

當副主席的車因為一句恭維停下後，可愛的記者們開始進行連珠炮般的提問。

但是，車上的副主席沒有表現出絲毫的慌亂，依然鎮定，緩緩揚手，等大家靜下後微笑著說：

「稍後會有記者招待會供大家提問。但是，這場招待會是特地為星龍與星凰所設，所以希望大家多提一些關於星龍、星凰的問題。請多關心關心他們的生活，讓他們能感覺到我們新地球人對他們回歸的熱情、給他們歸家的溫暖。謝謝各位了。」

他微微一禮後，暫時壓住了記者，記者們開始竊竊私語。

從剛才的發問來看，安德魯議員的死和阿修羅邊緣組織，才是現在第一星國公民最關心的事。

副主席繼續朝我們而來，藍修士輕輕提醒我和東方白：

「那位是星盟的右副主席，你們叫他副主席就可以了。之後的事由他安排，記得在記者會上小心說話。如果不會說，就和我一樣沉默。咳。」藍修士尷尬地輕咳，看來他不擅長應付記者。

我倒是覺得，時隔一千年，記者的功力更深厚了！

「聽見沒？大嬸，小心說話！」東方白還在一旁再次提醒，我懶得理他。

藍修士領著我們走下台階，小狼和迦炎跟在我們身後。像蛇一樣的副主席，讓我想起像羊一樣的藍修士，不由得開始套入小狼和迦炎。小狼很顯然是狗，那迦炎呢？活潑好動有點像悟空……

怎麼變成十二生肖了？

台階中央，副主席的車已經靠上。藍修士上前，尊敬地向他報告：「副主席，靈蛇號順利完成任務！」

「辛苦你了，藍修士，星龍一號和星凰一號呢？」

藍修士讓開，示意我們上前。我和東方白並排站在副主席面前，那副主席用他一雙線似的眼睛打量我們，然後微笑說：「歡迎你們回到地球，星凰一號、星龍一號。」

但是他插在衣袖裡的手始終沒有伸出來。說完立即轉身走到車的尾端，飄浮的車開始在我們面前拉長。

東方白挑挑眉，跳了上去，轉身對我優雅地彎腰伸手：「星凰一號，請……」

我淡淡看他一眼，無視他直接上了車。隨後，藍修士、迦炎和小狼尾隨我們上車。

我們站在副主席和他的護衛身後，接受新地球人的熱烈歡迎，熱烈程度就像當年貓熊被送到了外國。經過長長的歡迎隊伍和記者隊伍，出現了一個廣場，乳白色的圓形廣場已經密密麻麻坐滿了人。

「過會兒要小心說話。」當我們的車飛到廣場上空，周圍無人時，副會長在前面淡淡警告。

東方白冷哼一聲，目光斜睨他後背：「要是我們不會說話呢？」

副會長側轉身，對他揚起嘴角：「你們還能說什麼呢？你們對這裡一無所知。所以還怕你們會亂說嗎？」

副會長的語氣，看似平淡，卻透出無限的自信。

「本該對你們進行一些訓練，可惜沒時間了。現在的記者可比你們那時更難纏。」

我靜靜看他背影，這個副會長並沒有出自真心地歡迎我們。

車從廣場上方越過，緩緩下降至廣場中央，頓時響起了如雷的掌聲。

放眼望去，廣場上坐的，都是身著整齊統一校服的學生。有少年、有青年，像是高中生、大學生。他們衣服的款式相同，顏色不同，這大概是區分年紀的標誌。帥氣的立領設計，似西裝非西裝，似制服非制服，好看的校服既莊重又神氣。

他們遠遠遙望我們，掌聲隨著我們的降落漸漸停滯。

身下的車直接長出了一排座椅，以我和東方白為中心坐下。我身邊是藍修士，東方白身邊是那副主席。

剩下的護衛，迦炎和小狼分立在我們身後。

接著，那些記者從上空整齊進入會場，帶著他們的飛行攝影機器人坐在我們面前。

「咚」一聲，一串字在高空綻放：「歡迎星龍．星凰回家」。

一個身穿深藍長袍的人站到我們前方，像傳教士一樣張開手臂，揮舞起寬大的袍袖：

「今天——是個特殊的日子！星盟迎回了星龍一號和星凰一號，他們像是上天的神子一樣，降臨我們面前……」

「那是第一星國青龍學院的校長……」藍修士在那人長篇的肉麻開場白中對我附耳介紹：「新地球人對中國古神話很癡迷，所以四大學區被稱為青龍、白虎、朱雀和玄武。」

「現在記者會正式開始，請各位記者朋友可以提問了。」

隨著校長宣布開始，整個會場倏然安靜。原先在場外咄咄逼人的記者們，忽然噤聲了。他們你看看我，我看看你，似是在等誰第一個開始。

「我有問題想問星凰一號。」一個男記者扶了扶眼鏡，銳利地看著我：「在安德魯議員死後，阿修羅以星凰一號為人質，請問星凰一號當時是怎樣的心情？」

立刻，其他記者的目光也朝我集中過來。他這個問題看上去像是問我，最終還是關於安德魯議員和阿修羅。

我靜靜看向發問的記者，他長得很好看。大概是一千年來，人類吃得好、住得好、呼吸得好，眼前這些二千年後的地球人皮膚都很好。

隱隱地，感覺到藍修士有些緊張的目光，我看著那記者說：「你長得倒是挺好看。」

「噗哧！」東方白在我旁邊一笑，那記者唇角揚起一個得勝的弧度：「請星凰一號正面回答問題。」

「請稍等。」我轉身看迦炎的大腿，我記得他大腿右側綁了一把匕首。

他莫名問我：「幹什麼？」

我直接抽出了他的匕首，他緊張看我：「星凰！妳又要做什麼？」

他話音未落，我直接轉身甩出匕首！

「啪」一聲，那記者上方的攝影機器人被我直接打穿。

瞬間，所有記者驚愕地看我，那記者也目瞪口呆地坐在原位上。

我冷冷俯視他們。

「臭小子們，你們到底懂不懂得尊重老人？我和星龍來自一千年前，是你們的祖宗！你們身上有可能流的是我們的血！

可是你們是怎麼對待你們祖宗的？居然問這麼不友善的問題！問我心情？我蘇星雨冰凍一千年，醒過來突然被人當作物品一樣賣。你們說我什麼心情？現在好不容易回到地球，以為會得到家人一樣的關懷，可是我等到的是什麼？是審問！

告訴你們！現在本祖宗心情很生氣！還說自己是文明人，對老祖宗沒有半點關心，開口閉口星凰一號、星龍一號，你們至少應該用一個『您』字吧。看到你們這樣，作為祖宗的我很失望，還不如躺回我的棺材裡去！我說完了，別再來煩我！」

雙手環胸坐回原位，持續發散寒氣。

全場的人變得僵硬，鴉雀無聲。

「星凰一號破壞的攝影機，星盟會負責賠償。」副會長悠悠揚揚地說：「請問還有問題嗎？」

「有！」

「有！」

「有！」

一下子熱鬧起來。

「聽說您一醒來就損毀了一個文明先生，是這樣嗎？」

我寒氣四射地坐在原位，東方白單手拄臉，說了起來：

「現在星凰心情不佳，我可以替她回答。不錯，她確實損毀了一個文明先生，她現在是高端機器人殺手，所以，你們可要保護好自己的小機器人喔～」

記者們笑了起來，紛紛幸災樂禍地看那個呆坐在座位上、沒了攝影機的記者。

「那請問星凰一號什麼時候心情會好呢？」

「你們覺得女人生氣，什麼時候會心情好呢？」

東方白笑咪咪地看著他們，他們面面相覷，大笑起來。

氣氛因為東方白而歡樂起來，大家開始只問我和東方白的事情，沒有再提安德魯議員的死，或是阿修羅和他的邊緣組織。

記者會在我的寒氣中開始，在東方白的微笑中總算是順利結束。我以為可以好好休息，卻沒想到還安排了我們參觀校園等等一系列的活動。

現代化的校園文武兼備，但這個「武」絕不是像我們以前跑跑步、跳跳繩那麼簡單，而是成為一名合格的飛船戰士、駕駛員，甚至是船長。

坐在休息室裡，寬敞的休息室只有我、東方白和小狼。藍修士和迦炎被副會長叫去開祕密會議。透明的玻璃周邊圍滿了好奇的學生，女生們朝我揮手，高喊：「星凰一號！我們崇拜妳——」

「看來妳很受歡迎。」東方白笑看我，嘴裡叼著這裡的替代菸。飄渺的煙霧裡，沒有尼古丁的味道，只有清新的芬芳。

小狼坐在一邊顯得有些煩躁，她似乎並不喜歡被那麼多人圍觀。

我看看四周，女生、男生，朝氣蓬勃、活力四射，還用手中的透明板發送訊息。那是這個時代的一種學習與工作工具，算是一種平板電腦。

「在我們的年代，各種網路都可以被駭客破壞，現在真了不起，網路一定是破壞不了，而且到處都是文明先生，可以監控一切，有效地防止犯罪。」

「那也不一定。」小狼說了起來，她似乎想用聊天來排遣此刻的煩躁：「現在還是有駭客的，訊號會被攔截、中斷、植入。而且，網路也沒有遍布所有的地方，公民還是需要隱私權，比如這裡，就沒監控，除非正好文明先生巡邏經過。」

「但還是覺得厲害啊……」我瞇眼看小狼，看來只要到星球上，還是有很多可以安心說話的地方。我順便試探性地說了一句溫州話：「真厲害！」

小狼沒有任何反應，而是愣愣看我：「妳說什麼？」

聽不懂俚語？我就說嘛！一千年下來，我就不相信微腦細胞連俚語都能翻譯。

我笑著搖頭：「沒什麼、沒什麼，我剛才太驚訝了，口齒不清。」

小狼看看我，說了聲無聊，找個舒服的角度靠在椅子上，眨眨眼睛，那副綠色的眼鏡開始閃爍，像是打起了遊戲。

隨即，我轉臉看東方白：「你以前哪兒人？」

「浙江人。」他說，他瞇著眼笑看我，忽地也說起了俚語：「看來以後我們有共同的語言了。」

我笑了，點點頭。

正說著，一個像是學生的挺拔少年走了進來，一頭漂亮的銀色短髮、銳利的眼睛，漫畫美少年一樣的帥氣容貌，一身淺藍的校服如同天空的顏色。

更有趣的是，他好像是小狼一族的，銀色的短髮之間有一對銀白的耳朵。

他走到我們身前，在外面圍觀的學生們忽然變得很安靜，很多女生的目光集中在這位帥氣的少年身上。

「我是白虎學院的學生會主席淩，我代表白虎學院真誠地歡迎兩位祖先來敝校參觀。」

「嗯～乖～」東方白坐沒坐相地看他。

他對我們禮貌地一禮，然後就直接走到小狼身前：「小狼，父親大人對你今天的穿著非常生氣！讓我帶你去換衣服！」

但小狼沒有絲毫回應。

淩沉下了臉，直接俯身拉住了小狼的耳朵，小狼立刻跳起來，本能地對他揮拳。他擰眉淡定地出手擋住，小狼的眼鏡不再閃現紋路，吃驚看他：「淩？」

「你到底還要給我們家族丟臉丟到什麼時候！」

淩臉鐵青地看小狼，小狼嘲諷地笑了。

「怎麼穿衣服是我的自由，父親大人一直主張人權，怎麼現在連我穿衣服都要管？」

「你好好穿衣服誰會來管你！」淩掃了一眼小狼，似是完全無法直視地捂住眼睛：「跟我去換衣服！」

「我不去！」

「別讓我打你！」

「你敢！」小狼也怒了起來。

淩放下遮眼睛的手，憤怒地看小狼，小狼也憤怒地瞪淩。

突然，淩抽出了腰間的一根短棍，轉瞬間就出現了一把光劍：「那沒辦法了，只能用武力迫使你換衣服了！」

我的椅子倏然被人挪開，是東方白，他靠在我椅背上挑眉：「兄弟大戲，好看喲！」

我揚了揚眉，這個男人不會是腐男吧！慢著，他說什麼？兄弟？小狼明明是個女孩！

「哼！」小狼環手冷笑：「你打得過我嗎？」

浚瞇起了眼睛，突然朝小狼奔來，小狼一個漂亮的翻身躲過，在空中還給了浚一個大大的鬼臉：

「打不到～打不到～」

「是嗎？」浚唇角一揚，忽然伸手扯住了小狼的裙襬，登時猛力一拉。「嘶啦」一聲，他把小狼的裙子給撕了，我看得目瞪口呆！

小狼落到地上，背對我們，赤裸裸的後背暴露在空氣中，白淨光滑。殺氣從她身上升騰，她右手插入假髮怒吼：

「混帳！所以我喜歡待在靈蛇號上！不想回家！」她陡然轉身，我僵硬在座椅上。

小狼，是男孩！

平坦的前胸還有著很好的肌理，少年赤裸裸的身體在陽光下閃閃發亮。

「哼，現在你可沒衣服穿了，小狼。」浚手提小狼的破碎裙子，冷眼看他：「如果不想被文明先生纏上，就跟我回去換衣服。」

「知道了！」小狼狠狠地說，卻不再是可愛的蘿莉音，而是沉沉的少年聲。他隨手摔了假髮，露出一頭灰白相間的短髮，雙手環胸，渾身殺氣地走向我們。

「我離開一會兒，你們最好別惹麻煩。」

他渾身殺氣騰騰，我想沒人會想招惹一頭想要咬人的狼。

浚脫下外套蓋在小狼赤裸裸、只剩一條小白內褲的身上，對我們抱歉一笑：「見笑了。」

「哼！」小狼抬手撩過短髮，絲絲灰白的髮絲在陽光中飛揚。他身披浚的外套依然高傲，走在浚的前方。

我愣愣看他好半天，都沒有回過神。就算他們離開很久，我還驚愕於小狼喜歡扮女孩的奇怪癖好這件事。

「我記得……三千人裡有一個超級駭客，叫唐別。」忽然，東方白的話音瞬間拉回我的視線，他靠在我椅背上，雙腿在我椅子兩旁，像青蔥校園裡男生靠在女生的座椅後。

「你確定？但是，一千年了，一千年前的駭客到了現代會有用嗎？」我微微側臉問他。

他的臉靠在我旁邊，對著我側臉的，正好是那條長長的傷疤。

「我想任何編碼到最後的原始碼，應該是殊途同歸的，不試試怎麼知道他不行？」他轉臉看我：「如果能駭入網路，我們就可以通過伊塔麗反監控他們，不再受他們監控。」

我一直看他，他瞇起的眼睛中，是一種分外自信的光芒。他相信那個人，那個一千年前的駭客。

可是他是怎麼知道的？

自從被星盟買回後，星盟沒有給我們跟別的冰凍人聯繫的機會。但是他比我解凍得早，或許是在拍賣場裡認識的。

「其實……我一直在想一件事情。」我輕輕地對他說，他趴在我的椅背上湊近了聽。「什麼？」

「就是微腦細胞，既然是細胞，取不出來的話，為什麼不能像殺癌細胞一樣把它殺死？」

他微微一怔，眯起的眼睛對著我慢慢睜開，用一種奇怪的目光一直盯著我看。

「妳……懂微生物學？」

我搖搖頭：「或許正因為我不懂，所以我才敢那麼想……」

他重新眯起了眼睛，臉上再也沒有不正經的笑容，而是趴在我椅背上深思起來。

「想要定位殺它很難，一定會殺死一片，這大概就是不能殺它的原因。別的地方細胞死一片或許沒事，但腦細胞死一片……」

他看向我，變得格外正經嚴肅。

「會腦殘的，這個風險……太大了……」

「刷！」視野裡進入了藍修士，我和東方白不再說話。

他看著我和東方白愣了愣，然後立刻朝我們而來，緊張地看我：「星龍一號沒有非禮妳吧？」

我一愣，身後東方白忽然伸手連同椅背一起環抱住了我。

「你們看得可夠緊的，小狼剛走你就來。我剛剛跟星凰有了點進展，現在又被你破壞了。藍修士，你們星盟不是讓我們培養感情？難道你不懂得要培養感情，就更應該讓我跟星凰獨處嗎？」

藍修士冷下臉，有些生氣地看了一眼東方白環抱我的手，分外嚴肅地看回東方白說：「雖然星盟有這個要求，但是如果星凰不願意，我們可以隨時換人。」

「換人？」東方白從我身後站起來，單手扠腰笑看藍修士：「怎麼，你們還想找其他星龍跟星凰一號相親，就像主人帶著寵物相親？小雨，妳聽見沒，自始至終，他們都把我們當狗～」

「不、不是的！星凰……喔！不！小雨，我不是那個意思……」

藍修士急了，他是個老實人，一急智商就會降低。

他又急紅了臉，連連擺手。

「我們只是覺得古人還是跟古人一起……不對、不對，是你們比較有共同語言……不不不，也不是說妳跟我們就沒共同語言……」

東方白逗藍修士成功，笑呵呵地彎腰朝我靠過來。我立刻站起身，讓他撲了個空。

我認真問藍修士：「我真的可以相親？是不是所有年輕的星龍、星凰都可以相親？」

這無疑是個好機會！

東方白重新站起身，藍修士紅著臉低頭說了起來：

「星盟是有這個打算的，星盟會舉辦一場舞會，向所有星龍、星凰的擁有者發出邀請。一般星盟的人應該沒什麼問題，那些不是星盟的就比較難辦。所以我們才計畫整個星際做巡展，一是去看看被買走的星龍、星凰過得怎樣；二是去收集非星盟人員手中星龍、星凰的資料，還有就是說服他們帶星龍、星凰來參加舞會。」

「太好了！」我一把推開東方白：「我終於可以擺脫這個賤人了，哈哈哈。什麼時候動身？」

我得表現積極點。

「呿，我也可以擺脫妳這塊平板了！天哪，這簡直是男人的惡夢！」東方白故做一副恐懼的模樣。

我斜睨他，喂喂喂，演戲別演太多啊！

「星龍一號！」

忽然藍修士憤怒大喝，我和東方白一起看向他。他雙拳緊擰，生氣沉臉，目光依然看著地面。

「請你不要再侮辱小雨，她是我見過的古人中最純正的！」

我愣住了，藍修士的意思是……我算是正品？

東方白挑起一邊的眉，整個臉變得扭曲：「啊？」

藍修士的雙耳也從下而上，開始慢慢漲紅。

「她的頭髮沒有被任何染色劑汙染過，也沒燙過，保持最原始的狀態。瞳孔也是純正的黑色，臉部五官的比例、身材的比例，也都是最準確的。星龍一號你雖為東方血統，但是你的眼睛是深褐色的，不是純正的黑色。

她如果出生在這個年代，她就是真正的純種人，應該說……沒有比她更純正的血統……所以，星盟對於她的配偶，會很慎重地選擇。我們選擇買下她，並不是因為她便宜，當然……很幸運她是最便宜的……買下星龍一號你，也只是因為你比別的男人更純正一些。但是如果星凰一號強烈要求換人，我們會以她的意見為主！」

「噗！」我捂臉笑了，笑拍東方白後背：「小白，你可能會隨時下崗喔！現在不是你勉強要我，而是看本女王有沒有興趣要你了。」

東方白的臉別提多難看了，一副想笑笑不出，想氣氣不了的樣子。

「藍修士……」

我拍上藍修士的肩膀，他身體一時僵硬，還是只看地面。我再拍了兩下。

「謝謝你，其實我也想做頭髮，只是實在太忙，沒時間。不過，你說得對，這頭髮還是我的胎髮，還真沒燙染過。」

藍修士眨眨眼，東方白嗤笑一聲撇開臉。

夕陽漸漸西下，金色的、沒有半點塵埃的乾淨暮光灑在藍修士紅紅的臉上，他的耳釘在金光中閃爍羞澀的深藍光芒。

第5章 鴛鴦浴密談

地球上所有的學校都是住宿制，所以即使在此刻，那些學生還是沒有完全散去。

今晚我們會住在這座青龍學院裡。藍修士不停地在旁邊說著往後幾日的安排，我們成了明星，他成了經紀人。

「明天是環球參觀，後天是參觀四大學院，這之後學校會安排你們為現代的學生上課……」

「上課？」

「是，讓大家體會一下你們當年是如何上課的……」

「……」現代人好無聊。

「明天你們會看到很多標誌性的建築，我們或是維護或是重建了。長城、紫禁城、自由女神、凱旋門、紅場、克林姆林宮、東京鐵塔、美人魚石像……能還原的我們都還原了……小雨，再次感謝妳的電腦，裡面真的有我們相當缺乏的資料。」

藍修士站在我的房門前，繼續對我深表感謝。

我微笑看他：「這你要感謝我的頭，他們深謀遠慮，讓我帶上全世界來到未來，好讓我們不要忘記自己是地球人和輝煌的歷史。」

藍修士靜靜站在門口，雙手有些緊張地交握在身前：「小雨……這是我第一次叫妳小雨，因為在聽到小狼這麼叫妳時，我恍然覺得，星凰一號只是一個代號，對妳……並不尊重。」

我靜靜看他，身後的房間有大大的落地透明玻璃，可以遙望到遠方和一方星辰。

這些像棒棒糖一樣，獨立豎在地面的房間，很漂亮，一條細細長長的通道連接地面和房間，也不會佔太多的地。人類把土地還給了花花草草們。

「藍修士，你是不是還有什麼話要對我說？」我笑看他，他還是很靦腆地低著臉，只看地面，銀藍的短髮在燈光下反射出一層淡淡的螢光。

「我，我想跟妳說對不起。」他緊張地閉緊眼睛，繃緊了身體。

我疑惑看他：「為什麼要跟我道歉，你把我照顧得很好。」

他總算稍稍放鬆，再次睜開眼，臉上露出一絲委屈和難堪的神色。

「一直以來，我的行為讓妳感覺到不舒服了，包括總是想擦別人留在妳身上的指紋，對、對不起，那是我的習慣，我以後會努力克制的。」

說話間，他又拿出了那塊小小的絲巾。

「我看到星龍一號今天抱過妳了，所以……」他拿起絲巾不好意思地看向我。

我抬手推開他的胸膛，挑了挑眉：「藍修士，有種徹底去除指紋的方法叫洗澡，你放心，我會把自己洗乾淨的……」

「對、對……呵呵……」他不好意思地笑了起來，撓撓頭：「那、那我不打擾妳休息了……」

「好……謝謝……」轉身，以為身後的房門會自動關閉，卻聽到有人走進來的聲音。眼前透明的玻璃上，映出了藍修士很自然地進屋的畫面。

我吃驚轉身：「你睡這兒？」

他很莫名地看我：「是啊！妳是由我負責看護的。星龍一號還不太穩定，所以今晚迦炎會看管他。」

「可是……我、我以為至少晚上我會有私人空間！」我指向這個通透的大房子，和房裡唯一的一張大床。

藍修士再次雙手交握，尷尬臉紅地低下頭。

「小雨，真是對不起，現在妳暫時還沒有這樣的自由……」

我深吸一口氣，小不忍則亂大謀。

轉身走到透明的玻璃前，我雙手環胸，右手的食指在左臂上有一下沒一下地敲，慢慢冷靜。看著玻璃上映出自己的臉，和身後不遠處站立的藍修士，他其實很侷促，也很尷尬。

和我共處一室，顯然他更加坐立不安和緊張。

只要我尷尬緊張起來，會讓他更尷尬緊張，他對我的反應很敏感。因為月說過，藍修士這一族，對人的腦波非常敏感。

「我、我可以睡沙發……」他小聲說，已經快步走向沙發躺了上去。

「哼……」我忍不住笑了：「藍修士，靈蛇號上的人該不是把你當作女人吧？」

不然為何找他來看管我？

安靜了很久，他沒說話。

忽地，他坐起來，拿出他的小透明板，也是他的隨身便利貼、記事本：「我給妳看張照片。」

我走近沙發後，他羞紅臉高舉起記事本，上面是一張一群女孩的照片。關鍵是，這些女孩……分明是藍修士、迦炎、月，還有……巴布！

等等，那個黑色長髮的女人，怎麼像是靈蛇號的智能艦長？

「靈蛇號上都是男人，生活其實很枯燥……」

他慢慢拿下記事本，記事本的照片中他有著一頭銀藍長髮，身穿一件清新潔白的優雅絲光長裙。

「所以大家就想出一個點子，每個月其中一個人要扮女孩……」

我好玩地坐到他身邊，從他手裡取過照片認真看，藍修士扮女孩，真是……太美了！

「可是大家都欺負我老實，有時扮完沒半個月就又輪到我，所以……我是靈蛇號上最常扮女人的。幸好後來小狼來了，他很喜歡扮女孩，所以，他從此成為靈蛇號上唯一的『女孩』了。我們終於不用再穿女孩的裙子了，呵呵。」藍修士靦腆地，慶幸地笑了起來。

我細細看他，他害羞地側開臉，後腦勺對著我：「是不是很奇怪？」

「不，很漂亮，這裡面你最漂亮，大家沒選錯。」我說的是實話，除了藍修士，月扮女人也很好看，但是迦炎和巴布實在是……不能用慘不忍睹來形容，但也是無法直視。

「小雨……」他尷尬地低下臉：「所以妳也把我當女人看嗎？」

「不是。」

我抬手攬上他的肩膀，他僵硬起來。藍修士這個老實人，對肢體的碰觸也一樣敏感，我笑道：

「我們那時叫男閨蜜，哈哈哈。你也別那麼僵硬，我們是朋友。對了，怎麼這智能艦長也要扮女人？」

我放開他指向智能艦長。他放鬆下來，轉回臉開心地笑了，看向我指的智能艦長。

「喔，他……呃……」他的對話忽然變得斷斷續續起來，尖長的耳朵微微輕動，他不太擅長說謊：「他是……」

忽然間他的眼神陷入呆滯，呆呆對著照片一動不動。

「藍修士？藍爵？」我在他面前揮揮手，他依然不動，雙頰卻慢慢漲紅起來。倏地，他眨了眨呆滯的眼睛怒道：「小雅妳不要亂說！」

「小雅？」我愣住了，直覺告訴我窗外有人，我立刻看去，一個身穿銀藍衣甲的女孩映入眼簾。

她顯然也因為我察覺到她而吃了一驚，呆了呆，隨即面罩層層收回頭盔，露出了一張精緻嬌美的臉，擁有大大的眼睛、長長的睫毛、精巧的小鼻子和櫻桃般的嘴唇。

她的頭盔又漸漸縮回衣甲的脖領，隨即一頭銀藍長髮披散下來，大大的波浪像美麗的海浪。和藍爵一樣的尖長耳朵藏在大波浪捲髮間，漂亮的耳環在月光下閃耀。她正充滿敵意地看著我。

看看懸浮在窗外的女孩，再看看已經陷入尷尬的藍爵：「你們……是同族？」

「老骨董！不准碰我的爵哥哥！」

大腦中，忽然傳來女孩憤怒的聲音，我立刻起身看向窗外的女孩，她充滿警告的視線正牢牢盯視我，雙手挑釁地指向我。

「告訴妳！爵已經有未婚妻了，就是我！妳別想勾引他！」

「啊？」我下巴簡直快脫臼了。慢慢慢！那女孩始終沒說話，為什麼她的聲音會到我腦子裡？難道是微腦細胞？不不不，不像！

月說過，利亞星人對腦電波很敏感。

難道？我明白了！

我吃驚地看坐在沙發上的藍修士：「你們利亞星人居然會讀心術！所以一直以來你都在讀我的心嗎？」

他驚然站起，連連擺手：「不不不，我沒有！小雨妳怎麼知道我們利亞族會讀心術？」

看他焦急的樣子，我緩緩後退。

「看來你還想對我隱瞞你的精神力。我是骨董，是來自一千年前沒錯，但是，我有腦子！」

我生氣地指向自己的腦子。

「月說過，你們對腦電波很敏感，我起先以為你們只是對我們大腦活動有敏銳的第六感，原來你們擁有超強的精神力，可以讀心！你的未婚妻剛才就用她的精神力警告我離你遠一點。」

「小雅！」他著急地看向窗外的未婚妻。

我啞然失笑：「真該感謝女人的嫉妒心，不然我只怕永遠都不知道你還有這樣厲害的能力。」

「小雨，我！」他急得說不出話。我抬手，做出拂開窗的姿勢，那片透明的玻璃隨著我的手勢打開，藍爵的未婚妻抬步入內，身上的衣甲慢慢褪落全身，我終於看到那件衣甲從何而來，正是像迦炎手腕上的那兩個金屬鐲。

面前的女孩也是一樣，手腕上有兩個鐲子，但是那鐲子比迦炎的更好看一些，被女孩精心地繪上了美麗的水藍圖紋。

衣甲褪下後，露出了女孩一身緊身的銀藍連體衣。

說實話，我有點羨慕那件衣甲。這女孩能穿，說不準我也可以。

但是，以我現在的自由度，是沒辦法接觸到衣甲的。

「小雅。」藍爵還沒來得及上前，那年輕的少女已經對我做起自我介紹：「我是爵的未婚妻，圖雅，是利亞星第一公爵之女，也是玄武學院的學生會主席……」

我在她驕傲的介紹中慢慢走到大床邊坐下，雙手撐在床沿，一邊聽一邊點頭。似乎今晚我要認識一個全新的藍修士了。

「我想警告妳，雖然我現在還在學習中，但是我和爵的婚約是一早訂下的，他是我的人，我不准任何女人靠近他，即使妳現在是他的寵物……」

「寵物？」我不喜歡這個稱呼。

她高抬下巴俯看我：「難道不像嗎？他負責看管妳、照顧妳、觀測妳，妳就像是他的寵物。但這一切都是他的職責，妳可不要自作多情認為他喜歡妳，也別想因為他是王子殿下而巴結他，爵是不會看上一件骨董的。而且妳的容貌在我們利亞星只能算是次等……」

「小雅！」厲喝突然從藍爵那裡而來，打斷了圖雅氣勢洶洶的話，圖雅奇怪地看他：「爵哥哥你怎麼了？」

藍爵生氣地、尷尬地、焦急地看著她，想說卻說不出。他就是這樣，只要一氣、一急，就說不出話來，就像此刻，他只會著急地對著圖雅窘迫難言。

我看向他：「讀心術？」

他朝我看來，像是百口莫辯的著急：「我……」

「未婚妻？王子殿下？嗯……藍修士，原來你從沒把我當真止的朋友。」

「小雨，不是這樣的……」他急急解釋，我立刻揚手打斷他的話：「藍修士，我覺得你有必要跟你的未婚妻解釋一下，以免不必要的誤會。」

我站起身，右手放到胸口，彎腰屈膝如同謝幕似地一禮，慢慢退到房門。

他急急看我：「小雨妳去哪兒？」

圖雅滿目火光地瞪我。

「從女人的角度，我不用讀心術也能感覺到你未婚妻的敵意，所以，今晚這房間留給你們好好解釋。你放心，我不會亂走，也沒地方可去。我去找迦炎。」

往後輕退一步，房門打開，藍爵朝我著急走來，卻被圖雅一把拉住，生氣命令：「不准走！」

這片刻的耽誤，房門已在面前關閉，通道帶著我開始往下。

真沒想到，我以為最放心的人，卻有著這麼厲害的能力。

對他這種能力，又該如何防範？

他可以輕鬆侵入你的心，然後洞悉你一切想法。難怪他們都要隱瞞，不讓我們進入網路看我們想知道的資訊。一旦進入網路，他們身上的特異功能不再隱祕，我們能在網路中找到對付他們的辦法。

東方白和迦炎的房間就在我旁邊，我走沒幾步恍然發覺自己還光著腳。不過沒關係，草地很柔軟。文明先生從面前飛過，它看我兩眼，再次飛離。

文明先生是這個世界的巡邏員，它其實很勤勞，而且不會跟你鬧彆扭、罷工。

往東方白和迦炎他們房間走去，忽然間上空傳來輕微的引擎聲，緊接著熱熱的風吹了下來，吹開我裙下一片草浪。我抬臉看去，圓形的帳篷飛車已經緩緩下降，上面正是不苟言笑的蛇形副會長和他的警衛。

「藍修士呢？」他開口即問藍修士，低沉的聲音，透出絲絲威嚴和不悅。

我雙手環胸，隨意地答：「他未婚妻來了，把我趕出房間。不過你放心，我不會亂走，現在我會去東方白的房間，那裡有迦炎在。」

他俯臉用他那雙細細長長，長得不正常的眼睛看著我。

「星凰，妳讓我們太放心了，我反而對妳不放心起來。龍說我是多慮，是這樣嗎？」

「龍？呵，我不認識他。不過，您是多慮了。您對我有何不放心的？難道，您還擔心我這個一千年前的人是為攻佔未來而來？」

「那倒不是……」他雙手插入深綠長袍的袍袖裡：「怕妳跑了。妳可花了我們星盟不少錢。」

我低頭笑笑：「我為什麼要跑？我在這裡有什麼生存能力？有你們養我，我高興還來不及。你是男人，你是不會明白我們女人對家的依賴……」

說完，我頭也不回地對他揮揮手，直接走入通往東方白房間的通道。

我緩緩上升，與副會長懸停在空中的車慢慢交會，與他正面相對時，他依然用那雙長得異於地球人的眼睛看我，然後隨著我緩緩上升，他慢慢揚起了臉。

三千個遠古活人，對於整個星際來說，就相當於當年我們找到了一頭活恐龍。他們對我們寸步不離的監視和保護，是有道理。

隱隱覺得，一切還只是開始。

眼前是東方白和迦炎的房門，門沒有自動開啟，因為我不是這個房間默認的主人，只好拍門。

「啪啪啪。」

「刷！」門開了，門後的東方白怔怔看我，顯然對於我的突然到來很驚訝。

而且，他很明顯是剛洗完澡，全身赤裸，只在腰間圍了塊浴巾，遮住重要部位。

我掃視他一眼，說了聲：「身材不錯。」然後若無其事地走了進去。

迦炎從浴室一邊甩頭一邊出來，也是全身赤裸，連浴巾都沒圍。

我只好直接無視他。

「啊！」他發現了我，可以說是驚嚇地立刻面貼牆壁站立，滾圓雪白的屁股對著我：「妳妳妳妳！怎麼突然來了？」

我若無其事地走到床上，先佔為王。看看光溜溜的迦炎，再看看洗好澡的東方白，皺眉道：「我是不是打擾你們了？」

迦炎身體一僵：「妳別亂想！東方！快給我條浴巾啊！」

迦炎叫東方白「東方」？看來他們關係處得不錯。

東方白在門口撫額轉身，單手扠腰道：「迦炎，你還在這裡做什麼？沒看見小雨來了嗎？她這麼晚找我，還能做什麼？你應該自覺迴避，我要跟小雨更深地培養一下感情～」

他曖昧地示意迦炎離開。

「今晚不行！」迦炎紅著臉，很堅決地否決：「當然如果你們不介意我在的話，你們可以自便。我不會介意的。」

他壞笑起來，耳根子因為光著身體而發紅。

東方白的嘴角抽搐了一下，冷下臉：「那你自己拿浴巾。」說罷，他直接走開，急得迦炎跳腳：

「喂！喂！我不能這樣！如果被文明先生看見，要被處罰的！」

東方白若無其事地坐到床沿上，不理他。迦炎只有可憐巴巴地貼著牆壁一邊挪，一邊揮手，一旁透明的玻璃層層顯像，顯出了荷塘月色，這應該算是拉窗簾了。

看迦炎實在可憐，我撞了撞東方白的胳膊。

「給他衣服啊！這房間裡難道沒衣服嗎？你們的衣服呢？」

「在洗。」東方白坐在床沿蹺起一條腿，浴巾掀起，露出了他修長雪白的大腿，一邊從床邊小櫃裡拿菸，一邊說：「這房間只識別我的聲音。」

他拿出菸，隨手點燃，叼在嘴裡瞇眼看迦炎裸體，深吸一口菸，緩緩吐出：「而且……我覺得他這樣挺好，這是藝術，裸體藝術啊！」

迦炎回頭狠狠瞪他一眼，他視若無睹地叼著菸看著我道：「說吧，這麼晚來做什麼？」

他倒是正經了。他一旦正經起來，臉上那條疤讓他看上去像宇宙星際海盜一樣可怖。

我也直接說道：「藍修士的未婚妻來了。」

「圖雅？」貼著牆挪的迦炎吃驚看我，我點點頭。

「有趣的是，我從圖雅那裡感受到了利亞星人一種特殊的能力。」

我盯著迦炎紅紅的眼睛，他眨了眨，恍然明白，有些心虛地問：「妳……知道了？」

我揚唇一笑：「看來你們想一直隱瞞我和東方白，用藍修士的讀心能力來暗中監視我們，是不是？」

迦炎擰起眉，轉過臉遮住了他的表情。

「嗯——？」身旁的東方白發出一聲長長的沉吟，瞇起了眼睛：「難怪藍修士能看透我在想什麼，原來是讀心吶……哼……有意思……居然還真有這種能力……」

「圖雅出現得太不是時候了，嘖。」低語從迦炎那裡傳來。「她來找妳幹嘛？」

「還能幹嘛？當然是警告我離她的未婚夫遠點。我才知道原來藍修士有未婚妻，並且，他還是尊貴的利亞星王子殿下。」我笑了。

「噗！」東方白一口煙吸到氣管，咳嗽起來：「咳咳咳，藍修士？咳咳咳，就他那副樣子，是王子殿下？咳咳咳……」

東方白顯然不太相信。

迦炎貼著牆壁轉回頭：「哎，到底還是小姑娘，太衝動了，一下子把藍修士給出賣了。藍修士這回該傷心了，好不容易讓妳信任他，現在完了！完了！完了！藍修士不知有多喜歡妳，現在……」

「欸——」我立刻打斷他：「這話可要說清楚，他的喜歡是出於對一件文物、骨董的癡迷，如果剛才那話被圖雅聽到，又要引起不必要的誤會了。」

迦炎轉回臉，唇角揚了起來：「不過這事有意思，我現在倒是很想去看看藍修士。不過，妳也不必為他的身分感到奇怪，靈蛇號上的人，都是貴族。」

「喔？」我和東方白一起看向他，看到他還貼著牆壁，像以前被我們抓到的嫖客，心裡覺得好笑。隨手拿起床上的毯子，扔在了他的身上。

他立刻接住，對我眨眼一笑：「謝了，美人。」

他把毯子裹在身上，把自己裹成了古希臘裡的男神，然後走向沙發，往沙發上風姿妖嬈地一躺，繼續說了起來：

「別看藍修士那人呆呆的，他還真是位王子殿下。雖然各族共同生活在一個星系，但每個星球各自保留自己星球的風俗，除了地球人所在的星球由第一星國女王統一管理，其他種族的星球則有各自的政權，他們和地球人和平共處在一個星系，成立星際聯盟，維護各族之間的星系和平。」

這個很好理解，就像當初只有地球的時候，有美國、有英國、有日本等等等。只是沒想到，現在地球人的總統是個女人，真讓我感到驕傲。

「藍修士的利亞星政權是貴族世襲制，繼承人必須有純種利亞血統，所以利亞星人貴族的第一配偶，必須同是利亞星裡的貴族，也就是貴族聯姻。然後會從這些王子殿下裡選擇精神力最強的，作為下一任國王繼承人。」

「那藍修士呢？他的精神力怎樣？」我隨口問。

「哎……」迦炎攤了攤手，滿臉的遺憾：「藍修士這人從小對考古十分熱愛，滿腦子只有星際裡的神祕寶藏，疏於精神力的加強，最後成為王子裡程度最差的。他不知因此被現在的國王罵過多少次，基本已經對他不抱希望，由著他去了……」

這話聽起來讓人有點悲傷，藍修士被自己的父親——家人，給放棄了……

「這也好，他就不用成為繼承人，整天學那些他不願學的東西。他也不喜歡打打殺殺，只喜歡考古、發掘寶藏，然後坐上我們靈蛇號在星際裡探險。說起來，他們利亞星人的精神力確實十分可怕，達到最強時，可以控制別人、預知未來。就像操控星凰妳，根本不需要什麼微腦細胞了。」

不由得我想起了月的話，月說過藍修士最不喜歡的就是控制別人或是被人控制，所以才會在控制我時那麼痛苦。原來……是與他們利亞星天生的這種能力有關。

「而且，藍修士一直不怎麼喜歡別人太在意他王子的身分，所以也從不跟別人提起。除了藍修士是利亞星的王子，月也算是派瑞星的王子殿下……」

「什麼叫『也算是』？」

「月和夜都沒有純種派瑞星血統，也不是女王的孩子，所以地位稍低一些。派瑞星是個很有意思的星球，他們是女王制，有點像螞蟻的政權。純種的派瑞星貴族，眼睛是血紅色的，就跟我這眼鏡一樣的顏色。」

迦炎指指自己的眼鏡，我想起來月和夜的眼睛是琥珀色的。

「還有巴布是巨岩星大將軍的兒子，小狼是獸人族勳爵最小的兒子。所以星凰妳不必太在意大家身分，大家也都沒把藍修士當王子來對待，那樣他反而不舒服……」

「那倒是。」我挑挑眉：「以前老讓他一個人扮女人……」

迦炎躺在沙發上一時僵硬，嘴角抖了抖，看向我：「妳看到照片了？」

「嗯。」我點頭。

迦炎閉上嘴，沉下臉，忽然坐起，煩躁地抓亂了他那一頭鮮亮的紅髮：「藍這個傢伙，怎麼什麼都跟妳說，跟妳也太交心了！該死！我一定要毀了那張照片，他怎麼能外傳！」

看他惱怒的樣子，我笑了，看來他很在意被別人知道他男扮女裝的光輝歷史。

見我站起身，東方白仰臉對我說：「妳做什麼？」

「洗澡啊！」我自然而然地看他：「我的房間被圖雅佔了，我當然到你們房間來睡！先說好，床歸我，沙發和地板你們自行分配。」

說完，我從東方白身邊躍下床，迦炎立刻躺回沙發上做睡死狀。

「正好。」東方白也站起來：「一起洗。」

「什麼？」我還來不及說什麼，那頭的迦炎被「驚醒」，躺在沙發上直愣愣看我們。

東方白對他勾唇道：「鴛鴦浴不行嗎？既然你不走，我們只能去裡面……」

說完，東方白抬手往我後背上推。

我奇怪地看他，他只對我眨眨眼，我帶著幾分戒備，和他一起進了旁邊的大浴室。

浴室很大，裡面是一個大大的乳白浴池，門在我們身後隨即關閉。

「放水。」隨著東方白的命令，乳白的浴池開始放水。

「嘩——」

東方白轉身對浴室的門打了一個響指「啪」。

隨即門打開，迦炎掉了進來，撲在東方白赤裸的胸膛上。

我挑眉看迦炎，這傢伙還想偷聽？

迦炎立刻站直身體，握拳輕咳：「咳，我想問，我能不能一起……」

「你說呢？」東方白單手撐在門邊湊近他的臉。迦炎臉紅地擰眉，往後退了一步，門重新關上。

「你打算什麼時候出去？」我在漸漸升騰的熱氣中，雙手環胸看他的後背。

他撐在門邊的手，手指敲了敲白色的牆壁，優雅轉身，伸手朝我而來。我立刻伸手擋住，運力於手腕，順勢把他的手按落，笑看他：「欸！君子動口不動手。」

他笑了，笑得還是那麼輕佻和有點壞，在「嘩嘩」水聲中說道：「我需要妳幫我抓一樣東西。」

「什麼？」

「文明先生。」他眯起了眼。

我有些驚訝，沒想到他請我幫他捉一隻文明先生。「你為什麼不自己抓？」

他笑咪咪看著我：「妳是文明先生破壞專家，我想就算妳當著所有人的面把文明先生抓在手裡，也沒人會懷疑妳的意圖。」

他壞壞的笑臉映入我的眼中，我心裡對東方白有了重新的定位。

「妳打算怎麼對付藍修士？」他忽然湊近問，因為水聲已經停止。

我側臉想了想，認真說出四個字：「放空大腦。」

「嗯——那我這種只在上床時才會大腦空空的人怎麼辦？」

他忽然貼過來，我抬手撐住他靠近的胸膛，他卻發力用胸膛撞我，力道之猛讓我後退了一步。登時，一腳踩空，人就要往後掉下去。

他迅速出手拉住我的手，我安心對他一笑：「謝了。」

「我可不是想拉妳喔……」當他壞笑揚起，我已經知道不妙。他一放手，雙手高舉，壞笑著看我往後摔去。

混帳東方白！

「砰！」我摔到浴池裡，立刻浮起，可是還沒浮出水面，突然一片陰影蓋了下來，我的唇登時被人吻住！

我驚訝地看他，他的黑色辮子在水中飄揚。

重重的力道集中在他的唇上，他用他的嘴把我重新壓回浴池。

東方白！

出拳之時，他迅速離開，我立刻浮出水面，眼中是他穿浴袍的背影，右臂高舉，伸入浴袍的衣袖，雪白的浴袍在浴池邊飛揚。

他轉身，對我指指嘴唇，賤賤一笑：「君子動口不動手～」

說罷，他雙手插入浴袍的口袋，哈哈大笑離去。

「混帳！混帳、混帳、混帳！」我蘇星雨幾時有那麼窩囊的時候！

東方白，你給我等著！你惹上麻煩了！你麻煩大了！

忍著怒氣洗完澡，浴室裡的機器人替我送上浴袍，我穿上浴袍直接出門，看到睡在床上的東方白，直接躍上去抬腳就踩。

他閉著眼睛迅速從我腳下滾開，滾落床時「砰」一聲驚動了睡在沙發的迦炎。

「這又是怎麼了？」他莫名地看我們。

我在迦炎話聲中直接飛踢從床下起來的東方白，他眸光瞬間銳利，抬手擋住我的飛腿。要雙手捏住我時，我抽腿迅速反身又是一踢，踢中了他的後頸。

他往前一個不穩，轉身站定，摸了摸後頸，抬眸朝我瞇眼看來：「哼，這次我真的要認真了。」

說罷，他飛身過來抓我衣領，我往後一躍，躍下了床。他跳起來，踩過床朝我伸拳就要重擊我的臉。我腳尖轉地，一連轉三個圈，轉出原來的位置，他緊跟而來。劈掌，我擋；出拳，我再擋；飛腿，我退；再踢腿，我再退，退到迦炎沙發邊。

他又一個踢腿，我彎腰，登時迦炎中槍。

迦炎立刻伸手擋住東方白的踢腿，笑了起來：「喂喂喂，你們夫妻打架，別誤傷觀眾啊！」

東方白收回腿，我立刻揮手過去，東方白迅速閃身，於是我「啪」一巴掌打在了迦炎臉上。迦炎一怔，我立刻收手：「對不起，誤傷。」

「你們……」他咬牙切齒，才說了兩字，東方白旋即朝我出拳。我伸手扣住，用太極的力量把他的拳往一旁帶。

「砰！」還在咬牙的迦炎又中槍了。

他睜圓了眼睛，這次換東方白對他抱歉一笑：「抱歉，還是誤傷。」

「你們！」迦炎霍然起身，握拳道：「看來要教訓教訓你們，你們才會變乖。」

見他渾身殺氣，我收回拳頭，開始捶腰打哈欠。

「哎呀，好累啊，我先睡了……」一邊說，一邊走回床。

東方白也順勢躺回因為迦炎起身而空下的沙發。

「我也睡了！呼……呼……」眨眼間，他已鼾聲如雷。

「你們！你們！」迦炎扠著腰在荷塘月色旁氣鬱撓頭半天，只有憋著氣躺在了地上。

今天沒打爽，下次再找機會。

迷迷糊糊睡了一會兒，聽到有人敲門。

「啪啪啪啪！」挺急的。

朦朦朧朧感覺有人開門了。因為不關我的事，我繼續睡覺。

忽然，有人把我連被子直接抱起，我一下子驚醒去掐他脖子，他嚇得一動不動。然後，我看到了藍修士又驚訝又慌張的銀色眼睛。

「藍修士？」我放開手，從來沒想到藍修士會那麼大膽子來抱我。

他身邊正站著東方白，睨著眼睛看著他賤賤地笑。

昏暗房間裡，旁邊是荷塘月色裡灑落的月光，波光粼粼地在他那頭銀藍短髮打上了一層螢光。

「藍修士你大半夜不睡覺抱我幹嘛？」要不是看在他是孱弱的藍修士，我早打上去了。

他渾身僵硬，臉倏地漲紅，抱著我尷尬低頭。像是抱著一個燙手山芋，抱也不是，放也不是。

「對、對不起小雨，我沒想到妳會醒，我想偷偷把妳抱到沙發上的。請妳配合一下，不然今晚我真沒辦法睡了。」他急急說完，把我趕緊抱向沙發。

我疑惑看他，他身後的東方白和迦炎趁隙，一下子躍上床躺平。

「藍修士！你到底在做什麼？」我揪住他衣領，他匆匆把我放下。與其說放，不如說是扔。

將我摔在沙發上後，他對我充滿歉意、雙手合十地拜：「對、對不起小雨，我對妳從沒用過讀心術。拜託妳睡在這裡別動，拜託了。」

說完，他急急跑到床邊，和迦炎、東方白睡在一起。

我好奇地看過去，藍修士急急喊：「別起來！」

我躺回原處，有點莫名其妙，我居然還真配合他。

然後看見藍修士坐在床上，望出房外，嘴不動，視線直視，像是在跟誰道別。難道是他未婚妻圖雅？那他睡這兒來做什麼？

「呼……」過了好長一會兒，他鬆了很長一口氣，然後才朝我看來：「小雨……」

我翻身，不想理他。一來就把床佔了，現在害我睡沙發。

「呵呵呵，藍修士，怎麼，未婚妻查房？」幽靜的房間裡，響起迦炎的調笑聲。

「沒辦法……圖雅說如果我和小雨在一個房間，她就不走……她不斷用讀心術攻入我的大腦，我根本沒辦法……我……哎……」藍修士說得滿是委屈，讓人覺得他剛剛遭受完精神上的非人虐待。

我氣得坐起身來，看到床上幾個男人都坐起來了。

「我都把房間讓給你們了，你陪她睡不就行了？跑這兒來做什麼？」

「不不不不不可以的！」他一下慌張起來，連連擺手：「我我我我們利亞星人在結婚前是不不不不能那那那、那個的……」他低下臉，即使月色黯淡，依然可以看到他的臉已經漲得緋紅。

各個星球，有各個星球的風俗。

「哼，所以你就來害我們？」迦炎睨他一眼：「對了，你剛才抱了星凰，你是不是該去擦擦她身上的指紋啊？」

「我、我，這這……」藍修士被迦炎揶揄地徹底結巴。

迦炎壞笑看他：「而且你們利亞星不是不能隨便抱女人嗎？你剛才已經破例，再跟圖雅破一次例也沒關係。大家都是兄弟，不會說的。」

迦炎說完對他曖昧地直挑眉，藍修士羞窘地頭低得更低：「不可以……真不可以……」

「所以……下次我們和小雨在一起，你別老拿塊絲巾在旁邊擦，弄得我們好像都是病菌，知道嗎？」

迦炎態度突然轉變和大吼，嚇得藍修士一縮脖子，委屈地絞起手指。迦炎對他狠狠哼一聲，躺回了床上。

隨即東方白環住了他的肩膀：「剛才你跟你未婚妻隔窗對望，是在用讀心術說話吧？」

藍修士身體僵了僵，東方白勾起唇，輕佻地摸了摸他的胸脯：「我就想說你對我的心思怎麼那麼清楚，原來你讀我的心啊！我東方白還是第一次被一個男人讀心……你暗戀我你早說啊……我敞開心扉給你摸的……」

他壞壞說完，目光卻是倏然放冷，銳利的寒光如同匕首劃過藍修士的脖子。藍修士的臉色在他陰冷的目光中驟然發白，看來他是清楚感覺到東方白的殺氣了。

當東方白躺回床後，藍修士在迦炎和東方白中間開始呆坐。

玻璃窗再沒有被荷塘月色覆蓋，像是有意讓人看到我們房間內的一切。

本以為下了靈蛇號能有一個好睡眠，最後，卻淪落到睡沙發。

「小雨……」他輕輕喚我，我轉身背對他，拉上被子。

「我對妳……真的沒用過讀心術……」

我閉上眼睛，藍爵，你真是讓我不順心。對你的心情，也越來越複雜。

我能感覺到你的善良，但是，你終究有你的職責，我到底該不該信任你……

「小雨……請相信我……」忽然間，腦中傳來了他分外認真的話音。

我立刻轉身看他，還說不用讀心術？

他的視線穿過月光與我牢牢相連。那雙銀色的瞳孔中，是切切的真情。

他緊緊地抓牢我的視線，焦急之中是他認真的神情。

「這是我第一次用讀心來跟妳對話，因為只有這樣，妳才會理我……」

一絲哀傷劃過他的雙眸，不好，中小狗的招了。

為了防備讀心術而放空的大腦，有了一絲觸動。我轉回臉，斷開了與他的視線。我能感覺到他還在看我，也感覺到了他眼中的真誠。

他真的這麼想跟我做朋友？

回憶之前的種種，撇開他對我的職責，他的確很喜歡跟我在一起，就像是被人嫌棄的小狗找到了主人……圖雅說我是藍爵的寵物，我怎麼感覺藍爵才越來越像寵物。

不明白，該不是被大家一直欺負的藍修士，真的對我產生了友情的期待和依賴？還是考古的人喜歡跟骨董做朋友？

不想再心煩下去，也不想被藍爵感應到我的心煩。直接放空大腦，陷入安睡。

第6章 女人的事情男人解決

圖雅第二天又出現了，她像盯犯人一樣牢牢盯著藍修士。當然，小狼也出現了，穿上了正常的少年衣服，這才看到他的廬山真面目，一個長相真的有些偏女相的美少年。

所謂情人眼裡出西施，在靈蛇號眼中老實、無趣還有些膽小懦弱的藍修士，在圖雅眼裡簡直是稀世珍寶。

背著藍修士，大家都在討論藍修士被搶的機率，結果是零。說明只有圖雅喜歡，為此迦炎、小狼還有東方白這三個男人奇怪了好久。

從女人的角度，我感覺迦炎他們三個是赤裸裸的嫉妒。

雖然藍修士不像迦炎會戰鬥，也沒有小狼機敏，東方白直接忽略。但在藍修士的身上，還是有很多優點的。

比如他很乖，將來肯定很聽老婆話。這對女人來說就夠了。不過，被他未婚妻這樣全天候監視，確實讓人很彆扭。

有了飛船，穿梭地球頃刻之間。

走馬燈一般參觀了地球，生出無限的感慨，有喜悅、有懷念，也有心痛和哀傷。

尤其是那些為了警醒世人而留下的戰爭遺蹟，滿目的瘡痍和被焚毀的圖書館，燒焦的殘頁記錄了戰爭給人帶來無法磨滅的痛苦，和永遠無法恢復的歷史漏洞。

接下去的幾天還參觀了博物館、生物館、氣象館、科技館等等展館，還有已經滅絕的動物展館。在看到對於羊駝的描述時，我瞬間石化了。

只見上面寫著：「羊駝，又名草泥馬……」這個誤會是不是有點大……

但是，東方白看到這個描述時，卻沒太大的反應，吊兒郎當地從羊駝展區走過，往別處去了。

這似乎有點奇怪。

「藍修士，這個稱呼從哪兒來的？」我問藍修士時，圖雅的眼睛立刻盯上我。

這些天我一直沒跟藍修士說過話，他也顯得有些沒精打采。

但這個問題實在錯得離譜。

藍修士高興起來，立刻說：「這是從一些殘存的圖片記載裡得來的。很多關於羊駝的照片都標注了馬勒戈壁上的草泥馬。但是，我有一點始終不明白，這也是現在地質學家解不開的困惑，就是這個馬勒戈壁在哪個位置？」

他疑惑地看我，我僵硬地看他。

難道是因為當年關於羊駝的圖片用得太多，以致於現在的人們搞不清那是罵人的替代語？

時隔一千年，真是什麼都有可能。

「小雨，妳是不是知道？」藍修士認真問，朝我上前一步。忽然，圖雅一腳踩到我們之間，拖開了藍修士。

藍修士無奈地看她，我轉身繼續往前，我到底要不要為羊駝正名呢？

滅絕動物是最後一站，在青龍校區草坪上稍作休息時，學生們不再圍觀我們。迦炎說青龍校區的院長和學生會主席都已經通知青龍的學生，不可打擾貴賓。

所以現在除了少數在遠遠偷看外，附近沒有學生了。

學校、學生會主席，感覺離我都很遙遠。

在我眼中，即使是學生會主席，都還只是孩子。

小狼到我面前渾身難受地拉著他漂亮的金邊衣領。

「小雨姊姊，最近妳是不是都跟迦炎他們一起睡啊？」

「嗯。」拿著飲料隨便應了一聲，陽光很好、草地很柔軟，東方白慵懶地躺在地上假寐。

迦炎戴著他的眼鏡又進入遊戲狀態。原來那種就是腦感，我還沒體會過，但聽迦炎簡單介紹過。當開啟腦感時，人會像進入異次元世界一樣進入遊戲世界，完全模擬真實場景和感受，甚至可以刺激疼痛神經造成疼痛。

不過疼痛神經感應是可以關閉的，但在他們士兵訓練中會時常開啟，以加強對痛覺的承受力。

「那我也去好不好。」看小狼難受的樣子，似乎他真的很不喜歡穿男裝。

我看他兩眼：「我已經睡沙發了，你再來我睡哪兒？啊……早知道就不下靈蛇號了。」

「哈！」小狼笑著坐到我身邊，笑道：「小雨姊姊是不是也對靈蛇號產生特殊的依賴了？我告訴妳，在靈蛇號上住慣的人，都不喜歡下靈蛇號。妳看藍修士……」

他指向正忙著應付圖雅的藍爵，圖雅要給他擦汗，他左躲右閃。

「其實他也不想下來！真羨慕月和巴布，不用下來。地球上熟人太多了！像我就被我哥逮到，這衣服難受死了。」小狼煩躁地拉扯衣領。

說話間，又有一個女人飛了下來，小狼看一眼：「又來一個，麻煩。」

眼前的女人一身桃紅的衣甲，她又是來找誰的？

她緩緩降落，頭盔移除時，我看到了一個近乎妖豔的女人。

豔美的臉、尖下頜、狹長的眼睛、血紅的瞳孔、女王的氣度，還有一頭亮麗的金紅長髮，長及翹臀的長髮在風中輕輕飄揚，遮蓋住她凹凸有致的性感身材。

她比圖雅要高一個頭，圖雅冷看她時，她並沒理會，而是看著藍修士問道：「藍修士，月呢？」深沉的女音透出一絲威嚴。

藍修士笑著起身，他對任何人都很溫和有禮：「原來是派瑞星大公主，月沒有下來。」

派瑞星大公主？

我再次看向她的眼睛，這裡的人都用微縮儀，我起先還以為她的瞳色是微縮儀的顏色。

迦炎說過，派瑞星正統血脈的眼睛為血紅色。這個女人如同紅寶石一般的眼睛，漂亮迷人。

聽到這個女人說話，迦炎從遊戲中醒來，東方白也睜開眼睛看。

「叫他下來。」派瑞星大公主只冷冷淡淡說了這四個字。

藍修士面露難色，而小狼在旁邊笑了起來，爬梳了一下他灰白相間的短髮，好笑地看派瑞星大公主道：「妳是派瑞星的伊莎大公主，又不是我們的女王陛下。居然命令我們靈蛇號的人做事，有本事妳讓他下來啊！」

小狼的話說完，面前的公主殿下不悅地瞇起眼睛。她顯然和圖雅不同，她更加深沉內斂，還有著王者的威嚴。

而圖雅則像是被嬌慣的小公主，霸道到有些蠻橫。現在，她已經對伊莎把她當作空氣非常不滿。

「伊莎大公主，妳應該了解月，他是不會下來的。」迦炎勾著唇壞笑。

伊莎陰沉地撇開頭。

一旁的圖雅樂了起來：「伊莎，誰讓妳總是一副居高臨下的女王模樣？這裡是地球，不是妳的派瑞星！妳這副樣子，男人喜歡才怪呢！」

「哼，妳的藍爵王子殿下就喜歡妳嗎？」伊莎回頭冷看圖雅道：「沒有一個男人會喜歡整天纏著他的女人。若不是他的職責是看管星凰一號，我相信他也不想下來。」

不妙，我的女人直覺拉響了危險的警報。

身邊的東方白顯然已經有所察覺，用手輕觸我放落草坪的手背，示意我往後挪。

我和東方白開始後退時，圖雅已經回頭質問藍修士：「爵！你告訴她，你有多喜歡我在你身邊！」

藍修士尷尬擰眉，轉開臉不想說話。

圖雅水藍的眼睛漸漸睜大，越來越緊繃的空氣中傳來伊莎的冷哼：「妳不是有心電感應能力嗎？妳讀讀他的心不就知道了？」

圖雅咬唇轉回頭，怒瞪伊莎，水藍的眼睛慢慢瞇起，伊莎登時沉臉：「別想用妳的精神力控制我！妳以為你們利亞星的精神力是無敵的嗎？」

這時，伊莎倏然消失，出現在圖雅背後，伸手就狠狠推了圖雅一把。

是瞬移。

圖雅雖然會精神控制，但速度卻遠遠不及派瑞星的瞬移。

原來，每個人的異能都有其致命的弱點。

圖雅往前一個踉蹌，殺氣瞬間爆發。

「不好！打起來了！」小狼這才後知後覺地後退，迦炎反而一臉看好戲的神態：「每年四個校區的學生會主席都會打一次，嘿嘿，今天我們提前看了。這可是朱雀和玄武的大對決，不能不看啊！」

學生會主席？原來伊莎是朱雀校區的學生會主席。

藍修士驚訝地急喊：「小雅妳住手！」

但是，顯然藍修士在圖雅面前是沒什麼「地位」的。抑或是藍修士平時太寵她，圖雅早已衣甲覆蓋全身，準備迎戰。

另一邊伊莎的衣甲也瞬間穿上，兩個女人，一紅一藍在草地上對峙。

女人打架不是沒見過，但是身穿衣甲的女人打架，我也想看看。並不是出於圍觀心理，而是這次是看利亞星人和派瑞星人異能的最好時機。

就在這時，圖雅雙手垂在兩邊，手掌向上，像是很費力地慢慢托起。緊跟著，石子從草地裡慢慢飛了出來。

「這是？」我驚訝地看著。

「精神力操控。」迦炎給我解釋：「這就是利亞星人的意念操控。妳真好運，這種場面可是很少見。」

說話間，被圖雅操控升起的石子朝伊莎飛去。伊莎瞬間消失在空中，下一刻出現在圖雅身後，準備偷襲，但圖雅也立刻飛離原處。

意念操控VS.瞬移，到底誰會贏？

伊莎雙腳一躍，迅速追擊圖雅。

「不好了。」藍修士發了急，忽然看向我：「小雨，快叫月下來。」

「為什麼是我？」我奇怪地看他。

藍修士急得又一時說不出話。

「因為我們說的話，月肯定不信。」迦炎翻了個白眼說，藍修士和小狼對著我一起點頭。

小狼雙手交握，收緊毛絨絨的耳朵開始回憶，滿臉的恐怖害怕。

「上次回地球，我們騙月下來，結果……啊……好恐怖啊！月會變身的，太恐怖了。我們差點全軍覆沒，反正我是不敢再叫他下來了。」

看著小狼蒼白的臉，我很難想像沉靜的月會變身到哪裡去。明明是小狼會變身、變得很恐怖好不好。

「女人的事，只有男人能解決。」迦炎抬手勾住我脖子：「妳看藍修士根本鎮不住圖雅，但是月能鎮住伊莎。避免戰事擴大，妳就做一次救世主吧！」

迦炎對著我又是挑眉又是眨眼。

我心裡奇怪，為什麼月不喜歡下來？按道理地球上既然有他認識的人，他們這些常年在宇宙漂流的人，難道不想跟朋友聚一下？

不過他的性格喜歡安靜，很多時候他也是一個人。再看看伊莎那副女王的樣子，或許……如果我是男人，我也會選擇在靈蛇號上吧？

「小雨……」藍修士把他的小平板拿到我的面前：「只有月能阻止伊莎，圖雅性格衝動，不在比賽場地私鬥，會傷及別人的。」

見他神情凝重，讓人感覺圖雅和伊莎打起來，將是一場滅世之戰。

「轟！」忽然一聲巨響，硝煙在不遠處升起。

我僵硬地看了一會，女人打仗好恐怖。

立刻拿過藍修士的小平板，他已經連接上靈蛇號。螢幕上已經出現月修長的月牙色背影。

「月！」

他身形微頓，轉身時臉上是迷惑的神情，看到我後神情轉為平靜，帶出一抹微笑。

「原來是小雨，什麼事？」

月也叫我小雨了，心裡有點高興。不過，現在可不是高興的時候，立刻正色道：「伊莎和圖雅打起來了，你快下來阻止。」

他先是一驚，然後猶豫片刻，對我點點頭：「知道了，我馬上來。」

鬆了口氣，迦炎突然湊過來說：「你快來啊！圖雅以為藍修士喜歡小雨，你那個伊莎也這樣以為，你不來，小雨會有生命危險的！」

我的臉色一沉，這個謊言說得可真離譜。

但是，顯然月並不相信，而是看著我淡定地問：「是這樣嗎？」

我搖搖頭：「不是，是圖雅說你不想見伊莎，刺激了伊莎，才打起來的。」

月聽後，沉臉點了點頭，忽然一抹寒光劃過琥珀的雙眸，他睨向了迦炎。迦炎尷尬地笑了起來：「呵呵呵。」

「啪」一下，螢幕關閉，我把小平板交還給藍修士，他卻是尷尬得滿臉通紅。

我有些生氣地看迦炎：「迦炎，玩笑不能亂開，你還嫌現在不夠亂嗎？」

「他當然希望越亂越好……」東方白依然躺在地上悠然地蹺著他的腿：「他最近悶壞了，就想找人打一架……」

我看向迦炎，他轉開臉看別處。這位喜歡戰鬥的男人，現在每天只能打遊戲、睡覺，這對他來說，還真是一場悲劇。

「轟！」又是一聲，登時身前石子飛濺。

「小心！」藍修士擋在我面前，石子全砸在他身上，揚了他一臉的灰。

「爵！」空中傳來圖雅的驚叫，伊莎在一旁冷笑：「哼，我看你的爵好像更關注星凰一號。」

「才不是呢！那是爵的職責！」圖雅身體緊繃：「妳真討厭，挑撥我和爵的感情，難怪月哥哥不喜歡妳！」

「妳說什麼？」伊莎在空中揚起了右手，倏然間消失在了空中。

面前的藍修士立時緊張地上前一步：「不好，小雅有危險！」

當他的話音說完，圖雅在空中陷入高度戒備之時，突然空中飛落一艘飛船。緊跟著，我們面前揚起一陣風，藍修士灰濛濛的臉上露出了微笑：「月終於來了。」

就在這時，我們的面前已經憑空出現了兩個人。

一高一矮兩個人影站在我們面前——是一個男人和伊莎。

一身月牙色衣甲的男子站在伊莎背後，摟緊了她的腰，扣住了她的手，把她禁錮在自己的身前。

慢慢地，他的頭盔移除，一頭月牙色的長髮在陽光中傾瀉，如同銀河掛落。

我怔怔看著他月牙色的閃亮衣甲。月也有衣甲？

原來，靈蛇號上的每個人，估計除了藍修士，人人都能戰鬥。

「月哥哥。」隨著圖雅的降落，月放開了伊莎，伊莎卻並沒立刻轉身，而是雙拳緊擰，身體顯得有些緊繃。

月退到我們之間，四周忽然傳來女孩的尖叫聲。

「哇～～靈蛇號的成員到齊了！」

「大家快來看！靈蛇號的船員全下來了！」

本來不圍觀我們的學生，因為月的出現，而再次圍了上來。

圖雅驕傲地站到我們之前，一個巨大的黑影忽然罩住我們，大家仰臉看，正是巴布從飛船上躍落。

居然連巴布也來了。

「砰！」巴布落在我的面前，我腳下的地面都因他的跳落而震顫。

「巴布你也來了？」

我驚訝地看他，他還是面無表情地俯看我，然後發出一聲：「嗯……」

「……」

「哼……到齊了。」東方白一聲輕笑，站起身來到我的身旁。一時間，大家巧合地以我為中心站到了一處。

右側是藍修士、迦炎和小狼，左側是東方白、月和巴布，一陣風突然吹來，揚起了靈蛇號上所有船員的各色髮絲。

圖雅愣愣看著我們全部人，伊莎也慢慢轉回身，抿唇低臉，不看她所盼望見到的月。

「啊～～好帥啊～～」

「好羨慕星凰一號！太羨慕了！」

「天哪，讓我跟星凰一號交換吧！」

我抬手把被風吹亂的長髮順到耳後，低臉冷笑：「哼！如果她們想用自由和尊嚴來交換，我倒是願意成全她們。」

「小雨……」藍修士朝我看來，我揚起手不看他：「別說了，我明白。麻煩你們看管好你們的女人，我深感自己有生命危險。」

「噗！」迦炎在一旁噴笑，抬手就要來勾我脖子，我立刻揚手擋住：「欸！別跟我走太近，我怎麼知道你在這裡是不是也有什麼未婚妻和女朋友？一個個找上我，我很煩的。」

迦炎看著我笑，小狼也捂嘴偷笑。

身邊的月看看我，一本正經地說：「伊莎不是我未婚妻，也不是我女朋友。」

我因為他突然的解釋而發愣，與此同時，也感覺到了伊莎身影的僵硬。

在圖雅咬唇壞笑時，小狼笑了起來。

「月，你太認真了，小雨姊姊說的不是你，是藍修士！哈哈哈……」

月淡淡地笑了起來。

「喔，是我多想了。藍，如果你不方便，接下去的行程讓我和巴布來負責。」

藍修士擰眉轉開了臉：「你們是聯合起來在取笑我嗎？」

他真的生氣了。

大家見狀看了看彼此，最後看向月。

月抿了抿唇，走到藍修士的身邊。他挺拔修長的身姿，比藍修士高了一個頭。

「藍，今天的事你應該清楚是誰引起的。雖然伊莎沒有針對小雨，但是如果她們誤傷小雨呢？」

靈蛇號裡月跟藍修士的關係最好，大概因為月也是搞科學研究的緣故。

所以月說話時，藍修士會耐心靜聽。

月說完不再多言，恢復他往日的沉默寡言，然後走回我們之間，看向我：「走吧！」

壞笑的目光在迦炎和小狼之間流轉，大家隨著月的腳步開始向前。

「等等。」忽地，藍修士低沉地說。我們停下腳步看他，他肅然看向圖雅：「小雅，請妳回去。」

圖雅驚訝地睜大眼睛，噘起嘴：「我不回去！」

「那好。」藍修士忽然抬起臉，與圖雅的視線對在了一起，瞬間，圖雅一動也不動了。伊莎看了他一眼，他對伊莎頷首一禮，朝我們走來。

清風揚起，掀起了他銀藍的短髮，拂過他分外嚴肅的臉龐。

所有人因他的表情而靜下，他們看向圖雅，圖雅依然一動也不動地站在原處。

月上前拍了拍藍修士的肩膀，藍修士低下臉，不看眾人地走到了我們大家的前方，低低說了聲：

「我們走。」

我再次看向圖雅，圖雅那副模樣，就像當初我被微腦細胞控制似的。

然而，在我們走了沒幾步，伊莎落到我們身前，只看著月說：「月，你就那麼不想見我？」

大家又一致望向月，他冷冷淡淡地看伊莎：「夜已經屬於妳，請妳不要那麼貪心。」

伊莎的神情在他這句話中變得陰沉。

有意思，月的這句話，很微妙吶！

★　★　★

坐在青龍校長室裡，校長熱切地招待我們靈蛇號所有的成員。校長室在三樓，所以玻璃窗外總算沒有圍觀者了，但是下面還是滿滿的女生和男生。女生的目光充滿了欽慕，男生們的目光則是羨慕。看得出這些充滿活力的男生們也希望能成為靈蛇號的成員，遨遊宇宙。

雙手環胸，站在玻璃窗前俯看下方，思考剛剛發生的事。

藍爵對圖雅出手了，可以推測出利亞星人如果想控制對方，必須要跟對方的視線產生連接。

不是說藍爵的精神力很差嗎？地球上的學生是第一星國裡最拔尖的學生，那麼學生會主席更應該是菁英中的菁英。我相信圖雅成為玄武學院的學生會主席，不會是因為她的身分，她的精神力絕對不弱。但是，她卻被藍爵頃刻間控制了。或者可以說是她對藍爵沒有防備，所以藍爵可以輕鬆捕捉到她的眼睛。嗯……身邊有個讀心者，始終是個麻煩。

「大家希望歷史再現，你和星凰可以一人教一課……」身後是校長的話音：「主要是語文、英語、數學、物理……」

「藍，你對圖雅那樣做，不太好吧？」左側是月和藍爵的對話。藍爵輕輕一嘆：「那你呢？伊莎可是派瑞星未來的女王。你以為你又能逃多久？除非在她宣布丈夫名單時，你已經結婚。」

「宣布丈夫名單？」我疑惑地看向他們，他們也因為我的加入而暫時停頓。

月和藍爵看向我，我奇怪地問：「怎麼派瑞星女王的丈夫是女王指定的？」

月的神情因我的話顯得多多少少有些凝重，藍爵目露無奈地點點頭。

「可是我聽迦炎說，派瑞星很注重血統，所以……」

我頓住口，感覺自己說錯了話。

「對不起，月，我不是有意針對你的血……統……」感覺越說越尷尬：「算了，還是不說了。」

不敢面對月的表情，我轉開臉，陷入尷尬，這個話題本不該開始。

「所以我注定不是第一丈夫。」沒想到，月還是做了解釋，我抱歉地轉回臉看他，他神情平靜，似乎對這個命運並不太在意。

但是，我還是覺得抱歉。

「對不起，我不該問的。」月都說不是第一丈夫了，這後面的含義，想也知道。再加上之前迦炎說，派瑞星有點像螞蟻的政權，可見女王會有不少男人。

月的唇角扯出一抹苦澀的冷笑：「沒關係，這就是我們的派瑞星。女王為尊，所以我才會離開派瑞星、離開伊莎。只要離開，她自然會漸漸淡忘我……」

一抹淡淡的失落劃過月琥珀的雙眸，我捕捉到他那絲失落，微微眯眸：「月，你喜歡伊莎？」

他倏地一怔，琥珀的眼睛筆直朝我看來。他月牙的長髮在吹入房間的和煦暖風中微微輕揚，掠過他好看的、有些緊身的白色立領制服。

「不不不，小雨妳誤會了。」藍爵目光溫和地說了起來：「月對伊莎的感情確實很複雜，但我肯定那不是喜歡……」

「藍修士，你自己的感情都處理不好，還那麼肯定月對伊莎大公主的感情不是喜歡？」忽然間，迦炎也闖入我們的話題。

小狼單手扠腰對藍修士曖昧地擠眉弄眼：「藍修士，那你對圖雅是喜歡嗎？」

藍爵的臉在迦炎和小狼的連番轟炸下，漸漸紅了起來。

月微微擰眉，不忍地冷眼看迦炎和小狼：「你們不要再取笑他了。他很疼愛圖雅，但只是當作妹妹，所以才把圖雅寵壞了。」

「噓……」迦炎雙手環胸吹了個口哨：「藍修士，這可不行，你和圖雅始終是要成婚的。怎麼，你打算結婚後還是把圖雅當妹妹？那你怎麼跟你妹妹上床？」

「迦、迦炎！請你嚴肅一點！」藍爵的臉徹底漲紅，話也開始結巴起來。

迦炎達到了目的，在旁邊壞壞地賊笑：「藍修士，你還是好好學學怎麼做男人吧！小狼雖然愛穿女裝，但他骨子裡是個男人，可是你呢？你快跟保姆……」

「夠了。」我忍不住打斷迦炎，撫額說：「你們都太不了解女人了，每個女人對男人的喜好也不一樣。」

我放下手看向月：「首先是伊莎，像她那種不喜歡糾纏男人的傲嬌女王，必然也不喜歡糾纏她的男人，所以月，你越冷落她、越遠離她，她對你的渴望反而越強烈。」

月在我的話中怔住了神情，在窗邊的身體越來越僵硬，琥珀的瞳孔裡，視線慢慢收緊。

「難怪她……原來……是我做錯了嗎……」

「然後是圖雅。」我看向藍爵，他轉開羞紅的臉龐，似乎並不想一直提起圖雅：「她很霸道、也很蠻橫，但是她很單純。她比伊莎單純得多，她很單純地喜歡你，沒有太多的雜念。藍修士，既然你們已經有了婚約，迦炎說得對，你將來是做圖雅的丈夫而不是哥哥。不然，你會傷害圖雅的。」

藍修士沒有說話，靜靜轉身，左手放在面前的玻璃上，垂落目光，陷入自己的世界。

「那小雨姊姊，妳喜歡怎樣的男人？」小狼好奇地睜大眼睛，我面無表情地看他，感覺到大家的注意力都轉向我。

儘管藍爵依然看窗外，但他的臉朝我側來。而月、巴布和迦炎也都看向了我，他們似乎也挺好奇我這個古人對男人的喜好。

正要回答，東方白那裡傳來了話音：「她當然是喜歡我這種賤賤的男人……」

我眉角抽搐，還是很想揍他一頓。那天其實並沒分出輸贏，畢竟後來藍修士也在，不好意思開戰，也沒機會開戰。

「小雨，妳應該告訴他們，我們那天在浴池裡做了什麼……」他的話瞬間吸引了所有人的視線。

藍爵直接轉身面對東方白，月也看了過去。迦炎撫額搖頭，小狼張大了好奇的眼睛，就連始終像石雕的巴布，也把大腦袋轉向幾乎是躺在椅子上的東方白身上。

東方白雙腳高高放在校長的桌子上，單手拄在椅子扶手，指了指自己的嘴唇，對我曖昧地挑挑眉：「動口不動手～」

咬牙，雙拳緊擰。寒氣已經開始在我身上凝聚。

校長不知在什麼時候出去了，才會讓東方白這個賤男人肆意妄為。

迦炎在旁呵呵笑：「難怪小雨從浴池出來就揍你，原來你……哈哈哈，東方，我說我們怎麼那麼合拍，原來你動作和我一樣快啊！」

東方白得意地舉起手，迦炎還跑過去居然和他擊了個掌「啪」一聲，然後一起壞笑。

這兩個賤男人。

我雙手環胸，必須冷靜下來，否則東方白會更加得意。

嘴角扯出一抹冷笑，用輕鄙的目光俯視東方白。

「看你可憐，本女王賞你的，本女王高興親誰就親誰。」

「是嗎？」東方白雙腳放落桌子，瞇起眼睛看向我：「妳不想要我對這個吻負責到底嗎？」

「不需要。不過一個吻而已，沒什麼大不了。小狼，過來！」

我一把拽過小狼的衣領，小狼還不明所以地懵懵看我，我當即吻上他的唇，他的眼睛一下子瞪到最大，看得身旁的藍修士和月都怔住了身體。

巴布大大的腦袋僵硬地轉過來，我推開臉完全炸紅的小狼時，他發出長長的驚嘆：「喔……」

迦炎下巴脫臼地看我，東方白揚起了唇角，瞇起的眼睛裡寒光閃閃，舉起雙手，對我「啪、啪、啪、啪」地鼓掌起來。

我忽然想起什麼，轉頭問完全呆滯的小狼：「小狼，這該不會是你的初吻吧？」

小狼失神地看我，臉上是世界末日的表情。

我咬了咬下唇，安慰地拍拍他肩膀：「沒關係，一個人的初吻早晚會沒有的。這樣吧，過會兒小雨姊姊給你買新裙子補償你……」

「哇……」他一下子撲到我身上，抱緊我大哭：「小雨姊姊妳可一定要記得補償我啊……」

聽到新裙子，他把我抱得緊緊的。

小孩子好哄，另外兩個有女人，不好亂親。權衡利弊後，只能犧牲小狼了。我安慰地撫拍他後背。謝了，小狼。夠義氣，姊以後更疼你。

在我安慰小狼時，東方白一邊鼓掌一邊起身，指指我，半天說不出話。他身邊的迦炎舔舔唇，低下頭一副吃虧的表情：「虧了，剛才明明離小雨最近的人是我。」

既然迦炎跟東方白那樣的賤人談得來，顯然他們是一丘之貉。就在屋內氣氛變得有些微妙時，校長又匆匆走了進來，看向我們：「選好了嗎？」

我有些疑惑，選什麼？

「還不過來選妳要教的課？」東方白沒好氣地對我招手。

我走過去，小狼一直抱著我一起走。校長似乎察覺出了什麼，掃視房內一圈，小心翼翼地問我們：「我……是不是錯過了什麼？呵呵。」

「咳。」

「咳咳。」

「咳咳咳。」

一時間，房內從巴布、月、藍修士那裡響起各自不同的咳嗽聲。

小狼嘻嘻一笑，總算放開我，幫我拿來桌面上的課程表問我：「小雨姊姊妳快看看，妳會教什麼課？」

我想起來了，下午就開始教課了，主要是讓各個學院的學生感受一下我們那時是如何上課的。到時我們只在青龍學院的一個教室上課，然後利用攝影機或是文明先生之類的東西進行直播，透過網路讓每個學生看見。

我開始看校長列出的原始課程表，東方白在旁邊雙手環胸。

「看妳這個樣子，會的肯定也不多。妳先挑吧！我讓讓妳，大嬸～」

咬了咬下唇，這次還真沒什麼可逞強的。

語文……不會……唐詩宋詞哪裡還記得？

數學……不會……估計除了一加一，微積分全還給老師了……

英語……囧……

歷史……唐宋元明清……

生物！生物主要講什麼？細胞嗎？

物理化學！一直不及格的人沒有資格……

音樂……直接把課程表拍在桌上，「啪」一聲，鎮定自若，深沉不語。

「喲呵！看妳這氣勢是想全包？」東方白調侃起我來：「NO～偉大的女王陛下，您好歹也給小人一個表現機會～」

「OK！」我把課程表移到他面前：「都歸你了。」

登時，他啞然失笑：「妳、嗤，妳、呿。」

他又是半天說不出話，大家開始圍上來，東方白舔舔唇：「妳該不是什麼都不會吧？」

「那又有什麼好奇怪的！」我說得理直氣壯，登時感覺到周圍的人一陣僵硬，包括剛回來的校長。

小狼愣愣看我，輕輕地自言自語：「小雨姊姊不會還說得那麼鏗鏘有力，真帥啊……如果哪天我不及格也敢對父親大人這樣說話，就好了……」

「小雨，總有會的吧……」藍爵對著我尷尬地笑著。

月在旁邊沉靜看我，也安慰我地說道：「小雨，只是讓學生們體會你們那個年代如何教課，妳不必教太深奧的東西。」

我還教深奧？最基本的都忘得差不多了，不由得說道：

「寫報告誰用唐詩宋詞啊？誰買菜用微積分啊？誰在抓本地罪犯的時候，說英語啊？誰弄破手在哪兒喊：『喔！我的紅血球快流光了？』誰剎車的時候還要計算摩擦力和反作用力啊？誰每天做飯還要考慮鹽和鐵鍋會不會起化學反應啊！呼……」

一口氣說完，我服輸地低頭、舉手。

「我是真不會，因為日常生活很少用，所以早就還給老師，就算音樂，也只會唱唱歌，連五線譜都不會看。饒了我吧！有沒有體育課？我可以帶大家跑跑步。」

說完的時候，大家都已經不知道該擺出什麼表情來看待我這個問題。

藍爵想安慰我，但對著我尷尬笑半天，笑得臉明顯有點抽筋，他放棄地低下臉，嘆氣搖頭。月微微蹙眉，像是在幫我想辦法。至於巴布，始終不說話。迦炎又是下巴脫臼地看我；只有小狼，看著我雙眼放光。

「小雨姊姊什麼都不會，但還是給人感覺很厲害的樣子，好厲害啊！」

我的臉瞬間黑了，小狼這句話聽起來怎麼這麼彆扭。

「哼……」靜靜的房間裡，東方白發出一聲長長地、無奈地長吟：「蘇星雨，妳這些課裡有哪些是及格的？」

他抬起臉，懶懶地看我。我感覺到了一種劣等生面對優等生的尷尬和自卑。奇怪，為什麼我的直覺會告訴我賤龍是優等生？但是，我的直覺從未出錯。

我雙手環胸，諾諾地嘟囔：「咳！除了物理、化學和音樂，都及格了……」

「音樂妳都不及格！」東方白刻意拔高了聲音，然後連連搖頭：「妳可真是朵奇葩。」

我尷尬地撇開臉，無視所有人凝重的目光。

「那天不知道怎麼回事，老唱走音，順著小瀋陽的調兒，往外拐，就不及格了……」

好糗，幸好音樂不重要。

東方白唇角漸漸揚起，舔舔唇道：「那好，我幫妳。」

我看向他，看來他要把我不及格的全挑走。

「物理、化學、音樂……」果然，我心裡對他產生一絲感激，他擰眉看了看課程表：「再一個生物吧！這些全歸妳，剩下的歸我。」

什麼？他把我及格的全挑走了！這個混蛋！

回神時他已經拿起課程表轉身對我甩甩手：「我先去備課，第一節可是妳的生物喲！加油～」

他得意洋洋地走了，背影怎麼看怎麼賤！

迦炎對著我噗哧偷笑一聲，立刻跟上了東方白，我隱隱看見他倆又是一個擊掌。一丘之貉。混蛋！混蛋！對東方白這個賤人總是防不慎防！

我拿起課程表，確認今天下午安排了兩堂課：生物和東方白的語文。

現在已經沒有語文這門課，成為文史。但是，總的來說，現在的學生很幸福，上午只有三堂課，下午兩堂課，然後是飛船操控和衣甲訓練。每週必有音樂課、美術課或其他藝術類的課，讓學生全方位發展。

我們高中時代哪裡還有音樂課？美術課和體育課最終也被複習、考試給佔據了。

大學裡也沒有音樂課，還是學生會自己組織成立的音樂課，讓喜愛音樂的同學可以聚在一起，自製課程表和考核。沒想到……我那脫線耍寶的一天，真是不堪回首。

有人從我手中抽走了課程表，是月。他和藍修士一起看著，巴布從上而下地俯視。月眨了眨琥珀的眼睛，看向我：「小雨，不用急，我和藍會幫妳。」

「怎麼幫？」現在我只希望地球的事情能快點結束，回到靈蛇號上。沒想到我和靈蛇號的人越來越像了。

月從上衣口袋裡取出微縮儀，放到我的面前。

「生物、物理和化學是我的強項，妳戴上這個，我會和妳連線，告訴妳怎麼上課。」

我感激地看著月，月看上去冷淡文靜，但其實樂於助人。他在我感激的目光中變得有些不自在，羞澀地轉開頭，用他月牙色的長髮遮住了他的側臉。發覺到他的害羞，我立刻接過微縮儀不再看他。

「現在可以放心了。」藍爵為我安了心：「有了月的幫助，應該不會有問題。」

大家都鼓勵地看著我，只有月還是側開臉。我戴上了微縮儀，裡面的文字已經為我換成了漢字。

★　★　★

很難想像，我一個生物時常不及格的人，今天居然要教生物了。在校長的陪同下，我走入寬敞明亮的現代教室。每個學生都身穿帥氣的白色藍邊立領校服，胸口上是一個漂亮的青龍校徽。龍的圖騰被簡化，也顯得更神祕。

整個教室只有三十人。他們就像太空堡壘裡的學生一樣神氣。再也沒有堆成山的課本和習題，空空蕩蕩的銀藍小圓桌上，只有他們的記事本。

我走進教室，他們都正經嚴肅地看著我，忽然間感覺到了一絲緊張。以前就算面對持槍搶劫的罪犯都不曾這樣，卻在這群帥氣的少男少女們前，心裡有了一點緊張。

教室的黑板也全換成了我們那個年代的黑板，還有好久沒碰過的粉筆、板擦、紙、筆，一切又彷彿回到了青青校園。拿起粉筆，笑著轉身面對黑板，眼中的微縮儀已經閃現紋路，耳邊也是月清澈的聲音：「我們今天要講植物的光合作用。」

我偷偷一笑，跟著說：「今天我們講植物的光合作用。」在黑板上剛剛寫上光合作用，身後傳來了一個男生的聲音：「星凰老師，我們要求妳講遠古人的交配與繁殖。」

粉筆在手中「啪」地斷裂，他們剛才的認真嚴肅全是偽裝的嗎？現在總算暴露出本性了。耳邊是月清冷的聲音：「不用管他們。」

「生物還有這個？」

「嗯。」月淡淡地答。

我轉回身，男生女生們捂嘴笑，坐在最前面、最中間的一個男生昂起頭，嘴角掛著壞壞的笑容。雙手環胸，一臉的得意。

這是一個很帥氣的男生，乾淨清爽的短髮，人形……至少五官是人形，不粗不細、不濃不淡的眉，大大的眼睛分外有神。用老土的話來形容，可以算是龍眉星目。他的鼻梁很挺、嘴唇微薄，臉上是玩世不恭的笑，雙耳戴著鑽石的耳釘。純黑的短髮沒有半絲雜色，對了，這個時代崇尚黑色。

他的容貌讓我產生一絲熟悉感，有點像智能艦長，也就是藍爵照片裡的那個男人。但是眼前的男孩有著少年的不羈和張狂，而且他們也只是有點像，並不完全雷同。

感覺到這些孩子是有意捉弄我。我慢慢掃視這些偷笑的學生們。臭小子們，我可是你們的祖宗！

今天怎能讓未來的小屁孩看扁？

我放落粉筆，拍了拍手，面帶三分微笑，耳中傳來月的聲音：「小雨，如果妳真的想講，我可以告訴妳，只是……妳會不會尷尬？」

「我想以我的方式來說。」我取下了微縮儀，切斷了與月的聯繫。立時，教室門外，緊張的校長身邊出現了月、擔心的藍爵和好奇的小狼，還有面無表情的巴布。

我說道：「我知道你們對我們遠古人很好奇。我們是如何生活的、如何交友的、如何談情說愛的，包括……你們感興趣的，如何進行繁殖活動。」

唇角一勾，雙手環胸，在那一雙雙閃亮的眼中昂首挺胸。

「我可以告訴你們，我們比你們更浪漫、更有趣。」

「怎麼個浪漫有趣？」女生們好奇地問了起來。

我往後坐下，讓自己舒舒服服地靠坐在椅子上，看著這些青澀少年說了起來：「我知道現在第一星國很注重禮儀，學校裡不可以大聲吵鬧、不可以追逐嬉戲，自然也不可以隨意親吻，或是舉止親暱。這很好，我們那時也這樣要求。但是，我們有我們的方式。我們會傳小紙條。」

「小紙條？」一雙雙清純的大眼睛，好奇地眨了起來。

我笑了笑，開始描述起自己的校園給他們聽，那些羞澀的、偷偷的、悸動的與暗戀的情緒，還有上課時幫忙傳遞小紙條的同學們。

他們從不厭煩地為男生、女生傳遞含蓄懵懂的情誼，並且從不偷看。還未曾踏上社會的我們，是那樣清純、善良，有著自己的操守。所以很多時候會感嘆怎麼成熟了、長大了，節操卻全沒了。

紙條的浪漫在於漫長的等待和好奇，那張經過無數人傳遞的紙條裡，到底寫了什麼？這遠比後來的手機簡訊更增添了一分神祕和性感，還有傳遞時為了不讓老師發現時的緊張。

他們越聽越感興趣，也想體驗看看。我鼓勵他們可以在嚴肅認真，並且直覺敏銳的東方白老師課堂上挑戰一下，看看他們能不能逃過東方白銳利的眼睛。

一時間，他們有了幹勁。或許他們的心裡正在想：「我們還鬥不過一個古代老不死嗎？」

「這麼說，星凰老師應該還是個處女？」

在快要下課時，那最中間的男生壞壞地看過來，每一次，他都是語出驚人。

「因為星凰老師闡述了自己對愛情的潔癖，也對學生性行為的不贊同。所以，由此可以推斷，星凰老師如果還沒有男朋友的話，應該還是個處女。」

立時，整個教室的男生女生都偷笑起來。這個男生的每句話、每個動作，都牽動著整個教室的學生，這已經充分說明，他是他們的頭頭。

我雙手撐到桌面，微笑看他：「所以呢？」

他對我一揚唇：「所以星凰老師的身價更高一倍，更有收藏價值，我想買下妳。」

我眨眨眼，起身，忍不住一笑，然後搖搖頭。轉身走下講台時，隨口喊出了：「下課。」

在那個男生的盯視中走出教室。校長面對我時，既尷尬又緊張。

藍爵已經沉下臉：「校長，星凰是受您邀請來講課的，不是來被人捉弄的。」

「不錯，你這樣讓星凰非常難堪。」月冰冷的話語，因為他冰冷的神情而更冷一分。

校長只能擦汗，小狼走到他身邊揚唇一聲冷笑：「哼，早知道我們應該答應白虎校區，至少我哥作為學生會主席，不會帶頭鬧事。」

我有些驚訝：「怎麼，那個張狂的小子是學生會主席？」

「不錯。」小狼神情忽然變得冷酷起來：「仗著自己母親是第一星國女王，就可以為所欲為了。」

聽了小狼的話，我更加驚訝，回頭再看向那個男生。他還在看我，唇角是玩世不恭的笑，眼神也是分外的張狂。

回過頭，望向滿頭大汗的校長。他的身後，正遠遠走來東方白和迦炎。我揚唇一笑。

「校長，麻煩你印上一百二十份物理試卷，我想，是該讓他們好好享受一下我那個年代真正的高中生活了。哼哼哼哼……」

校長在我的陰笑中漸漸僵硬，我一邊陰笑，一邊走向東方白。

他慵懶地垂著眼皮看我：「沒想到妳能活著出來。」

我下巴收緊，雙手環胸：「那些學生可不好對付，祝你好運。」

我與他擦肩而過，隨手戴上微縮儀，準備看直播。

當上課的音樂響起時，東方白已經站在講台前。我透過網路看著他，他雖然臉上有疤，卻被從內而外散發出的特殊氣度所覆蓋，讓人漸漸忽略。他一上來，就開始吟詩，吟誦的都是情詩，當那些情詩以他有些壞壞的神情唸出時，他流露出了一股浪漫多情的詩人味道。

風流倜儻、隨性不羈。

女生們漸漸被他的表情吸引，目露一分崇拜。

看到這裡，我直接拿下了微縮儀。辦公室裡只有巴布一個人，藍爵他們依然在原處看東方白上課。我面對玻璃窗，心裡迷霧重重。

正巧，一個文明先生路過我身前，我不服氣道：「可惡，東方白居然比我好！」

立時，文明先生急速轉身，飛入我面前的窗戶警告我：「星凰一號用語不文明。」

「混帳你這沙灘排球，別來惹我啊，我現在心情很不好！」我揮起拳頭。

文明先生毫不畏懼：「星凰一號第二次用語不文明，根據第一星國文明條例第三十九條第……」

「我去你的！你馬的，你好好看看你的條款！我是遠古生物，我要保持原生態，難道你不知道嗎？」

文明先生黑黑的眼睛開始轉：「根據第一星國活體文物保護法第九條第七款，遠古活體生物可保持原生態。」

「就是啊，所以我罵人是我的原生態，你管我，你這白色的白癡沙灘排球！」

「嗤！星凰一號用語不文明，要處罰！」

「我是遠古活體文物……」

「嗤！活體文物可保持原生態，不必處罰……」

「你這個蠢貨！」

「嗤！用語不文明，要處罰！」

「說了要保持我原生態了！」

「保持原生態，不處罰！」

「笨蛋！」

「處罰……」

「不處罰……」

「處、處、處罰……」

「不、不、不處罰………」

「嗤……」文明先生冒煙了！

我故作大驚小怪地對巴布驚叫：「巴布！文明先生冒煙了！啊！」

巴布愣愣看我，我急急跑到辦公桌前，拿起一杯水，巴布朝我緩緩伸出手：「嗯……」

雖然不知道他要說什麼，我手裡的這杯水已經澆在文明先生冒煙的地方。

「啪答！」文明先生掉在地上，隱隱有電流飛竄。

「嗯……」巴布緩緩放落手臂，難過地看它：「它剛才已經短路了，短路的時候電流會亂竄，不再防水。妳把水澆上去，它就徹底壞了。」

顯然，巴布剛才是想阻止我澆水。

我抱歉地看他：「抱歉，我不懂，我看它冒煙就像要燒起來了。不過，巴布，今天我總算聽到你說了一個長句子。」

巴布看看我，咧嘴笑了：「呵……」

「……」轉身看看殉職的文明先生，東方白要我捉一個，沒說死活。雖然不明白他的意圖，但我們最終的目的是相同的。

「不能被別人發現。」我看看周圍，現代化的辦公室裡連桌布窗簾都沒有：「算了，就當我的戰利品吧！」

我毫無歉意地抱起文明先生，當作自己的戰利品。

真像東方白說的，我就算當著別人的面弄壞文明先生，都沒人懷疑。

第7章 意外的人工呼吸

一堂課結束後，東方白回來了，藍爵他們跟在他的身後。

他一眼看到我懷裡的文明先生，立刻吹響了口哨：「吁～不愧是文明先生的殺手，看來又一個慘死在妳手中！」

在別人眼中，那是對我的嘲諷，但是我知道那是他對我的佩服。

藍爵立刻上前：「這是怎麼回事？」

「哇！小雨姊姊，文明先生可沒那麼容易死的，妳是怎麼做到的？」小狼前前後後繞著我轉圈：「妳沒有武器啊！到底怎麼做到的？」

我故作尷尬難堪，把經過說了一遍，聽得眾人也臉色僵硬起來。

文明先生成了我的戰利品，也沒人跟我要回去。晚上我躺在沙發上折騰文明先生，它外殼的材質很特殊，還真有那麼點彈性，不過那雙黑眼睛已經徹底無神。

東方白的房間裡，全是男人。靈蛇號的成員齊了。東方白和迦炎坐在床上，巴布盤腿坐在地上，藍爵和月站在窗邊，小狼雙手趴在我沙發靠背上，站在我身後看我手裡犧牲的文明先生。

「東方，沒想到你還有點文化。」迦炎笑嘻嘻拍上東方白的肩膀：「女生對情詩的免疫力是零，瞧那些小女生看你的崇拜目光！改天你也要教我幾首古代的情詩，讓我可以去……嗯嗯……」

迦炎曖昧地對東方白挑眉，東方白壞笑地將身體靠後，雙手撐在床上，長腿得意地交疊。

「其實我有點後悔把生物課讓給蘇星雨，那些學生真可愛，我倒是很想給他們上上遠古人的繁殖課……」

他朝我揚唇看來，成年男人就是好色。

我白他一眼。

「有什麼好說的，難道一千年下來，繁殖還會不一樣？現代人都是試管裡出來的？」

「小雨，這妳就錯了，現在每個種族的繁殖是不一樣的。」迦炎擺出了藍爵的認真神情，雙手環胸，抿唇點頭：「嗯嗯！」

大家的目光不約而同地看向他，東方白用腿踢了踢他：「說來聽聽。」

迦炎忍不住得意，眉飛色舞地說了起來：「比如利亞星人，他們追求的是靈魂上的伴侶，喔！精神上的合體……」

藍爵的臉立刻紅了起來：「迦炎！」

迦炎瞟他一眼：「你害羞什麼？這裡又沒女人。」

一支無形的箭射中我的心臟，當藍爵和月朝我看來時，我雙手撫額。

迦炎更加歡快地說了起來：「我覺得利亞星人最有趣，他們愛與繁殖是分開的，愛的時候他們通過他們的精神力……東方，你懂嗎？就是他們身體是不接觸的，但我完全無法理解。然後到繁殖期的時候，噗噗噗，東方，他們居然有他們的繁殖期，不止藍爵，月和小狼他們的種族也有繁殖期，哈哈哈！笑死我了，利亞星人在繁殖期的時候會到朝聖的地方去……」

「夠了！」我忍無可忍地站起身，迦炎笑到一半被我打斷，嘴還張著，藍爵的臉已經通紅，面朝窗戶，月面露生氣地俯視迦炎。

我看看他們：「這種話題等我這個女人走了之後再說！」我抓起文明先生朝門外走。

迦炎跳了起來：「妳不能離開我們的視線！」

我頓住腳步，受不了地差點撞牆，冷臉看一屋子男人。

「你們就不能用機器人還是什麼東西的來監視我嗎？」

迦炎眨眨眼，看向藍爵。藍爵的臉色慢慢恢復，溫和看我：「小雨，我們不想讓妳成為我們的犯人，也想在我們力所能及的情況下，給妳最大的尊重。如果用文明先生的話……」

我明白了，他們認為用機器看管我，是對我更加不尊重。

「現在文明先生也看不住她了。」迦炎指向我手裡的文明先生，大家的臉色漸漸轉黑。

「我去看小雨姊姊！」小狼開心地蹦過來。我笑了，這小子想買衣服。在大家用擔憂的目光看小狼時，我扠腰一笑：「反正我受夠睡沙發了，我要回自己的房間！小狼，我們走。」

「太棒了！」小狼雙眼冒金光，我看到了購買的慾望。

但是，那些男人的目光卻有些緊張起來。他們看向藍爵，藍爵看小狼，我們在他們各異的目光中轉身，不明白他們在擔心什麼？小狼咧開嘴笑，笑容有點邪惡。他忽地察覺到我在看他，立刻揚起臉對我露出純真燦爛的笑容。

眨眨眼，他們擔心的……會不會並不是我，而是小狼？

剛到門口，小狼被人一下子拽住了，只覺得小狼從我身後忽然消失。我轉身察看，發現是月拎住了小狼的後脖領，沉臉看別處：「我跟你們一起去。」

顯然他們還在擔心我跟小狼獨處，我隨意說道：「沒床睡的。」說完我轉身開了門。

難道真是擔心小狼？可小狼是個孩子。不過，有一點讓我很在意，就是小狼這樣的少年如何能上靈蛇號？即使他的哥哥浚，也還在白虎校區當學生會主席。

一路狐疑地回到房間，看到自己的床，一下子把自己扔了上去，終於有床睡了。

「小雨姊姊……購物卡！」小狼突然撲了過來，我閃身躲過。

落下床時，身前正是月，月看我一眼，再看向已經撲在床上的小狼：「讓你來就安分一點。」

小狼委屈地跪在床上雙手抱心，毛絨絨的狼尾巴在雪白的床單上搖擺，可愛的毛絨絨耳朵也不停擺動，一副乖乖狗的模樣：「只要給我購物卡，我一定乖乖的。」

小狼對我眨著純純的、閃亮如同玻璃的眼睛。月看看我，我拿出了購物卡。小狼看見後一把搶過去，在我發出購物指令時，房間化作了商店——小狼直奔女裝店選了起來。

我和月站在原地，我疑惑地看小狼開心的背影：「奇怪，小狼為什麼喜歡女裝？」

「因為穿起來簡單。」月面無表情地回答：「小狼雖然是天才少年，但是……他不會扣釦子。」

我愣愣看他：「不會……扣釦子？學不會嗎？」

他倒是淡定地俯臉笑看我：「是的！很奇怪，如此簡單的一個操作，他無論如何也學不會，總是扣錯，很不可思議，是嗎？」

我點點頭。

他抬臉看小狼的背影：「是很不可思議。第一星國男裝的款式很單調，而且主打為正裝，所以沒有鈕釦的衣服很少。但是女人的裙子大多沒釦子，所以他穿起來毫不費力。」

「……」果然天才總有不同之處。看小狼選得歡樂，我跟月打聲招呼，決定去洗澡。

回到自己的房間，果然自由多了。

洗完澡，我穿上浴袍到浴室門邊想開門時，危險的直覺襲上了心頭。我的直覺一直很準，可以算是第六感。奇怪，怎麼會感覺到危險？

小心翼翼地貼上門想聽聽外面的情況，但是在我靠近時，門已經自動打開！這就是我不喜歡這些全自動門的原因。

當門開啟之時，外面卻是一片黑暗。突然面前出現一陣風，月已經閃現在我面前。我尚未看清他，他已經伸出手在我肩膀上一推：「快回去！」

我後退之時，愕然看到黑暗中一雙森綠的眼睛！

「呼！」一聲猛獸的粗吼在月身後響起，並朝月撲來。

在月光中，我清楚看到那是一頭人高的狼！甚至，體形龐大得超過了月！

狼人正朝月撲來，月立刻撲向我，伸手用力地一推我，把我推到了浴室內。而他，就這樣被那頭巨大的狼人撲倒在地！

巨大的狼人一腳踩住他的後背，宛如捕捉到了自己的食物。

「月！」我心急如焚地上前，他身上的狼人立刻朝我齜牙咧嘴。「哼……」猛獸的低吼從狼人喉嚨裡發出，後背戒備地弓起，森綠的眼睛散發可怕的寒意。

我立刻站在原處一動也不動。那狼人的眼睛緊緊盯住我，巨大的前爪重重按在月的後背上，月艱難地抬起臉看向我：「快關門……」他顯得很難受，聲音有些低啞。

「為什麼不用瞬移？」我著急地問。

月的臉色在月光下越來越蒼白，好像有什麼讓他呼吸越來越困難。

「那時移開……被他捉住的……會是妳……小雨……危險……」

他斷斷續續地吃力地說完這些話，像是暈死過去一般趴在了地上，月牙色的長髮鋪滿地面。

我憤然看向那頭巨大的狼人，狼人居然慢慢站了起來，遠遠高出巴布的個頭，如同巨人一般站立在我的面前。

隨著狼人的站起，月被提了起來——那頭狼人左手裡握的正是月的尾巴！

我恍然明白月為何突然失去了抵抗的能力，他被狼人抓住了尾巴。迦炎說過，一旦派瑞星人被人捉住尾巴，輕者失去戰鬥能力，重者昏迷。

我驚訝地慢慢後退，浴室的門在我面前開始關起。狼人立時察覺，一手甩開了月就朝我撲來。當門關閉之時，我看到月被摔在玻璃牆上的身影，以及狼人巨大的腦袋。

是小狼。是小狼變身了！

原來藍爵他們擔心的是小狼變身！在我洗澡的時候到底發生了什麼？原本月是可以對付小狼的，但因為我而被小狼捉住了弱點。

現在不是自責和著急的時候，月休克了，會有生命危險。而我身上根本沒有通知迦炎他們的工具。必須冷靜下來，自製武器！

這裡的隔音很好，外面的聲音裡面完全聽不到。就像此刻，外面彷彿鴉雀無聲。

給我送浴袍的機器人還在浴室裡，從它手中拿出浴袍，連帶將它一把包起。這個時代的小型機器人並不重，大概是十斤左右。

「主人！您要做什麼？」機器人沒有反抗，只是有點驚嚇。

「借你打狼！」說完，我提起浴袍，拎了拎，自製了一個算是流星錘的武器。然後貼到門邊，深呼吸：「吸……呼……」

狼夜間的視力很好，所以關燈無疑是給自己找麻煩。

「開門。」隨著我的命令，門打開了。就在那一刻，一個巨大的身影撲了進來，我眼明手快對著他巨大的腦袋就掄了上去。

「砰！」巨大的狼人腦袋被我的機器人浴袍流星錘直接砸中，暈暈地摔在地上。我立刻躍出浴室門，喊道：「關門！」

門在面前關上，狼人的身影也消失在眼前。我大口大口喘息，僅僅幾秒鐘的對抗也讓我的心跳迅速膨脹。

真沒想到小狼變身後會那麼巨大！

不好，還有月！我直接跨過床，以最快的速度奔到月的身旁，他靜靜側躺在玻璃牆邊，月牙色的尾巴無力地垂掛在他的大腿上，蒼白的月光灑在他的身上，更增添一分蒼白。

長長的月牙色髮絲鋪滿了他的側臉，我伸出手探他鼻息，已經沒了呼吸。毫不猶豫地擺正他的身體，拂開他遮住臉的長髮，打開他的牙關，深吸一口氣俯了下去。

既然月有衣甲，他必然接受過專業強化訓練，相信這短暫的休克不會讓他那麼快陷入生命危險。

一口氣、一口氣吹入他的身體，他的嘴唇冰涼地像薄荷冰片。但這是他們派瑞星人的特點，夜的唇不也是那麼冰涼？

「呼……呼……」

雙手放上他的心口開始按壓，但願他們派瑞星人的心臟是在左邊。

再次俯身人工呼吸，按壓，人工呼吸。

「啪！」突然，整個房間傳來一聲玻璃被擊碎的巨響，我起身時已經有人站在我的身後。

「如果妳再碰他一下，我就殺了妳！」伊莎冷冷的聲音從我身後傳來。

我擰了擰眉，繼續鎮定地俯身在月的嘴裡吹入長長的一口氣。

「妳找死！」

「咳！咳咳咳！」就在這時，一連串咳嗽從月口中而出。

我終於放心地坐直，月向右翻身，難受地呼吸和咳嗽。

「妳是在救他？」伊莎的語氣有些吃驚。

我站起身，看到玻璃上的大洞，和月光下滿地閃爍的玻璃碎片，轉身沉臉看月光下美麗的大公主伊莎殿下：「您是未來的女王，能不能沉著一點？別像圖雅那麼衝動好不好？」

伊莎漂亮如同紅寶石一般的大眼睛一時間撐到了最大，我揚起手：「開燈。」

瞬間，房內充滿了亮光。

伊莎愣愣看我，這時有人拉住我的手臂，借我的身體吃力地站起來。我有些吃驚看去——是月。

「咳咳咳……」他還是有點咳嗽，面頰潮紅：「伊莎妳怎麼來了，咳咳咳。」

洞。

他低頭握拳咳嗽地說。

伊莎的神情變得很難堪，她咬了咬唇，側開臉：「圖雅說今晚你負責看管星凰，所以我……」

「那是妳做的？」月總算恢復了一些，一手撐在我肩膀上借力站立，一手指向那玻璃上大大的圓洞。

伊莎委屈地咬了咬下唇：「我看到她吻你，所以就來阻止。對不起，是我衝動了。」

我有些驚訝，確切地說，此刻我對這位伊莎公主倒是產生一分敬佩來。她可是未來的女王，但是她卻敢作敢當，敢說「對不起」。

也是不巧，我幫月做人工呼吸的時候正好被伊莎看到，之前的壓胸她卻沒看到，再加上月是她愛的人，才會如此心急火燎地趕過來阻止。

「呼……」一聲綿長的深呼吸從月口中吐出，他放開了我的肩膀，總算恢復如常。

他依然有些冷酷地站在我身旁：「妳回去，我不想再看見妳。」

月分外冷淡的話語，讓伊莎立刻面露難堪和難過。尤其這房裡還有另一個女人，我……

她是大公主、是未來的女王，卻在月的面前，始終被冷淡對待。她那一腔的熱情，在月這裡得不到熱烈和殷勤的回應。

心裡多多少少有些同情她。她轉身，慢慢昂起了首，即使被冷落，她依然要保持她大公主的高傲。她走到窗邊，深吸一口氣，我感覺到了她目光裡的哀傷，想上前卻被月拉住。我疑惑地看他，他側開了臉，月牙色的長髮遮住了微沉的側臉。

聽到躍離地面的聲音，我立刻去看伊莎。大大的破洞外已空無一人，只有冰冷的夜風不停吹入。

我立刻走近窗前，夜風吹起了我的長髮。遙遠的月光下，是一抹孤零零的身影。

「雖然感情的事是你和伊莎之間的私事，可是，伊莎會這樣，到底還是因為愛你……」

「妳沒事吧？」月直接打斷了我的話。

我嘆一聲，搖搖頭，他面無表情地坐上床，不看窗外。

「這房子可以自己修復，只要妳下命令。」他的目光撇落別處，又恢復往日的冷淡。

我愣了愣，沒想到這房子還有這樣的功能？挺有意思，先來試看看。

於是下了命令：「維修。」

地面傳來一絲震動，原先破掉的玻璃慢慢往下移出，消失在地面的邊緣。與此同時，另一塊完好的玻璃從上方移落，覆蓋了原處，一切變得完好如初。

月抬手拂過玻璃，立時面前透明的玻璃開始一塊接著一塊被月牙色的窗簾花紋替代，這讓這個現代化的房間更貼近我那個時代。

隨即我下了清掃的命令，又一個小機器人進屋掃除地上的玻璃碎片。

房間變得很安靜，我也不知道跟月說什麼。他不說話，我也沒話說。他一個人獨自看著窗簾發怔，我就看著那個正在清掃房間的小機器人出神。

「對了，小狼呢？」月總算回過神，想起了小狼。

我指向浴室：「他被我關起來了。」

月有些驚訝地看我：「妳怎麼做到的？」

我變得有些尷尬：「我想……我可能又弄壞了一個機器人。」

他愣愣看我片刻，忽然低頭噗哧笑了。我一時看愣，因為月的笑容很美，像冰山雪蓮在陽光下綻放。

「真是一個機器人殺手！」他笑著搖頭，再次抬臉看我，神情柔和了許多，也浮現一絲好奇：「告訴我，妳到底怎麼做到的？」

我尷尬地咬咬唇，雙手環胸看著別處，告訴他我如何制服了小狼。從女人的角度，我並不太想說自己掄起十斤的機器人打狼，那會讓我顯得過於彪悍，這也是整個警隊把我當作男人，而沒有當作警花的原因。

其實……我是有點介意的……

悶悶地說完後，感覺月一直看著我，我尷尬地轉回臉看他，他琥珀的眼睛在燈光下，像打了蠟的水晶。

「看來星凰並不需要我們任何人的保護。」他的眼中流露出一分欣賞。

機器人從我身旁移開，回到了房子的牆壁裡。我想了起來，問道：「小狼怎麼突然變身了？」月擰起了眉：「是我大意了。他在購物的時候，我在遠程觀測靈蛇號上的植物狀況，等我回神的時候，他已經看到外面的月亮。我來不及阻止，變身就那樣發生了。」

「沒想到小狼變身會六親不認……」我驚訝地唏噓不已。

「那是因為他還小。」月坐在床沿侃侃而談：「他們獸人族在二十歲之前，獸性與人性還處於分化階段，隨著年齡的增長才會漸漸融合，一般是在二十歲左右完成融合。但這只是一般的狀況，融合後，他們獸化時還能保留人的記憶，能夠識別自己人，獸性也同時存在，所以還是十分凶殘。大概到五十歲左右，他們才會越來越溫順。」

「原來如此……那我現在可以放他出來了吧……」

見我走向門，月倏然起身，躍過床阻攔我：「還不能放他出來！」

我疑惑地看他，他認真地說道：「小狼一旦完全變身，只有在日光出現時，才會恢復人樣。」

「好奇特啊！」

「是，這是一種複雜的基因光合作用，所以我們以前都是在他快要變身時阻止他。」

「比如上次把他扔掉？」每次回想起那個場景，都覺得好幽默。

月點頭笑了。月很少笑，但是，我能感覺到月還是很喜歡笑的。

「妳睡吧！不用擔心小狼。他變身後很強壯，那種小型機器人是打不死他的。」月的話算是讓我放了心。

月說完已經獨自走向沙發，衣襬飄揚時，他月牙色的尾巴在身後優雅地搖擺。他的尾巴沒事吧？被小狼整個拎起，他的尾巴能承受他整個人的力量而不斷，也是奇特。

明明那根尾巴只有拇指粗細。

「小雨，我欠妳一條命。」在熄燈時，黑暗的房間裡傳來月這句輕輕的話。

我笑了：「什麼欠不欠的，你是因為救我才被小狼捉住的，我們應該算扯平。」

房間安靜下來，他因為救我而休克，我再救他，自是應該。

「伊莎威脅妳的話，我聽見了……」忽地再次傳來了他的話音，而這句話讓我臉紅起來：「妳不怕她真的殺了妳嗎？」

他聽見了，說明當時他已經快要甦醒，他知道我幫他做人工呼吸，這讓我羞紅了臉。本是救人的本能，卻因為我們現在奇特的關係、幽黑的房間，而處於一種尷尬之中。

「當時沒想那麼多，而且，我在一千年前已經算是死過了……」我拉了拉被子。

忽然間，面前一陣風揚起，一頭月牙色的長髮從上面垂了下來。我登時驚得跳起，只見月像女鬼一樣倒掛在牆上。

我僵硬地坐在床上，心跳還沒恢復正常，這次被他嚇得不清。他雙手環胸，長長的衣襬垂了下來：「對不起，嚇到妳了。」

我撫摸胸口，點點頭，不過還是很驚奇他能倒掛。在好奇看他赤裸的雙腳時，他躍了下來，漂亮地翻身，月牙色的長髮從我面前如同輕紗一般掃過，單膝跪落在我身前的床上。

柔軟的床因為他的掉落而下沉，他伸出雙手朝我而來，我警惕地看他：「你做什麼？」

他微微一怔，放落手，依然單膝跪在我的身前，如同精靈王子拜見他的女王。

「我感覺到妳很想要家的溫暖，所以，我想擁抱妳、給妳溫暖。」

我愣愣看他，愛的抱抱？

他眨眨眼，垂下臉：「在我們族群，我們會用擁抱來給彼此溫暖。我們的族人也喜歡睡在一起，男女老幼睡在一張大大的毯子上，很溫暖……」

他的語氣裡，透出了絲絲懷念。昏暗之中，隱隱看見他的嘴角微微上揚，露出了懷念的微笑。

我立刻伸手：「不用了。謝謝。」

「我明白，你們地球人是不接受這種習俗的。」他也露出了一絲尷尬，側臉有些紅：「尤其是不怎麼相熟的男人……和女人……可是……妳為什麼要親小狼？」

他面露疑惑地看我。我忍不住笑了，連連搖頭。

「小狼是孩子。」我笑看他：「你可以……當我在欺負他，呵呵……」

他想了一會兒，點頭笑了。笑容很淡，也帶著一絲內斂和羞澀。

「其實……」我坐正了身體，靜靜地看他：「我好像感覺……你更需要擁抱。」

他半跪在床上的身體微微一怔，我認真地看他：「我看得出你其實是想念伊莎的，她因為你的冷淡也很傷心，你為什麼不跟她好好說呢？你可以告訴她你真正的想法……」

「那樣她會以為我在邀寵！」他生氣地撇開了臉，渾身散發生人勿近的寒氣。

我看了他一會兒，忍不住說：「你這樣像是在跟伊莎鬧彆扭。」

在他朝我看來時，我立刻看向別處。他盯著我看很久，我慢慢轉回目光看他，他又低下臉。

「真的……很像嗎？」

我點點頭。

他沉默許久，就地盤腿坐下。

「在你們地球有一句話，男女之間沒有單純的友誼。」他看向我：「是不是？」

我皺皺眉：「算是吧……也有單純的友情，不過大部分都是曖昧……」

他琥珀的眼睛眨了眨：「在我們派瑞星，男女之間只有兩種關係，親人和夫妻。派瑞星男多女少，女王體系，以母性為尊。我們派瑞星男人的繁殖能力並不高，十個派瑞星的男人可能只有一個具備繁殖能力。那人會被挑選出來，成為母性派瑞星人的配偶，這之間很少有愛情，基本上是被指定為繁殖的工具。」

他的拳頭倏地擰緊，身體有些緊繃。臉上的不甘，讓他充滿了殺氣。

哪裡有不公，哪裡就有反抗。

月的星球，就像我們的古代。女人沒有地位，只是負責繁衍的工具。

我伸手放落他緊繃的肩膀，他在我的手中漸漸放鬆，果然他更需要家的溫暖。

他緩緩平靜下來：「但是在人類來了之後，發生了一些改變。和人類母性交配後產下的派瑞星男人擁有百分之百的生殖能力，但聖皇非但不認為這是進化，反而覺得是種族侵略。所以派瑞星的混種人在派瑞星沒有地位可言，明明同樣是派瑞星人，卻被輕視、奴役著。即使和女王成婚，也不會成為她第一丈夫，並且，也不被允許生殖……」

「什麼？」我驚訝地看他：「你的意思，是不能跟女王生孩子嗎？」

「是的。」他目露一絲悲哀：「因為第一皇族必須要保證純正的血統。」

「什麼混帳規矩！血統不一樣又怎麼了？不都是派瑞星人？在我們地球，白人和黑人生出來的孩子難道不是地球人？」

「所以，我才決定離開派瑞星。」他長長舒了口氣，揚起唇角，淡淡地微笑看我：「謝謝妳，聽我說了那麼多。」

我搖了搖頭說：「一直以為月沉默寡言，不喜歡跟別人說話，我很高興能成為你的傾聽者。」

他微露一絲靦腆，低下臉淡淡地笑了。

「對了，你尾巴沒事吧？小狼那樣拎你……」

他愣了愣，右手掀開了衣襬：「它沒事。」

說話間，月牙色的小蛇鑽出了他的衣襬，柔軟乖順地臥在他雙手之中，他摸了摸，似是想起什麼抬臉看我：「要摸摸嗎？」

我的臉登時紅了，他還記得我當初好奇想摸摸他尾巴的事情。立刻擺手：「不不不，那不好。」

「呵……」他對我大方而笑，尾巴從他的手裡遊出，慢慢爬到我的身邊。我驚訝地看著，那月牙色的小東西真像一條靦腆的小蛇。

慢慢地，它遊上了我的胳膊，纏繞起來。我驚訝地指著它，看向月：「還能這樣？」

月笑了，笑容很美。

尾巴在我手臂上繞了一圈，像是蛇纏在我的手臂上。我好奇地伸手去戳了一下，軟軟的、冰冰的，跟月的體溫一樣。

尾巴又慢慢從我手臂退下，尖尖的小腦袋擦過我手臂的肌膚，癢癢的。它再次遊回月的衣襬內，他眨了眨眼睛，面帶一絲羞澀地下了床，修長的身影站在床邊，背對著我說：

「謝謝妳，小雨，晚安。」

而我還沒從他的尾巴中回神，這物種真是奇特。

★　★　★

第二天一早，我小心翼翼地開了浴室門，看見小狼只穿一條花內褲，像小狗一樣光溜溜蜷縮在地上，樣子十分可憐。旁邊是裹在浴袍裡的機器人屍體……

「小狼，醒醒。」我輕輕推小狼，他雖然變身後渾身是毛，但是人形時皮膚倒是水靈靈的，很漂亮。

月斜靠在浴室門邊，雙手環胸等小狼醒來，一副準備興師問罪的冷酷模樣。

小狼懵懵地站起來，揉揉眼睛，毛絨絨的耳朵轉了轉，尾巴落在花內褲外，他的內褲……後面有個洞……

他在我面前伸了個大大懶腰。

「啊……」忽然間，他僵硬起來。

他立刻看向自己光溜溜的身體，懊惱地撓頭：「啊！糟了！太久沒回地球，沒注意滿月的時間。哎呀！我昨晚沒傷到誰吧？」

他跳了起來，看向我，拉住我的手。

「小雨姊姊妳沒事吧！應該沒事，有月在，月會保護妳的。」於是，他看向門邊的月。

月沉臉從背後拿出一件破裂的制服，是小狼的。

「你差點殺了我。」

「啊？嘶……」小狼似是感覺到疼痛，摸了摸頭：「哎呀！你該不會穿衣甲打我吧？我的頭怎麼那麼痛……」

我有些僵硬地轉身。

「如果我穿衣甲，你還能活嗎？別廢話了，快穿衣服。」月在陽光下抿唇沉臉道，說完便拋出了小狼的衣服。小狼沒有接，雙手環胸，只穿一條褲子板起臉，灰白的狼尾巴在身後搖擺。

「所以我才不要穿男裝，每次變身都會破，韌性一點都比不上女孩的裙子，活性粒子、伸縮自如、不容易撐破。」

那倒是，我看向自己的胸，還會塑形。

「小雨姊姊……」小狼湊了過來，抱住了我的手臂咧嘴笑：「那個……我想穿……」

「你給我穿衣服去！」當月的沉語響起時，他沉臉轉身、大步向前。奇怪的是，小狼好像被什麼給拽住並往後狠狠一拖。

小狼往後一個踉蹌，生氣地轉身，然而在轉身的那一刻，我看到月的尾巴正從小狼的尾巴上退落。原來，是月用尾巴拽住了小狼的尾巴，居然還有這種用法！

對於我這種沒有尾巴的生物來說，根本不會想到用尾巴去拽另一個人的尾巴。看向自己的雙手，忽然感覺有根尾巴真不錯，可以偷襲。

「月！你真討厭，拽人家尾巴！」

「你昨天還抓我的呢！」

「啊？我拽你？那你不就要休克了？難怪你說我差點殺了你。那、那我怎麼在浴室？你又怎麼活過來的？」

月的背影一僵，我走出浴室時，他側臉朝我看來，白淨的側臉微微有點紅。小狼順著他的目光，也眨著大大的眼睛凝視我。

「等等……我好像……有點印象……嘶……」他又抱住頭：「好痛啊，用什麼東西打我的？」

「咳。我要去準備上課，先到樓下等你們。」

還是走吧！感覺有點對不起小狼。前一刻親了他，後一刻揍了他。他還真是好欺負，不過變身的時候可就……

上午第一節是東方白的歷史，然後是我的物理。

在休息室的時候，依然是巴布負責看著我。整整一堂課的時間，沒看到半個文明先生經過，這很不正常。因為文明先生並不只有一個，它們時不時會經過一下。

我想，是文明先生巡視的路線變了。

「東方你真厲害！感覺你快超過藍修士了！」門外傳來迦炎佩服的聲音，我抱起一百二十份試卷的時候，東方白已經得意洋洋地晃了進來，小辮子掛在肩膀上，身著這裡的制服。估計聯盟也覺得他那套汗衫短褲實在不堪入目，尤其是在上課的時候。

他帥氣的裝扮已經讓人完全忽略了他臉上那條疤。迦炎說得不錯，只這樣看，東方已經和靈蛇號上的成員沒什麼兩樣。而他豐富的學識，確實可以跟藍修士一較高下。

「要我幫忙嗎？」東方白把手放在我的試卷上，一百二十份試卷已經夠沉了，他落手的時候，還加了力道，我的雙手被他重重按回了桌子。

我冷嘲他：「怎麼，東方『叫獸』總算有個人樣了？」

「嘶……」他挑眉看我：「我怎麼覺得妳嘴裡的教授好像跟我想的不太一樣？」

「哼哼哼哼！」我狡詐地笑。

他俯下身，瞇眼看我：「昨晚換個房間睡，舒不舒服？」

「舒服！不知道有多舒服——」

「喔？看來那小正太和吸血鬼王子很合妳胃口啊……」

「那——倒——是——」

「啊！我都羨慕了，為什麼靈蛇號上只有男人、沒有女人呢？」他站直身，滿臉的不甘：「我強烈要求女人來看管我。」

「想要女人還不簡單？」迦炎笑看他，對著他一個勁地挑眉：「沒說古文物不能找女人！等地球這裡結束，我帶你去個好地方，嗯嗯？」

東方白賤賤地笑了，兩個男人眉來眼去，一副色相！真受不了他們。巴布走過來，從我手裡接過試卷，我們直接從這兩個賤男人面前走過。

忽地，東方白伸手拉住我的手臂：「喂，我要的東西呢？」

他說的是文明先生。我昨天把它也帶回房了。

我揚唇一笑，斜睨他：「想要啊？自己來拿，打贏我再說啊！」

他壞壞地勾起了唇，舌尖舔過上唇：「沒問題！大嬸，中午遊戲場見啊！」

掃了他一眼，誰怕誰。

「對了，小心龍野那小子……」他放開手，對我曖昧地笑。

「龍野？」

「就是那個想買妳的孩子。我昨晚才知道，他不僅僅是女王的兒子，而且還是星盟主席的弟弟，很吃驚吧！」他對我挑挑眉。這小子昨晚打探到了不少消息啊！

我對他點點頭，心裡確實很吃驚。那小子是女王的兒子我倒還沒那麼訝異，因為女王跟我完全沒有關係。但是……他居然是星盟主席的弟弟。

那麼說，星盟主席不是老頭，而是個年輕人？也就是說，星盟主席也是女王的兒子！身邊的人，真是一個比一個厲害了。

當巴布幫我把試卷捧到教室外的時候，藍修士正在擦黑板。一邊擦，一邊咳嗽。忽然間，還真有了點讀書時期粉筆灰漫天的感覺。

東方白寫了滿滿一黑板的板書，而且字非常漂亮，龍飛鳳舞、蒼勁有力。月、小狼還有校長依然站在門口。他們看見我、向我招呼時，上課的樂聲正好響了。

藍修士咳嗽著出來：「咳咳咳，我現在終於明白為何要把粉筆替代掉。」

我看著他笑了，他銀藍色的頭髮染上了一層灰白。伸手去拍了拍他身上的粉筆灰，淡藍的制服上也蒙了一層。他恍然發現我來了，靦腆地說：「我自己來就好了。」

他把自己從頭拍到腳，月也幫他拍銀藍的頭髮。教室裡的女生張望出來，看著他們兩人滿目的癡迷和曖昧，我似乎聞到了腐女千秋萬代的味道。

月和藍爵確實是一等一的美男，難怪那些可愛的小女生會這樣傾慕他們。不過，相對於藍爵來說，月的魅力更大一些，可能與他生人勿近的冷漠氣息有關。

「爵，我看你需要洗一下。」說著，他帶著藍爵走了，一邊走一邊還拍著他頭上的粉筆灰。

月和藍爵的感情確實不錯。

隨著他們離開，女生們失望地回到座位，巴布捧著試卷和我站到講台前，掃視已經安靜的教室，他們桌上已經發了算是骨董的原子筆。

「星凰老師，昨天我說的事，妳考慮得怎樣？」我還沒說話前，坐在我正對面的張狂小子已經嘴角揚起，笑看著我，右手悠然地轉著筆。

他應該就是龍野了。

我看他一眼，繼續不理他，隨後看向所有人：「既然想真實體會一千年前的高中生活，那麼今天，我會讓你們有真實感覺的。巴布，發試卷吧！」

巴布開始發試卷，每人四份。

在他發試卷時，我優哉游哉坐下，說道：「一共四份考卷，請認真做完。」

從沒用過紙質試卷的少男少女們充滿了好奇。整個教室在試卷分發結束後變得很安靜，他們開始好玩地做了起來。

隨即，巴布離開教室，靜靜的教室開始響起「刷刷」的寫字聲。

「星凰老師，那妳做什麼？」面前的龍野問。

我看他一眼，低臉一邊翻看教材一邊說：「自然是監督你們寫考卷。龍野同學，請不要影響別的同學，好好做題。」

「呿，無聊。」他轉了轉筆，單手撐著臉開始寫了起來。

他寫得飛快，沒一會兒，一張考卷已經寫完。

坐在這個教室裡的學生真是菁英中的菁英，天才中的天才。考卷是臨時做的，說實話，我剛才瞄了一眼，上面的題目已經與我那個年代大相逕庭，都是宇宙曲變律、蟲洞效應這種對我來說是天書的題目。

忽然間，心裡又有了某種直覺，下意識地往右面看去，見到圖雅和伊莎站在右邊的窗外。伊莎轉開臉，像是刻意不想看我。

「昨晚月哥哥怎麼會突然休克？」

腦中突然響起了圖雅的問話，我戒備著不與她對視，以防被她控制。戒備一個有危險係數的人，已成為我的職業習慣。

我可不喜歡這種被人把話硬塞到腦子裡的感覺。於是我起身，龍野的目光隨著我而移動，他已經做完兩張試卷。

我走到窗邊，直接看向伊莎：「妳為什麼不親自去問月？」

伊莎擰起了眉。

「是怕惹他不高興？」

伊莎轉回了臉，紅寶石的眼中多少流露一絲落寞。

圖雅站在旁邊看我：「妳說，是不是妳佔月哥哥便宜？」

圖雅的語氣像興師問罪，我好笑地看她，但沒看她眼睛。

「妳都說了，我這種長相在你們星球算次級品，妳認為月會那麼容易被我佔便宜？」

圖雅撇開臉，噘起了嘴：「雖然妳在我的星球、在伊莎的星球都不算最好看，但在人類中，也算是個漂亮女人。而且爵那麼喜歡骨董，妳又長得那麼古典……」

圖雅說著說著，沒了往日的囂張氣焰，有些氣悶地低下臉攪手指，還有些嫉妒地嘟囔：「有時候真希望自己是個骨董……或是長得古典一點，這樣就能被他一直注視著……」

我看看眼前這兩個女人，心裡哭笑不得。回頭看看教室裡的傢伙們，果然一個個豎起耳朵，聚精會神地聽我們說話。

我立刻沉下臉：「給我好好寫考卷！」

他們愣了愣，趕緊低頭。龍野笑咪咪地看我，完全不畏懼我的命令。

學生們見他不聽，又紛紛抬起臉來看我們。就在這時，龍野轉臉斜睨般地掃視他們，立時，他們再次乖乖低頭。幸好我不是真正的老師，不然作為一個老師鎮不住自己的學生，真有點鬱悶。

我轉回臉看向伊莎：「昨晚小狼變身了，他們在房裡打了起來。月為了保護我，被小狼捉住尾巴，所以休克了。大致情況就是這樣。而且，現在也不適合細說吧！」

伊莎在我的目光中看向教室，點點頭，臉上總算有了絲安心的笑容。

我趴上窗框，細細看她，小聲說道：「說實話……我真的覺得妳跟月應該好好談一談，我感覺他……」

我頓住了口，伊莎立刻追問：「妳感覺他怎樣？」

我抱歉地搖搖頭道：「妳了解月的性格，如果我說太多，他會生氣的。」我伸手拍了拍她的肩膀，她愣愣看我。

「星凰老師，我做完了！」龍野在我身後喊，我轉身時他朝我跩跩地揚起試卷。

我走回去看了看，果然都填滿了。忽然感覺有人要拍我屁股，我幾乎出於本能地落手，在沒有看到對方手的情況下已經捉住他的手，反手擒拿，左手直接扣住他後頸，一下子把他狠狠扣在了桌面上，「砰」一聲，所有的動作一氣呵成，驚得所有學生停下了筆。

「好快！」窗外是圖雅的驚呼：「她怎麼知道小野要打她？她不是人類嗎？應該沒有精神力才對。」

「哼。」我冷冷一笑，他們不知道我們地球人也有一種特殊的力量——第六感，甚至是第七感。有人是天生的，有人則在特殊職業、特殊訓練後漸漸擁有，無非是強弱而已。

不巧的是，我天生第六感很強，隊長說又因為我是女人，加上女人特有的直覺，才會更強於他人。

龍野的臉完全被我按在桌面上，發不出半個字。滿教室的學生緊張驚訝地看我。

我對大家揚起微笑：「同學們不用緊張，大家繼續做試卷，老師只是在教龍野同學要對老師尊重一點。」

拇指用上了力，按入他脖子大動脈上的要穴。三秒後，我慢慢放開龍野，他的後頸和被我反扣的手腕上，都是深紅的手指印。

我可不會因為他是女王的兒子，或是星盟主席的弟弟，抑或什麼學生會主席、長得帥就手下留情。

龍野趴在桌上半天沒有反應。因為我在擒拿時，直接扣住了他的穴位。中國的點穴術在格鬥術中已經成為一項研究，世界的格鬥家們也都在研究穴位給人造成的短暫麻痺、休克，甚至是死亡的研究。說起來外國人確實挺有意思，他們什麼都喜歡研究一下，還研究了中國古代流星錘和子彈的速度，到最後發現，在一定力度下，流星錘的速度居然跟子彈一樣，真神奇。

所以，龍野暫時動不了，當然不是神乎其技地被點住穴，而是他右手手臂和脖子這一塊神經麻得動不了了。

「嘶……」他摸上發麻的手臂，費力地扭頭看我，我彎下腰在他臉邊揚唇一笑：「龍野同學真是一個好同學，這麼快就做完了全部試卷。老師准你睡一會兒，休息吧！」

抬手放落他柔順的短髮間，揉了揉，揚笑離開。

臭小子，我蘇星雨可不是你隨便能摸的。

因為龍野被我制服，大家都變得老老實實。我想，他們應該感覺得到我高中時緊張、沉悶和痛苦的氛圍了。

圖雅和伊莎在窗邊呆了片刻，卻突然離開，那感覺更像是躲藏，原來是藍修士和月回來了。

他們還不知道發生了什麼事，小狼在他們面前窸窸窣窣說了起來。然後他們有些困惑地看著龍野。

龍野直到下課也沒能起身，大家驚恐地上前圍住了他。

我走出教室時，小狼立刻撲了上來。

「小雨姊姊！妳是怎麼做到的？小野不可能那麼弱的！如果不是女王要求他完成學業，他現在也是靈蛇號的成員了！真奇怪，才那麼一招，他怎麼就動不了了？」

小狼困惑地一直看我，閃亮的大眼睛裡寫滿了希望我為他解惑。

藍爵和月走在我旁邊，巴布跟在後面，發出疑惑沉悶的聲音：「嗯……」

「確實有些奇怪，小雨，妳對小野做了什麼？」月低頭看我。

我笑了笑：「沒什麼，就按住了他的穴位，導致他暫時血脈不暢而已，不過這只對人類有用。」

因為我可不知道藍爵、月和小狼的穴位分布，他們的……生理結構可真是特殊啊！

「難道是失傳已久的點穴術？」

藍爵吃驚地停在走廊上，他的話讓月和小狼們都疑惑起來。藍爵有些激動地自言自語起來：

「聽說點穴術不僅可以制服敵人，還能致人於死，今天沒想到會在小雨身上看到！」

他激動地看向我，銀灰的眸子裡湧起熱情。

我連連擺手。

「沒那麼誇張，而且點穴術在我的年代已經有所研究，怎麼一千年後反而失傳了？」

「因為人類太依賴科技，所以很多古老的技術也就失傳了……」藍爵說到最後，滿是惋惜。

原來如此，就像很多民間技藝也在科技的潮流中漸漸失傳。

「對了，藍修士，有什麼方法可以阻止你們利亞星人的精神力？」還在惋惜中的藍爵聽到我的話，神情微微凝固，低下的臉微露失落和哀傷。

「小雨，妳放心，我不會……」

「不是因為你。」原來他以為我在說他：「是圖雅，剛才圖雅又把話傳到我腦子裡，這種強迫性的行為，我感覺對我很不尊重。」

藍爵立刻看向我，生氣地抓住了我的手腕問：「小雅又來騷擾妳了？她跟妳說什麼？」

見他真的動了氣，月又在旁邊，感覺說出來只會牽連得越來越廣。鬱悶！我是個女人，卻處理不好女人的事。立刻擺擺手道：「過會兒再說，現在我要去赴約。」

「赴約？」藍爵、月、小狼都疑惑地看我，面無表情的巴布忽然露出了一抹笑容：「嗯……」

我對他們揚唇一笑，保持一分神祕。

★★★

青龍校區的遊戲場非常大，在一塊獨立的草坪上。整座建築像一個黑色的甲殼蟲，趴在綠油油的草地上。進去之後，有很多個單獨的房間，外面可以看到房間裡的場景，第一次從外面看，感覺像是遊戲者進入了遊戲畫面，真實感極強。

在中央最大的一處遊戲場上，東方白和迦炎已經在那兒等候我光臨，東方白雙手環胸耷拉著眼皮看我。整個遊戲場成圓形、地面光滑雪白，玩過之後才知道這地面可以根據畫面而轉動，讓你感覺到移動的真實感，但其實人還是在原位。

我走入場地，迦炎像是裁判一樣站到我和東方白之間。

「為了不傷及彼此，畢竟你們兩個都是超級骨董，所以採用遊戲形式。」

迦炎鄭重地說著，藍爵、月、小狼和巴布站在場外。

「根據東方白的要求，選擇槍擊遊戲，小雨妳沒意見吧？」迦炎用一種擔憂的目光看我：「小雨，妳可以提出修改。」

我沒看他，雙手環胸看著嘴角掛著壞笑的東方白回道：「沒意見。」

「好，遊戲開始會有三十秒適應時間，之後比賽正式開始。遊戲完全擬真，所以並非以打點多寡為贏，而是有致命傷，遊戲才會結束，ＯＫ？」

「ＯＫ！」東方白說的時候，我做出ＯＫ的手勢。

「好。」迦炎故弄玄虛地小心後退，還用分外緊張的語氣輕聲說道：「遊戲，開始。」

那一刻，遊戲場內光線流竄，開始構圖。我和東方白相視一笑，各自慢慢後退，消失在遊戲逼真的場景內。

眼前場景已經變成一座廢棄的太空站，玻璃外是月球表面。旁邊升起一張桌子，上面擺放各種槍枝，還有一套黑色緊身的連體衣。立刻換上，讓行動更加方便。

桌上的槍雖然樣子跟我的時代已經大大不同，但玩過遊戲後，這些槍的使用方法也是大同小異。

哼，東方白，今天讓我們一決雌雄！

身上的衣服可以佩戴很多槍。武裝完畢後，前方出現了幾個靶子，空中也響起充滿金屬感的女聲：「試槍開始。」

拿起槍，瞄準時心念微動，還是打偏了。

適應了所有槍枝後，人靶消失，整座太空站非常寧靜。既是構圖，那些牆面應該是假的。伸手去摸了一下，驚訝地發現牆壁不是假的，儘管圖案是假的。牆壁在我摸上時，圖案出現閃爍，現出了下面的一片白色。我順著牆摸了下去，摸到了遊戲場地，這些牆是從地面升起來的，猶如升降舞台。真有趣，也就是整個遊戲場是根據我的前進而變化場地。

開始向前，此刻面前只有長長的隧道，應該還不會遇到東方白。東方那個賤人到底喜歡進攻還是防守？如果喜歡防守，這賤人很有可能拿著狙擊槍現在就開始找地方躲藏。

如果我也是防守型，這場遊戲要怎麼結束？

以我對東方的了解，這賤人雖然表面像是個攻，但本性其實就是個受！不錯，這個比喻對他來說再貼切不過。從他滿腹學識和處理事情的冷靜，以及平日的偽裝，可以推斷出他在作戰上的嚴謹和小心。

前方很快地出現了出口，滿目瘡痍，像是剛被轟炸過。貼在門邊深呼吸，我們都不知道對方的方位，也不知道太空站的地圖。不像早些跟東方打的遊戲，會有方位儀，能進行地圖構建和目標追蹤。現在，全憑直覺。

轉出門，突然光束飛來，立刻閃身、彎腰、翻滾，貼在前方的一片駕駛台下。

好快！沒想到這麼快就遇到了。

根據光束來的位置，東方應該在我左前四十五度，不過這混蛋肯定會移開。靜靜的場地裡傳來「啪啪啪啪」輕輕的跑步聲，很輕微的跑步聲。

我立刻起身對準跑步的方向開槍。可是，我愣住了，那裡根本沒有人。

在我驚訝的片刻，從那片區域裡射出了光束，立刻後翻躲過並蹲下身。腦中轉得飛快，難道是隱身？我記得在我的年代，國外已經製作出「量子隱形衣」，那麼時隔一千年後，這項技術已先進成熟，是有可能的。

不由得看向身上的衣服，我和東方穿的應該是一樣的衣服，摸了摸，要怎麼觸發隱形？

此刻又傳來腳步聲，我立刻對腳步聲的方向連發子彈。仔細端詳，發現隱身的人如果跑起來，還是有些區別，比如景物會出現微微的顫動。

忽然，他現出了身形！一時他也有些驚訝，難道隱身有時間限制？在他愣神的片刻，我毫不猶豫地開槍，他跳了起來，飛身時朝我回擊。我們開始在狹窄的空間艙內，借著駕駛台、座椅，閃避對方的光槍。

這混蛋的火力很猛，絲毫不給我喘息的機會。

在跳躍中，我看到了上方的管道。隨手扔出了一顆閃光彈，當閃光彈爆發強光，填充整個艙室的時候，我閉上眼睛憑著記憶踏上牆壁，跳到了管道上。

艙室裡傳來他飛速移動的聲音，他也在提防我用閃光彈靠近他。我含住槍，雙腿纏繞管道，繼續閉眼雙手快速向前爬，聽著他的腳步聲緩緩靠近他。感覺光芒漸漸轉弱，我睜開眼，開始消散的光芒中現出了他靜止不動的身影。

他戒備地看著四周，我躡手躡腳靠近他，到他上方時，雙腿勾住管道，右手拿槍之時，左手鬆開管道，我瞬間倒掛下去。當我的槍口對準他頭頂時，他突然也舉槍向上對準了我。我們居然打平了！

他慢慢抬起臉，唇角上揚看我：「不是只有女人有直覺的，寶貝……」

周圍遊戲的畫面漸漸消散，我雙腿纏繞的管道變回了白色的圓柱，從兩邊兩堵白色的高牆裡穿出，而他身後躲藏的駕駛台也恢復成白色的方塊。

我雙手環胸，有些氣悶。

他慢慢站起來，臉正好在我的面前。

「寶貝……不過妳很棒了，只要妳槍法夠準，一定能射穿我的心……」他淫蕩地摸上心臟，半眯眼睛露出某種爽快的模樣：「呃……我是多麼希望小愛神能射穿我的心……」

我和他幾乎鼻尖對著鼻尖，他的每個字都吐在我的唇上，他的表情讓我差點腿軟，從管道上掉下來。

見我撇開目光，他抬手扣住我的下巴，就要吻上我的唇。我把槍口對準了他的嘴，用槍推開他。

「我警告你，別想再碰我！你用嘴碰我，我就打爛你的嘴；你用手碰我，我就打爛你的手！」

他輕輕張開嘴，賤賤地咬住了我的槍口，對我下流地挑挑眉。真受不了，我真的要掉下來了！

我立刻雙手放落他的肩膀，借著他的身體躍落地面。長髮飛過面前，我站直身體時，他突然攬住我的腰想偷襲。我膝蓋直接頂上他的小腹，他飛快收手按住我的膝蓋，我乘機往後立刻一躍，和他保持安全距離。

這個渾身荷爾蒙都要爆炸的賤人！

「滾開！遊戲結束了！」一甩臉走人，他則雙手環胸，賤賤地笑看我。

上面的圓柱斷開，收入兩側牆體，然後牆體和東方身後的方塊一起慢慢降入地面，遊戲場地恢復如初。

周圍的遮罩變得透明，才發現周圍圍滿了人，不僅僅是月和藍爵他們，還有整個班的學生，龍野也在其中。

他們的目光裡有驚詫、有崇拜，還有很多意味不明的萌。

他們在萌什麼？

萌我和東方嗎？

脫下遊戲衣，小狼衝了進來：「小雨姊姊！我也要跟妳玩！」

「玩什麼玩？要上課了！」我推開他，沒贏東方真不爽。

「那我們回靈蛇號玩好不好……」他拉住我的胳膊，小尾巴一路搖，看看他哀求的模樣，點點頭。他立刻撲了上來，直說：「好耶、好耶！」

出門時龍野伸長手臂攔住我，我看向他微笑：「龍野同學，你還想再睡一堂課嗎？」

他皺了皺眉，收回手，雙手環胸、高抬下巴：「星凰老師，妳也別太得意。妳不會永遠待在靈蛇號上。等巡展結束，妳會成為星際博物館裡的一件展品，到時，妳的主人就是我——龍野。」

我心中一愣，立刻看向藍爵，他眨眨眼，尷尬而心慌地低下頭。

恍然間，我明白我在靈蛇號上才是自由的。

龍野得意洋洋地伸手要來摸我的臉，忽然東方出現在身邊，扣住了他的手，笑看他。

「小子，星凰老師可不是你能隨便亂碰的。別忘了，我們真正的主人，是你的哥哥，不是你。根據星盟骨董保護法，沒有星盟主席的允許，現在你不能任意觸摸星凰老師、不得任意餵食、更不得隨便親吻，你是不是該回去請示一下你大哥再來呢？」

當東方白提起龍野的大哥，他的臉色越來越難看，直至陰沉。直到此刻，他才有了學生會主席的威嚴模樣，渾身的寒氣讓他周圍的學生都紛紛退後，不敢接近。

他算是救了那小子一命，不然我肯定又把他按趴下。

東方白環住我肩膀，我則扣住了他的虎口，往內一寸按上他的麻穴，他立刻「哎喲喲」叫起來：「蘇星雨，我可是妳的官方配對，妳好歹對我溫柔點。」

我冷冷扔開他的手，推開他的胸膛。

「我說過，無論誰再亂碰我，我就廢了他！我不是開玩笑的！」寒氣從身上爆發，警告地掃視每一個人，包括那個龍野。轉臉拂過長髮，雙手環胸地從所有人面前昂首走過。

小狼嘿嘿偷笑一聲，上來毫無忌憚地挽住我的手臂，轉頭的時候還跟所有人做了一個大大的鬼臉，小小的狼尾巴得意地搖擺。小狼真可愛，我倒是發自內心地喜歡他，就像我當年的弟弟。

靈蛇號的成員跟在了我們的身後。場內所有學生自主地退到兩邊為我們讓出道路，這是一種被人尊敬的感覺，真希望我們這批遠古人能真正受到這個時代的人們尊敬。

原本以為靈蛇號奪去了我們的自由，到最後，靈蛇號反而是我們最自由的地方。

至少，我比東方白更自由。

基於我們之間緊張的友誼，藍爵總是遷就我，我甚至能感覺得出，他有些渴望成為我的藍顏知己。而月總認為自己欠我一條命，對我也是十分好，他喜歡跟我在一起，我能感覺到他對我的認真保護。至於小狼更不用說。巴布雖然不喜歡說話，可他對我也很友善。

靈蛇號上的人除了迦炎喜歡東方白，其他人都盡量給予我家人的溫暖，為了讓我過得開心、安心而努力著。恍然發覺，靈蛇號在不知不覺中，已經有了淡淡的家的感覺。

一想到要離開靈蛇號，成為博物館裡的講解員、一個展品，太陽穴就繃緊。站在校長辦公室窗前，雙手環胸，食指敲著手臂，整件事漸漸讓人不爽。

下午第一節是東方的課，大家照理去看東方上課去了，辦公室裡只剩下巴布和我。身後傳來腳步聲，我沒有轉身，不知是誰回來了。

他走到我身邊，眼角映著他銀藍色的短髮，我忍不住轉臉看他，問道：「龍野說的都是真的？我最後要歸屬博物館嗎？」

他低下臉，過了很久才點點頭：「計畫是這樣的，妳和星龍巡展後，博物館會開闢一個空間給你們居住，你們所用的每樣東西都會是你們那個年代的物品，一切還原……」

「所以我們住的房間會成為一個立體展館嗎？」我不由得激動起來。他銀灰的雙眸閃爍不已，裡面是清澈琉璃的水光，讓他看上去變得有些哀傷和抱歉。

我深吸一口氣，然後長長呼出。

「呼！對不起，我不該對你發脾氣，這不是你的錯，是星盟的規定。」

「對不起，小雨……我很想買下妳，給妳自由的生活，但是我……」

我有些吃驚地看他，他依然失落沮喪地低著頭：「我沒那麼多錢……」

「行了，你有這心就可以了。」我抬手放落他的肩膀，在他怔住身體發呆時，對他笑了：「那麼，你現在能不能告訴我，如何防止你們利亞星人對我的大腦使用精神力？」

他回過神，立刻看著我鄭重說道：「不要離開我身邊，我會幫妳擋住圖雅的精神力！」

我看他一會兒，皺眉道：「這麼說自己還是不可以……」

收回攬住他的手，雙手環胸繼續深思。

我和他一起站在窗前，我摸下巴深思，他在我旁邊靜靜注視我。過了一會兒，他低下臉輕輕地問：「圖雅……到底跟妳說了什麼？」

我看看他，說了起來，他在我的話中漸漸露出安心的神情。說到最後，我問了一句：「伊莎和月到底怎麼回事？如果不方便可以不用告訴我。」

他在陽光下搖了搖頭，銀灰的瞳孔顯露純純的笑意：「沒什麼不方便的，伊莎和月的事，巴布也知道。」

我轉身看巴布，他端端正正像一尊石像坐在那裡，對我認真地點點頭：「嗯……」

眨眨眼，轉回頭看藍爵，他說了起來：「其實，伊莎和月從小就在一起，用你們的話說，就是青梅竹馬。當然，和他們在一起的，還有派瑞星皇族裡其他的孩子，也包括夜。妳對派瑞星人的習性不太了解，他們喜歡群居……」

「我知道，月跟我說過，他們喜歡男女老幼整個家族都睡在一起。」

他有些驚訝看我：「看來月跟妳說了很多，月其實並不喜歡跟別人提起家族裡的事……」

我在他微微驚訝的目光裡靜靜聽著，我想，應該還是因為我救了月，得到了他的信任。

他繼續說了起來：「所以派瑞星皇族的孩子們吃住都在一起，月和伊莎亦是如此，他們從小感情就很好，一起學習、一起長大。所以，那時在月的心裡，伊莎既是親人也是朋友。那時月還沒意識到自己的地位，和將要發生的事情……」

在藍爵的話中，我恍若看到一群孩子沒有高低貴賤、無憂無慮地在一起歡跑、玩耍和嬉鬧。

「但是，突然有一天，女王宣布月和夜，還有其他幾位皇族裡的王子，都將成為伊莎的丈夫，月對這件事十分生氣……」

「因為不是第一丈夫嗎？我聽月說，他們混種人作為丈夫，是不能生育的。」

搞不好月是在氣這個。月是那樣一個冷峻孤傲的人，這樣的人，對尊嚴十分看重。

「不。」藍爵搖了搖頭：「這要從月的父母說起。月的父親是女王的旁系弟弟，在派瑞星，女人的地位比男人高得多，所以月的父親即使貴為皇族，也算不上有地位，更何況，他又娶了一個地球的女人作為妻子。也正因為他父親不是第一皇族，所以被准許跟月的母親生育，沒想到月和夜，卻成了皇族裡最美的孩子。」

「呵……」我不由得笑了，對藍爵眨眨眼：「我們地球人的基因，可是不差喔……」

藍爵的臉忽地紅起來，匆匆低下臉。

「是是是，我、我知道！跟地球人混血出來的孩子，總是比自己種族的純種人漂亮。」

看藍爵臉紅，我忍不住拍了他一下後背：「害羞什麼？你還修士呢，說這些有什麼好害羞的。」

沒想到，他的臉更紅了，還轉開了臉，尖尖的耳朵也紅了起來，一直紅到耳尖，漂亮的藍寶石耳釘在一片血海中閃耀。

「因為……覺得小雨……的孩子……應該……會很漂亮……」忽地，他輕輕的嘟囔傳入耳中。

一下子，連我也尷尬起來，轉開臉，握拳輕咳：「咳，繼續說月的事。」

「好……好。」

他也偷偷鬆了口氣，繼續說起來：

「在月小時候，並沒有接觸到太多的等級地位，皇族裡十三歲以前的男孩們，都是陪伴著大公主伊莎一起長大的，他們並不知道這種陪伴其實是一種附屬品的性質，為的是讓伊莎不會寂寞地成長。但是，到男孩十三歲的時候，皇族便開始挑選伊莎的配偶以及後宮人選。最俊美的月和夜，順理成章地被選中，此時他們才明白伊莎不再是他們的朋友，而是主人。月對此很氣憤，他認為伊莎至少應該提前來問問他和夜是否同意成為她未來的丈夫，而不是在這樣完全不知情的狀況下直接選定，這讓他對伊莎很失望。」

「這麼說，月是不接受這樣的命運，並且認為這是伊莎對友情的背叛？」沒想到月對伊莎的感情會如此複雜。

藍爵點了點頭：「是的。如果伊莎提前告知他，或是尊重他，或許他和伊莎的關係不會變成現在這樣，或許他對伊莎的親情和友情，也有可能會轉化成愛情。可是這件事確實傷害到了月。月和夜跟其他派瑞星皇族不同，他們身上有一半地球人的血，接受了一半來自於母親的地球式教育。他們有一種反抗的意識，這也是那些人選中，只有月和夜選擇離開派瑞星的原因。哎，眼看伊莎即將畢業，如果在她受封時，月和夜不回派瑞星和伊莎完婚，或許會變成叛逃罪。」

「這麼嚴重……」我不由驚嘆，月的逃婚居然會被定罪為叛逃罪。果然各個星球政權不同、風俗不同。「那你呢？圖雅也快畢業了吧？」

說起圖雅，藍爵整張臉都陷入了煩惱。

「這次巡展也有列入利亞星這一站，我想……是時候該回去退婚了……」

「退婚？」

他雙手放上了面前的玻璃，微微擰拳，凝望遠方，宛如那裡是利亞星的方向。

「我不能耽誤圖雅，我要留在靈蛇號上，我還有很多事沒有做完，我也不愛她。月說得對，我要對自己負責、對圖雅負責。以前是我懦弱，不敢說退婚的事情，怕父王母后生氣，可是，不能再這樣拖下去……我未來很可能大部分的生活都在靈蛇號上，而宇宙又充滿危險，萬一我……小雨，妳能不能給我一點勇氣！」

他身體緊繃，靠在窗上。我嘆氣看他。

「說實話，我不太想給你這種勇氣。我們地球人有句古語：『寧拆十座廟，不破一樁婚』，你真的想好自己不愛圖雅嗎？」

他認真地點了點頭，雙眉擰緊。顯然提出退婚，對我們這位靦腆的藍修士來說，需要極大的勇氣。

沉默片刻，我抬起右手緩緩放落他的肩膀，在碰到前，還是猶豫片刻，然後才放落，重重地捏了捏他的肩膀。感覺到他身體漸漸放鬆，我和他一起凝望遠方的碧藍天空。

既然宇宙那麼危險，我為何不「死」在茫茫宇宙裡？擺脫博物館的命運？在我有此想法時，藍爵的身體倏然再次緊張地繃緊。

我斜睨他，沉沉地說：「以後別隨便進我腦子。」

他緊張地低下臉：「妳、妳怎麼知道？」

「我雖然沒有你的精神力，但我有我判斷的方法。」

「對，對不起……」他小聲地說著：「妳的手放在我肩膀上，所以……我不用特意感知也能……聽到……」

什麼？我立刻收手！所以這是我的錯？

「我、我會當沒聽見的。」他轉開臉諾諾地說。

我有些吃驚地看他，他這算不算……包庇我？靜靜看他片刻，再次抬手落在他的肩膀，在他身體緊繃時，心裡默默感謝。

「謝謝，爵。」

他揚起了微笑，和我一起繼續遙望靈蛇號停落的方向。現在我對靈蛇號真的有家的感覺了……

當上課音樂響起，我站在了音樂教師的講台前。無論是我的時代還是這個時代的樂器，我都不會。但是，我看到了口琴。拿了起來，在大家認真注視的目光中安靜了一會兒，遙望已經完全物是人非的地球，輕輕唱起了「南歸」，也叫「帶我到山頂」（註：此曲由奧傑阿格（彝族歌王）作詞，吉克曲布作曲）……

「唔耶哎……帶我到山頂，
唔耶哎……美麗的村莊，
唔耶哎……媽媽的淚水，
唔耶哎……憂傷別困擾她……」

靜靜的教室，是我一個人清亮悠遠的歌聲，緩緩拿起口琴，吹出了旋律……如大漠孤鷹的鳴叫，澈亮而帶著一絲憂傷的哽咽……經歷千年，一切化作灰煙，但是家人的淚水和依依惜別的神情依然清晰在眼前……時間可以沖淡歷史，但割不斷我對家人的思念和對他們的懷念……

有人走了進來，是東方。他坐在了鋼琴前，為我單調的口琴配起了樂。我沒有看他，他也沒有看我，我們在淡淡的陽光下一起懷念家人……

接著，藍爵和月也走了進來，拿起了一樣樂器，隨著我悠揚的旋律一起彈奏。然後，小狼和巴布也走了進來，迦炎靠在門外笑看我們。我放下口琴，在旋律揚起時再次唱起：

「唔耶哎……童年的歲月，
唔耶哎……夢中的天堂，
唔耶哎……妹妹的淚水，
唔耶哎……思念的歌謠，
夜裡媽媽聲聲口弦……
呼喚浪跡天涯的遊子。
喔……
夜裡遊子多少淚水，
淋濕多少回家的夢，
就在那個山頂聽聽來自天堂的聲音，
喔……
就在那個村莊平息難以安靜的靈魂，
喔……喔……喔……遮啦……遮啦……遮啦……

一起來……」

大家的演奏隨著我的歌聲開始加快，進入高潮，然後從高潮慢慢趨於和緩，最終回歸寧靜。東方纖長的手指在彈出一串長長的柔美旋律後，漸漸停落，再次只剩下我悲傷的口琴……

放落口琴，在寧靜中輕輕吟唱對家人的思念：

「唔耶哎……帶我到山頂，

唔耶哎……美麗的村莊，

唔耶哎……媽媽的淚水，

唔耶哎……憂傷別困擾她……」

雙眼有些濕潤，我擦了擦，對學生們含笑一禮，放落口琴，在寧靜中離開了教室。雖還未到下課時間，但是我怕我的淚水會從眼眶中流出。

「嘩——」在我走出很遠時，靜靜的走廊裡響起了響亮的掌聲……

我在這久久的掌聲中，結束了我的最後一節課。

第8章 靈蛇號真正的艦長

晚上在東方的房間裡開一個小小的派對，大家手拿酒杯，慶祝我們地球之行順利結束。明天我們將再次踏上靈蛇號，開始漫長的星球巡展。

手拿酒杯到藍爵身邊，他看我有些緊張。我抬手環上他的肩膀，對他小聲說道：「爵，我一直在猶豫要不要告訴你一件事。」

他立刻認真看我，忘記了緊張：「什麼事？」

「就是……」我看著別處咬咬唇：「其實……草泥馬真不是羊駝的別稱啊！當年我們也有『文明先生』，一些罵人的字眼會被篩選屏蔽掉，於是充滿智慧的地球人就尋找別的詞來代替……馬勒戈壁的草泥馬就這樣誕生了……」

說完，我看向藍爵，他整張臉震驚得像是發現了新大陸。

「所以，妳的意思是，那句話是不文明用語？」

他的驚呼吸引了所有人的目光，我笑著點點頭說：「然後可愛的地球人們又把羊駝的圖片貼上去當作暗示，所以這句話真的實在不好，你可要盡快修正啊！」

「喔喔喔！」藍爵真的緊張起來，匆匆放下酒杯，拿出記事本開始在那裡認真書寫。

趁他認真筆記，我立刻閃回迦炎身後，月看向我，目露疑惑。我拉拉迦炎的衣袖，他和東方喝得正歡快，感覺到我拉他而轉過頭。我對他輕聲說：「今天再不吃泡麵，沒機會嘍……」

他雙眼立刻發亮，看向藍爵，他還在那裡認真地寫著什麼。

「小雨姊姊，妳在說什麼？」小狼跑了過來，月也跟了過來。迦炎立刻迎上去，對他們小心翼翼地小聲說了起來。

東方白靠了過來，貼近我的耳朵：「又在拉攏人心了？」

「等他們去吃泡麵，你自己想辦法去我房間拿東西吧！」我嘴唇不動地說。他對我笑咪咪，酒杯撞在了我的杯上，發出清脆的「叮」聲。

小狼的神情在迦炎的話中漸漸興奮，月也朝我看來。迦炎迅速退回，似是不想引起藍爵注意，小狼和月沒有再跟過來，而是走向藍爵。

「說好了，妳去飛船，我們負責把藍爵灌醉。」迦炎小聲對我說。

我愣愣看他：「我一個人？」

「沒事，小飛船可以遠端遙控，我會送妳回靈蛇號，我們這裡無論誰離開，藍爵都會第一時間想到是妳要離開。所以如果我們都在，他反而不會太留意妳。妳也有飛船出入密碼。回飛船後，拿到泡麵就喚我們，到時泡麵已煮，藍爵也不能再說什麼了？」

他滿臉的得意，似乎對自己的計畫非常滿意。

迦炎說得對，他們負責看管我，一旦他們有人離開，也就意味著我離開。如果他們都不走，我一個人偷偷離開，他們可以隨便找理由搪塞，比如我上廁所去了。

點點頭，果然，月已經開始向藍爵敬酒。

貼著牆壁慢慢移向門，東方勾唇笑看我，巴布走了過來，巨大的身形像一堵牆遮住我，這是在幫我掩護。迅速地開門，溜走。下樓時，果然小飛船已經就緒。輕巧地躍入，小飛船飛快前進。所有的儀器都在眼前，可是都在自動運行。飛船還能遠程遙控，這個有意思。很快地，看到了靜靜停在夜色下的靈蛇號，她此刻就像一個醉臥草坪的黑衣女人，性感神祕。

小小的飛船回到了她母親的懷抱，靜靜的靈蛇號上，寂靜無人。我和星龍的東西在靈蛇號的密碼庫裡，我和星龍有權拿取，但要在靈蛇號人的監督下。現在，那些監督我的人全因為泡麵而「背叛」了他們的星盟。我站在密碼庫前，笑咪咪地按上門。

忽然，感覺有人靠近身後，立刻轉身，竟看見了胖船長和……智能艦長。這是我第二次看見他露面，他英俊正氣的容貌讓他跟真人無異。他正微笑看我，我鬆了口氣。

「原來是船長和智能艦長啊，噓……」我對他們豎起手指：「我拿好吃的，過會兒船長你也有份兒喔……」

胖船長坐在他懸空的椅子上，瞇眼「呵呵」地笑了，他永遠都那麼懶，不肯下地走一步。智能艦長站在他的身旁，黑色的眼睛讓他的視線顯得很深邃。轉回身開門，愣了愣，回頭再次細看智能艦長器宇軒昂的五官，他微微一笑：「怎麼了？」

門已經在後面開啟，我搖搖頭：「沒什麼，只是覺得你和青龍學校學生會主席龍野有點像。」

他的笑容越發擴大，目光閃閃，帶出一分高深莫測的感覺。

他跟龍野在眉目間有些相似，但是並不算太像。龍野還很稚嫩，而他顯然是一個成熟的男子容貌。或許，這個智能艦長是按某個人的容貌來設計的。

不再去想這些事，進門拿泡麵。我的泡麵跟我一起冰凍千年，時間在它身上也定了格，而現在又被高科技好好保存著，更加不會變質。一開始我只拿一包，但想到那麼多人，索性全拿了，只留一包。今晚就開一個泡麵派對！

轉身對胖船長揮舞泡麵時，意外看到了智能艦長的影子。立時，迷惑閃過我的心間。我記得上次智能艦長出現是以影像的方式，影像怎會有影子？難道這次這個不是影像，而是伊可那類的機器人？

拿著泡麵出了門，站在智能艦長面前，上上下下打量。他看著我笑了起來，俯臉看我。

「有什麼不對嗎？」出口的聲音還是清朗好聽，和上次見面時一樣。直覺告訴我眼前的事有些怪異，忍不住伸出手，手指在他有趣的目光中戳向他的胸膛。硬硬的，果然是實體。

再看看地面，也有影子，我收回手笑看他。

「原來你還有實體，我還以為你只是一堆光線編織的假人。」

「噗哧。」他握拳一笑。

「呵呵呵……」胖船長忽然呵呵笑了起來。

我轉向胖船長，把泡麵放到他軟軟的、大大的肚子上：「快通知迦炎，東西到手了。」

「好……好……」他瞇眼笑，胖胖的手拿起泡麵，對旁邊的智能艦長晃了晃：「同不同意啊？」

智能艦長低落下巴，含笑點頭。胖船長的椅子調轉方向：「小雨，上來。」

「好。」胖船長椅子後面有一塊踏板，可以站人，我跳了上去，他的椅子馬上移動起來。智能艦長始終保持笑容地跟在旁邊，好像正在經歷有趣的事情。智能艦長的表情如此豐富，我不由得一直盯著他瞧。腦中閃過爵的那張照片，當時在我說智能艦長怎麼也男扮女裝的時候，他似乎有話對我說，可是被圖雅打斷了。

之後，東方跟我說過，龍野的哥哥就是星盟的主席，而爵也說過，靈蛇號是由主席親自設計而成。那麼這個容貌和龍野有些像的智能艦長，難道是……

「我這麼好看嗎？」他忽然說話了，富含玩味的目光依然看著前方。

我依然盯著他的側臉，他對我有反應。即使再智慧的機器人，應該也不可能隨時隨地對人類的目光做出相應的反應。忍不住再次伸出手，捏住了他的耳朵，他耳垂上有一顆精美的鑽石耳釘。

他一怔，不動聲色地繼續往前走。

我順著他的耳朵往下摸，他眨眨眼，指腹摸過他耳朵下的皮膚，他有溫度！雖然伊可也是暖暖的，可是這種體溫似乎……往皮膚裡輕輕按落，立時，驚然收回手，他也在那一刻低臉揚起了微笑。

「呵呵呵……」胖船長在前面抱著泡麵像聖誕老人一樣地笑：「小雨啊，今天妳佔便宜了。」

「便宜？」我回過神趴在胖叔肉嘟嘟的肩膀上，他不說話，只是咧著嘴笑，瞇開一點點胖眼睛，去看身邊的人。

他依然不動聲色，只是抿唇頷首地笑。

我再次站直，說了起來：「爵說過，靈蛇號是星盟主席設計的，是嗎？智能艦長？」

他沒有說話，也沒有看我，一邊走一邊點頭。

我繼續說：「龍野的哥哥就是星盟主席，你的容貌和龍野有點像。依照設計者的習慣，如果有智能艦長這樣的程式，我猜想大部分設計者會把它設計成自己的模樣，所以你現在的樣子就是星盟主席的樣子，是嗎？」

他的笑容更深，依然只是點頭。

「而我剛剛才知道飛船還能遠端遙控，所以既然星盟主席設計了靈蛇號，沒道理不會自己駕駛。我們那個時代男人愛車，我相信現在的男人會愛飛船。既然星盟主席如此用心地設計了靈蛇號，那他沒道理不去駕駛。即使人不在，也可以通過遠端遙控，是嗎？」

他還是點頭。

「所以，那天晚上我看到的並不是智能艦長，而是星盟主席本人與我對話，是嗎？」他的眼睛微微一眨，長長的睫毛在燈光中根根清晰可見，讓他的眼睛顯得有些迷離，如夜幕下的靈蛇號一般神祕。

「剛才我摸過你，你有脈搏、有體溫，對我的話有立即的反應，我想即使科技再先進，人工智慧也不可能對人類的話做出幾乎是秒速的相應反應，更別說人類的思想那麼複雜。嘶……所以胖叔你說我佔了便宜，是說我摸了星盟主席嗎？」我再次趴落胖叔的肩膀，他又「呵呵」地笑起來。

「龍啊！你的演技不夠精湛，騙不過小雨啊……」

「呵……」他在一旁但笑不語，依然神色不動。

果然是嗎？經過剛才的驚訝，現在得知這個結果，我反而出乎意料的平靜。那麼說，靈蛇號真正的主人來了。

「小雨啊，不知有多少女人想摸他，妳剛才應該多摸兩下……」

胖叔開起了我的玩笑，我站直身，轉頭看他，一臉嚴肅。

「如果我不猜出來，你打算一直裝人工智慧下去嗎？」

「我覺得……或許人工智慧更能讓妳接受一點。」他終於轉臉看我，我站在胖叔的椅子上，所以和他同高。

和他面對面時，他闃黑的眸子裡是脈脈溫情。這是一個大智若愚、溫柔體貼的男人。忽然明白胖叔為何說很多女人想「摸」他，我想，應該是喜歡他、想要靠近他，因為他的溫柔是女人的殺手。

收回目光，還記得他給我購物卡的時候，他對女人的體貼，無疑可以讓女人對他死心塌地。不過，這樣的男人應該也很博愛吧！

「之前一直沒想好如何與妳正式見面，所以在妳把我當作人工智慧時，我想或許這樣也不錯。」他不疾不徐地說，語氣裡依然可以感覺到成為片刻的「人工智慧」多麼有趣。

「呵呵呵……龍啊，你也會害羞啊！」胖叔轉而取笑龍：「你可是很了解女人的喲……」

胖叔總是取笑得正是時候。一直在想，胖叔怎麼鎮得住靈蛇號上這群活寶，頂多也只管得住老實的藍爵和憨厚的巴布吧。

現在有了答案。只有一個充滿智慧而又沉穩大度的領導，才能管得住像迦炎和小狼那樣的調皮鬼，才能讓清冷高傲的月服從。而且，至關重要的一點，他，才是我和東方真正的主人。

我們的主人，到了。

面前已是廚房，巴布是一個極其認真，並且在廚藝上追求極致完美的男人，所以吃他一頓飯，要兩個小時。而他異常珍愛他的廚房，所以一塵不染，桌面乾淨得能照出自己的影子。直到走到這裡，龍依然沒有阻止我們吃泡麵的意思，也就是說……他同意我們吃泡麵了？

龍在胖叔的取笑後，始終但笑不語，依然保持他「智能艦長」的緘默模樣，包括現在也沒阻止我吃泡麵。我從胖叔的椅子後面跳下，拿起泡麵，在他面前晃了晃，他清澈的黑眸帶出了笑意。我笑了，轉身對胖叔招呼：「胖叔，進屋吃泡麵啦……」

「呵呵呵……這會是我吃的最昂貴的一頓宵夜！」胖叔說得對，現在這幾包泡麵因為是骨董，無疑超級昂貴，一想到藍爵把它們當作珍寶一樣珍藏，總拿漂亮的絲巾擦啊擦，我就忍不住想笑。

龍依然走在胖叔移動的椅子旁，我站到乾淨的廚房裡，一個新的困難擺在面前——整個廚房根本不見炊具，甚至連灶台都沒有，只在三面靠牆的地方有一排銀灰色的長桌。

這怎麼煮泡麵？乾嚼嗎？

「呵……」身後傳來他一聲笑，他走到我身邊，側臉看我一眼：「我來吧！妳告訴我步驟。」

我眨眨眼看他，他……會做飯？

既然他是艦長，我認為他應該是個全才。我點點頭，不客氣地命令他：「先煮水。」

他走到東邊的銀灰長桌前，手在台面輕敲兩下，立刻，整個台面開始反轉，出現了灶區、水槽、水龍頭等廚房用具。

桌面上方的牆體也一個個翻出，出現了一個又一個小廚，裡面分別是像是微波爐的小箱子、各種餐具、廚具等各種物品。

他取下鍋，裝上了熱水，問我：「差不多了嗎？」

我點點頭，灶區已經閃出一圈圈藍光，他把鍋放上光區，那片光區應該是加熱用的能源。

「奇怪，泡麵不是泡的嗎？」他從我手裡直接拿過泡麵，看後面的說明，認真的模樣像是研讀教材：「原來真的需要煮。」

「因為煮出來的更可口。如果懶得煮，也可以泡。」我開始拆泡麵，他看著我也拆了起來，把調味料包一一打開。

因為口味不同，所以不能煮在一鍋裡。他又拿出幾個小鍋，打算一起煮。當我把調味料放進鍋裡，立刻滿屋子飄香。

「呵呵呵……聞著就知道美味啊！」胖叔等不及了。

龍手拿筷子，優雅而緩慢地攪泡麵，讓味道深深進入每一根麵中。

「哇！好香啊！小雨妳真棒！」當迦炎歡快的聲音出現時，我聽到了一群人湧入廚房的腳步聲，可是，他們似乎因為看到某人而倏然停住腳步。

我轉身看他們，他們一臉驚訝地看著從容鎮定、正認真煮麵的艦長背影。只是，唯獨不見藍爵。

東方白挑了挑眉：「真是哪裡有小雨，哪裡就有帥哥啊！」

他一個人從那些僵硬的石雕中走出，坐到不知何時已經拿好餐具的胖叔身邊坐下，依然是抬腳踩在桌沿開始翹起椅子：「好了沒啊？大嬸，怎麼煮個泡麵都這麼慢啊？」

白他一眼，對龍說：「可以了，全部關掉吧！」

他點點頭，關灶具時，我開始把碗筷一一放好，放到東方面前時，他伸手過來接，順手還摸上我的手。我反手一拍，「啪」地冷冷拍開他的手，他看著我賤賤地笑了。

一個又一個鍋子放到桌上，胖叔的眼睛完全笑瞇了眼，而其他人依然僵立在門口，龍優雅地把鍋子放上桌面，然後微笑看眾人：「還在等什麼？吃宵夜了。」

迦炎一愣、小狼咧開了嘴、月抿唇一笑，而巴布則發出了長長的沉吟：「嗯……」

當小狼、月、巴布淡定地坐上座位時，迦炎才回過神，對龍行一個軍禮：「是！」

龍的出現，讓迦炎突然老實了。

「好香啊……」

「快！」

「不然沒了！」

大家拿起碗筷，小狼和迦炎搶了起來，當龍去拿時，他們卻又老實地坐回原位。

我看著也覺有趣，問月：「爵呢？」

月一邊撈麵一邊說：「被灌醉了。」

「啊？你們？」

「哈哈哈……」歡快而又狡猾的笑聲，在廚房裡響起。

「啪！」忽然屁股被人狠狠一拍，我頓時渾身僵硬，因為是胖叔拍的！

「小雨啊，給小藍送一碗去吧！」胖叔把一碗麵放到我面前：「妳是吃泡麵長大的，所以這些泡麵，妳應該不稀罕吧……」

「……」我無語地看胖叔，他的意思是，少一個人少一雙筷子。

這時，胖叔站起來了……天哪，他居然也會站！並且筷子飛快伸入麵鍋，眨眼間，他已經手捧麵碗，開心地坐回原位滿足地吃起來了。

整個廚房裡，所有人都在歡快地吃麵，你到我這裡搶，我到你那裡奪。眼前浮現出食堂景象，我的隊員們親如兄弟，就像眼前的他們。他們不僅英俊，並且很團結。我在他們的笑聲中轉身，小小機器人從桌上拿走了麵。身後是他們歡快的話語聲。

「東方，他才是我們真正的艦長！」

「喔……你就是龍宇？」

「龍可厲害了！以後你就知道了。」

「嗯……」

他們的感情真好。只可憐了藍爵，泡麵計畫犧牲了他。

靈蛇號不止先進，而且舒適。各種細節的布置，讓人感覺生活在自己的家中。比如靈蛇號每個成員住的地方都不同。迦炎喜歡住公寓形式，所以他的對門是由他負責看管的東方。月喜歡清靜和植物，所以他的小屋在他的生態艙裡，出門左邊是菜園，右邊是花房。巴布喜歡廚藝，他的小屋就在廚房邊。小狼跟我們那個時代的駭客少年有點像，他的小屋是一個懸浮的圓球，飄在核心附近，整日打遊戲、上網、看資訊，維護網路和飛船的智慧系統。胖船長享受頂級豪華套房，住在靈蛇號最頂尖的地方，整個房間可以完全透明，如同遨遊在宇宙之中。

而爵的房間，充滿神祕的古老風格，進去先是一條石子路——當然是圖像顯現而成——然後石子路邊擺放著整齊的圖騰和十二生肖的石像，這些倒是真的。因為靈蛇號一直在打撈、拯救失落的古物，所以靈蛇號可以算是一艘考古船。

走到底是漂亮的小金字塔，門鈴是一個龍圖騰，真可謂是各種古老風格的混搭。按上龍圖騰，門開之時，突然冒出來一個阿努比斯。阿努比斯是埃及的冥神，突然一顆黑黑的胡狼頭冒出來，即使再鎮定的我，也嚇了不小的一跳。

幸好我反應快，想到這應該是爵的智能管家。而它已經開口數落我起來。

「你們怎麼可以這樣……」它說話的語氣很慢、很軟，帶著一種奇怪的鼻音：「把我的主人灌得那麼醉！哎……不知道他是一杯倒嗎？幸好我已經給他吃了醒酒丸……」

阿努比斯不悅地把我請進屋，裡面的擺設又是中國古代風格。這個爵，讓我恍若在頃刻間穿越數千年，走過數個古國。

屋子裡沒有酒氣，爵正摸著額頭有點難受地坐在床沿上，晃著頭。我從機器人手裡拿過麵，蹲到他面前，遞到他低垂的臉前：「請吃麵，王子殿下。」

他愣了愣，抬眼朝我看來。我笑著拿起他的手，把麵放到他手裡：「吃吧！你肚子該餓了。」

他呆呆看我，我挑眉看他：「怎麼，還要我餵你？」

「不不不。」他立刻拿過麵吃了起來，吃下第一口的時候，他驚奇地睜大了銀灰的眼睛：「好好吃！什麼麵？」

我側開臉偷偷笑，然後坐到他身邊，他「咻咻咻」把麵吃了個一乾二淨，我偷眼看看空空如也的碗，才說：「泡麵。」

他頓時僵硬了。緊接著，他抱著碗痛惜萬分地哭了起來，像是吃了自己養了多年的雞。

「你……你們……你們灌醉我……就……為了……這個……」他哽咽著斷斷續續地說，真的看上去像是死了老爸。

抬手環上他的肩膀，我安慰道：「爵，知道你捨不得，所以，我給你留了個活口。」

「只有一個嗎……」

他的眼淚滴滴答答掉在碗裡，阿努比斯送上了絲帕，我幫他一邊擦一邊說：「別哭了，龍允許我們吃的。」

「什麼？」他吃驚地抬起臉，一把握住了我為他擦眼淚的手，水汪汪的銀瞳裡是滿滿的不信：「龍會答應？」

「是啊！」我對他眨眨眼：「而且，他吃得最多。」

他的雙眸有片刻的失神，我看到他清澈的眸中映出龍的身影；他的身後是一起陷害他的傢伙們。

「龍！」他失神的眼睛登時收緊，視線射向門口的同時，他放開我憤然起身：「你怎麼可以縱容他們！你你你，你怎麼可以！怎麼可以！」他生氣得只會重複這幾個字。

龍看著他微笑，然後側臉看看身後，立刻，一個機器人托著幾包泡麵進來。我疑惑地看那幾包泡麵，正是我們吃掉的。奇怪，怎麼還在？

藍爵急急上前，拿起了泡麵，露出片刻的微笑後，再次生氣看向龍：「你居然用這幾個仿品就想解決這件事！龍！你可是我們的艦長啊！你怎麼可以跟這群人一起胡鬧！一起捉弄我！你怎麼可以！怎麼可以！」

是仿品？我好奇上前，從他手裡拿過看了看，包裝袋是真的，還留著泡麵的味道呢，但是裡面捏起來……

龍微笑地拍了拍藍爵的肩膀：「爵，不要生氣，你也吃了，好吃嗎？」

藍爵生氣地撇開臉：「你不會明白我此刻的心痛！」

「呵……」龍很耐心，始終微笑看他：「既然都是我買的，我有權做主。這是食物，如果不被人吃，是會寂寞的。」

我看向龍，沒想到這麼肉麻的話也會從他口中說出。他的微笑具有讓人平靜的魔力，如同親善的和平大使。

迦炎和小狼在他身後各自躲在門的一邊，月站在那裡沉靜地看著爵，巴布站在他身後，而東方懶懶地靠在巴布大如石像的身上。

「更何況，小雨還給你留了包真貨。」

龍悠然地左手插入褲帶，右手摟了摟藍爵，藍爵嘆了一聲撇開臉。

「東西是你的，你說怎樣就怎樣……」爵說得很委屈，也是，他必然是不願真品變成了仿品。

「好了！」龍轉身看向大家：「準備再次啟航！」

倏然間，所有人在那一刻為之一振，整齊地向龍行禮：「是！艦長！」

那一刻，我看到了每個人臉上都朝氣蓬勃，這和他們在地球上是完全不同的。似乎宇宙才是他們真正的家！

★　★　★

隨著靈蛇號的再次啟航，我們第一星國的巡展正式開始，第一站不是住人的星球，而是我們的發掘地——水星！

水星現在也不叫水星了，正式名稱為「第一星國A區地獄監獄」，黑色的監獄造在水星岩層表面上，出去如果沒有飛船，日曬時會被活活燒淨，即使是用上次阿修羅給我的防護罩也沒用。

基地建在岩層表面下一千公尺處，我們就是在舊監獄的基地裡被發現的。那時水星監獄擴建，挖到了被岩石堆埋沒的舊基地。而負責這次擴建專案的建造商，正是宙斯集團。

到底是誰把我們從地球的北極冰層挖出來，又搬到了水星基地，沒有絲毫相關紀錄，戰爭毀了大部分儀器，我們成了一個謎，而剩下的冰凍人還不知被埋在了何處。爵說他去過北極，發現冰凍人已經被集體轉移了，那裡同樣沒留下相關紀錄。

一萬個冰凍人，三千人復活，還有七千人被埋在茫茫宇宙之中，等待我們去發掘、拯救。這也是爵的願望。只要我們先找到，他們就能免於和我們一樣被買賣的命運。

這趟旅行承載了許多工作，找冰凍人、聯繫現在重生的人類、詢問他們的近況，以及……我和東方的祕密任務——讓我們獲得自由和平等的人權！

別看水星高溫，飛船耐高溫的稀有礦物就是從水星開採出來的。所以水星現在既是監獄，又是礦場，在這裡關押的罪犯正好成為這裡的礦工。

飛船緩緩降落，雖然外面是火爐，可是在飛船裡依然沒有感覺到溫度的變化。因為監獄的特殊性，所以停靠、降落，都得經過層層通報，即使是星盟主席的靈蛇號也不例外。

水星裡現在關押的全是重犯，有很多星際海盜，也有很多戰犯，他們破壞和平條約，掀起戰爭。

在龍和水星監獄長對話時，我站在東方身旁撞撞他，他心領神會地一點點往後退，離所有人比較遠的時候，我輕聲問他：「我的文明先生拿了沒？」

他賤賤地笑看前方，點點頭：「我說幫妳去拿，沒人起疑。我發現這些人記性不好，他們只知道我幫妳拿文明先生，卻忘記問我給妳沒。」

「不是記性不好，是我們微不足道……不說我們現在是寵物的身分，即使是星國裡的人，他們不是王子就是殿下，你認為他們會為平民分神嗎？」

我嘴不動地說完，他賤賤地笑看我，對我連連點頭：「果然還是女人看得仔細吶……」

我不看他，前面靈蛇號的成員都站在他們首領龍的身後，與水星監獄長會話。

「他們對我們的警戒，會越來越鬆的……」

「嗯……」東方在回應的同時，一隻手又手癢地要搭到我的肩上，我用手肘狠狠撞上他的胃，他順勢勾住我脖子做出很痛的樣子，我冷冷地看他。

「老實點！要不是現在只有你，真不想跟你合作！」

「大嬸……」他咬著牙痛苦地說：「妳口味還真挑。我可聽說了，為了讓我跟妳匹配，他們已經決定治我的臉了。我可都沒嫌妳平胸……」

「哼！」我平胸？如果我是平胸，只能說明他喜歡D罩杯，不，是E罩以上的巨乳，難怪他的智能管家都是童顏巨乳。我打從心裡深深鄙視他的膚淺，我看他這輩子早晚悶死在女人的胸裡。

等一切結束後，再也不想見他。

前方會話結束，在他們轉身時，東方賤男又若無其事地站直身體，和我一起乖乖站在原處。

在龍轉身的時候，小狼高舉雙手：「龍！龍！讓我去，我一直想去監獄看看！讓我去吧！」

龍溫柔地看著他微笑，摸上他銀白相間的短髮：「好，這次你和迦炎陪東方和小雨回去。」

其實，我並不明白為何要安排這趟旅行，或許，他們認為我們是從這裡被發現的，以為這裡是我們的「家」。

在我們乘坐小飛船飛在地面時，可以遠遠看到重型的機器正在運作，黑黑的礦石在一條又一條交織成網的傳動帶上傳送。龍沒有跟我們一起，只有小狼和迦炎。小狼很興奮，據他說他從沒來過這座有名的地獄監獄。有些人對監獄似乎擁有奇怪的熱衷。

監獄長親自來迎接我們，在對接時，雖然有層層防護、層層溫度的隔離，但依然感覺到了一絲悶熱，讓我感覺像在暖房裡。

「請這邊走，那裡就是舊基地了。」監獄長是個人類，中年，還有兩撇小鬍子，身邊是兩個護衛。他帶著我們搭上一輛飛行的小車，前往舊基地。

小狼感到有點無趣，他更想去看監獄裡的重刑犯。對於他來說，出名的重刑犯比明星對他更有吸引力。奇怪的少年。但是東方說，小狼是獵奇心理，他把重刑犯看作厲害的對手，就像狼遇到了獵豹，既是敵人，又可能成為對方的獵物。

飛行車漸漸停下，前方出現了一片破敗景象。車停在門口，我們下來時，監獄長禮貌地指向破敗的入口：「這裡就是舊基地了，現在因為這裡成為遺址，所以沒有遭破壞。」

我和東方走在前頭，迦炎和小狼跟在後面。

「辛苦了老梁，我們進去看看就出來。」迦炎對監獄長說。

舊基地對我來說很陌生，裡面的東西我也只在歐美諜戰電影裡見過，一張張黑色的平台，一排排複雜的按鈕。四處都是監視用的螢幕，還有很多透明的平板。這個基地離我的年代也有數百年，我想這些應該是電腦。

東方吊兒郎當地隨便看看這裡、隨便看看那裡，然後繼續往前走。舊基地除了我們進來的門外，還有兩扇門，都是長長的通道。

他隨隨便便走進右邊的門。迦炎攔住他：「你認識嗎？別隨便亂走。」

東方奇怪地看他：「不就是參觀嘛！這邊走完，再走那邊啊！」

迦炎點點頭：「也是，我也沒來過，應該帶個導遊。」

「早知道只參觀這裡，我就不下來了。」小狼無聊地雙手放在腦後：「藍修士對這裡最熟悉了，對了，他剛才不是給你地圖了？」

迦炎愣了愣：「哎呀！我差點忘了，等我看一下。」

說著，他站在入口，紅色的眼鏡裡紋路閃耀，所有人中只有迦炎從不摘他的微縮儀，據說是因為他處於隨時備戰的狀態。

東方瞥了他一眼，一手插入褲袋，一手隨意地揮了揮：「我先進去嘍！」

他走了進去，對我一甩頭，示意我一起進去。

我也隨他進入，然後他轉身，右手像是隨意地放上門邊，那姿勢像是單手撐在上面。

「炎，看好了沒啊？我要上廁所！」

「廁所？」迦炎繼續站在原地：「等我找一下，你這人真麻煩……」

在迦炎說話間，我在東方的嘴角看到了熟悉的、賤賤的壞笑：「如果還沒找到，我自己去嘍！」

他忽然收回了手，黑色的門登時從面前一下子往下落。

我驚得本能後跳，那門落的正是我腳的位置。

「迦炎！」當小狼的驚呼傳來時，迦炎和小狼往我們撲來的身影在面前快速消失。

「快走！」忽然，東方拉起我的手，轉身跑在長長的隧道裡。

我驚訝看他：「如果我沒記錯，你應該跟我一起被挖出來的，你怎麼知道這裡的開關？」

他一邊跑一邊對我一笑：「這基地可有我一份功勞，包括你們，也是我轉移的。」

什麼？我們是東方轉移的？

我滿是問號地跟著他跑，但是現在顯然不是深問的時候，我一直跟著他跑，看他要做什麼。他帶我左拐右拐，然後停下，面前又是一個大大的，和之前的主艙室有點像的艙室，也是到處都是螢幕。

他帶我直接進去，隨手關了門。

他沒做任何解釋，迅速地走進艙室利索地打開所有的儀器。所有的螢幕立刻一個接一個開始亮起，出現了分別是各條走廊、艙室的影像，我還在一條走廊裡看到追趕我們的迦炎和小狼。

「這是二號控制室，身在外太空，任何意外都有可能發生，所以這裡是備用的艙室。」

他打開了一個抽屜，翻出了一個小球，把小球迅速放到一塊平台上，小心地開啟。小球立刻開始閃耀，像是下載文件。

「你在做什麼？」我終於忍不住問。

他停了下來，似乎要下載很長一段時間。他打開一個按鈕，立時，艙室的另一邊開了一扇門。

我驚訝地往那裡走去，那是一個深不見底的艙室，狹窄、昏暗。兩邊各有一排架子，那架子的形狀像是擺放某種棺材。

「這裡就是你們被藏匿的地方。」他指向已經空空如也的艙室，少有地正經說道：「小雨，妳有沒有想過，為什麼正好是一千五百個男人和一千五百個女人？」

我望入深深的艙室搖搖頭。

「因為……你們是被二次挑選的。」他說。我驚訝地看他，他的神情顯得很沉痛，也很痛苦：「其實，相對於現在被星盟發現，被同為人類的人利用才是更可怕的……」

「你什麼意思？」

他沉痛地擰緊眉，苦澀地閉緊雙眸，長長的沉寂在空氣裡瀰漫，然後他慢慢睜開眼睛，深吸一口氣，似乎才有勇氣開口：

「在第一次星球大戰時，人類一派漸漸兵力不支，就在這時，他們發現了冰凍在極地的我們。我們本就是絕症患者，對他們來說，我們本來就是將死之人。於是，他們解凍了一部分男人，並對我們強迫植入晶片，使我們成為馬上可以用來戰鬥的死士。」

「你說什麼？」過度的震驚讓我一時無法接受：「植入晶片就能成為死士？」

他點點頭，眼神越來越晦暗：「妳應該看過《盜墓筆記》吧？大腦越深層，轉速越快，甚至可以達到外面一日、大腦裡幾十年的狀態。正是利用了這一點，所以可以迅速培養。當年的冰凍計畫是為了讓我們可以到未來醫治，可是到最後，卻是送死。」

「好殘忍……」我的頭開始發漲、發痛。

「因為我學過機器人工程，所以我成為基地成員，被植入更多的資訊。當時，對於死士的培養也有分歧，慧就是另一派。在她的爭取下，我們開始了人種保護計畫。選出一千五百個男人、一千五百個女人，繼續保存。這些人裡有各項領域的菁英，也有平凡普通的老人。只為把物種延續下去，將來如果解凍，可以創建新的地球！」

在他漸漸掃去陰翳、重新灼灼的目光中，我看到了他對未來的希望！

原來，他還背負著這樣的使命！

「那為什麼不冰凍當時的人？」

他立刻憤怒地大吼：「他們都是魔鬼！心裡只有掠奪、仇恨和可怕的野心。他們都是殺紅眼的惡魔！你說有誰會把自己的祖先挖出來訓練成死士？」

我沉默了，我是幸運，我沒有被解凍，也沒有經歷東方經歷過的痛苦。對於當時的他來說，一定日日活在恐怖之中。真不知道，他是怎麼熬過來的。

他在我面前做了一個大大的深呼吸，轉而對我忽然又揚起了笑。

「不過，他們都已經死了，我還活著，想到這點我就莫名地爽快，哼。」

面對他這樣的過去，我已經不知道該說什麼。那麼痛苦不堪的過去，不如不提起。

他看向身旁的螢幕，隨手關了存放我們水晶艙的門：「迦炎他們很快會追來。」

「所以你躲開他們只是為了來這裡下載資料？」現在終於明白他當初為何那麼了解晶片，這麼說，那塊晶片還在他腦子裡嗎？

我不由得看向他的後腦，他已經站在下載的小球邊。他收回小球拋了拋，看著螢幕笑道：「沒想到妳挺聰明，知道我在下載。不錯，這裡就是那三千人的資料，還有當時的星際地圖。」

這些東西，藍爵始終不給我們，現在我們自己有了。不過，總覺得那麼大費周章地來這裡，只是弄一些藍爵有的資料，有些不值，也不像東方的作風。

「嗚——嗚——」忽然，警報響了。

我立刻到他身邊：「難道是因為我們？」

他挑挑眉，恢復了常態，摸摸下巴，看著正在尋路找我們的迦炎和小狼說：「不太像啊！讓我看看。」

他又開啟了一些開關，幾個螢幕立刻切換成了外面的景象，他又到一塊透明的、豎立的螢幕前點了點，螢幕上已經出現了一幅立體的藍光地圖，只見裡面有很多紅色的點正在迅速移動。

我再看向外景螢幕，只見很多囚犯朝一個地方迅速跑，他們之中，還有不同顏色衣服的人。

「能把鏡頭拉近嗎？」我指向那幾個不同顏色的人影。

「當然。」只見他手指在螢幕上動了動，影像立刻拉近，竟是被犯人押著跑的獄警。

「噓……」東方悠閒地吹了個口哨：「看來會越來越熱鬧了！」

「這是要越獄！」我驚訝地指那些逃跑的罪犯。

他突然抬手勾住我的肩：「大嬸，這裡可是宇宙監獄，妳以為只要逃出基地就自由了？」

「你的意思是……佔領這座監獄？」我吃驚地看他，他揚了揚唇，對我拋了個媚眼：「我可真是越來越喜歡妳了。」

懶得理他，立刻看監視的螢幕，迦炎已經快接近我們，而滿目整齊奔跑的罪犯，讓人的心不由越來越沉，氣氛也越來越緊張起來。

「沒想到這個舊基地還能監視外面。」

「當然。」他退回那個藍光地圖：「既然是監獄，自然要好好監控。另外還有射線透視儀，升高後可以監視整個水星，就算是新造的基地，也能監視得到。呿，不管經過多少年，這些人始終是我們的子孫，別小看我們的智慧和科技。」

說罷，他打開一個抽屜，拿出兩根短棍扔給了我：「給妳防身。」

我接在手中，匕首不是匕首，鋼棍不是鋼棍，只有手掌那麼短，怎麼防身？

看到有按鈕，難道是機關？

棍子朝外按下按鈕，立刻一束紅光射出，差點擊中東方，他驚得立刻閃開，瞪眼看我。

「小心點！這可是鐳射劍！看我的臉，就是拜它所賜！」他指向自己可怕的傷疤。

我驚訝地看手中的鐳射劍，再打開另一根，是綠色的。太神奇了，我居然有了「星際大戰」裡的光劍。

他白了我兩眼到我身邊，指導我：「兩個手柄還可以對接，像這樣，就成為一根雙刃光劍。收好它，過會兒肯定有一場惡戰。」

「嗯！」我再次按下按鈕，鐳射劍收回，只見滿滿的螢幕裡，現在都是拿槍叛逃的罪犯。

他們在新基地的主艙停了下來，然後通道裡每十步就有一人把守，都配備了武器，一直延伸到舊基地的主艙。這不是普通的佔領，顯然是有計劃的。然後，他們把所有的獄警都關在同一個地方。

就在這時，迦炎和小狼已到門前，像是在和誰通話，神情異常吃驚。東方勾唇之時，按下了開關，開門放他們進來。他們驚訝地看向我們，通話被我們打斷。

東方對他們一笑：「不錯，這麼快就找到路了。」

他們立時回神，迦炎憤怒地跑了進來：「東方！你在搞什麼鬼！你知道發生什麼事了嗎？」

「當然知道！」東方悠然地靠在操控台上，小狼也趕緊跑了進來。

他和迦炎要說話時，我指向螢幕說：「我想，是罪犯要佔領這座地獄監獄，而且已經佔領了。」

迦炎和小狼的目光順著我的手，看向所有的螢幕，震驚立時遍布了他們的臉龐。

東方在旁邊悠然地說了起來：「我想平時他們佔領的話，星盟很有可能不會把他們放在眼裡。但是，今天第一星國兩個超級骨董來了，啊！真是巧啊，難道我們來這裡參觀，這裡的人全知道？」

「不，他們不知道！」迦炎肅然看向我們：「龍事先曾與這裡的監獄長說過，但是沒定具體的時間，難道……有人叛變？」

當他的紅瞳圓睜之時，小狼怒道：「真是活得不耐煩了！居然敢背叛星盟！迦炎，我們殺出去！給他們一點厲害！」

「那……那些人質呢？」我指向被關押的獄警，他們一時怔住了神情。我冷靜地看他們：「我相信以你們兩個人的能力，救出我和東方沒有問題，更莫說我和東方兩個人也有戰鬥力，不會成為你們的拖累。但是，這些人質怎麼辦？」

正說著，其中一個螢幕忽然閃爍，切換成一個一半是機器人臉的人。他身後的背景不是舊基地，應該是現在的基地。而同時，正有持武器的罪犯朝我們這裡跑來。

「尊敬的主席。」那人說話了，還禮貌地行了一個禮：「正如您所見，我們已經控制了這裡，並且會在星際網路全程直播，我想您不會只顧星龍、星凰，而不顧其他這裡的獄警死活吧？」

一個獄警被拖到他的身旁，是監獄長！監獄長毫不畏懼地看他，他對著螢幕邪惡地笑了起來。

「我給你一個小時的時間準備我要的東西，不然，每隔一個小時，我就殺一條你們星盟的狗。」

說話間，他舉起手，朝監獄長開了槍。

「不——」

和藹的監獄長瞬間消失在藍色的光束中。

憤怒和淚水一下子湧出，迦炎和小狼也憤怒得全身緊繃，大家都陷入沉痛和悲寂之中。

對方的心真狠！他們是沒有人性的惡魔，生命在他們眼中完全可以無視。跟這種人談判是毫無結果的，因為他們不會內疚、自責；因為他們的身體裡，根本沒有善！

「這群殺人不眨眼的混蛋！」迦炎一拳重重打在了控制台上。

東方撫上我的後背，無聲地捏了捏我的肩膀。

我咬唇忍住眼淚：「我們要救出那些人質，然後好好修理那群畜生！」

「我同意！」小狼咬牙切齒地說。如果不是顧及那些人質，他和迦炎早殺出去了！

但是，要營救人質，我們需要一個計畫。龍在外面非常被動，而我們卻在裡面。對方可以裡應外合，我們也可以！

「快趴下！」忽然東方拉我趴下，登時，門那裡傳來「轟」一聲，光束衝進了這個控制室，我們被發現了。

「哈哈哈哈——」一連串大笑聲從螢幕裡發出。「主席先生，我們已經找到了你們的星龍、星凰，如果您希望他們毫髮無傷，請盡快準備三百億星幣，以及……您的靈蛇號，哈哈哈……」

「都不許動！」兩個人把守在門口，把槍對準我們，往外看去則有更多的人。

有人進來拽起迦炎和小狼，開始脫下他們的戰衣和武器，然後把他們跟我們趕在一起，拿著迦炎他們的武器走了出去。我們四人蹲在一張控制台邊，外面的人好笑地看我們。那神情應該是在暗爽。

「該死，沒武器了！」迦炎憤怒地嘀咕。

東方倒是悠然地小聲說：「沒關係，小雨會幫你們拿回來的……」

我們狐疑看他，他什麼意思？再看看門口的人，他們正用下流的目光瞄我。

他一點一點挪到控制台後，對我們下流地眨眨眼：「一群男人在監獄裡關了那麼久，突然有個女人，你們說會怎樣？」

「混蛋！東方你還是不是男人！居然推小雨出去！」

迦炎憤怒地揪住了東方的脖領，門口的人立刻厲喝：「不許動！」

東方賤賤地笑，迦炎鬱悶地蹲回原位。

「不用我推，不出二十分鐘，他們肯定會把小雨帶走……」東方還是小聲地說著：「而且為了避免影響軍心，他們還會帶小雨到一個獨立的房間，然後……小雨……到時可要好好伺候他們……」

我擰起眉，東方說得有點道理。現在我們必須找到一個化被動為主動的點，從這裡突破。

他那種賤賤的表情，倒是對我能力的信任。這傢伙，雖然當年的訓練在他心裡留下不可磨滅的痛苦，可是他現在幹練的能力，卻也是那時訓練出來。

「呿！早知道今天穿女裝下來，就可以替小雨姊姊去了。」小狼懊悔地咬唇。

我因為他的話而感動，拍了拍他的肩膀，鎮定地輕聲說：「放心吧！我有信心，但是……我到時該怎麼跟你們聯繫？」

「反正我不同意！」迦炎生氣地甩開臉。

「我有辦法！」小狼忽然拍了拍耳朵，他的樣子像是只撓了撓他的狼耳朵，然後攤開手心時，裡面是小小的氣壓儀：「小雨姊姊，妳的也拿出來。氣壓儀對上信號後，就能互相聯繫了。」

原來還有這樣的功能？

立刻悄悄拿出，氣壓儀在手心變成了小蜘蛛，和小狼的像是親了個嘴，兩隻小蜘蛛的眼睛開始同時閃爍。

「我也要。」說著，東方趁守衛轉頭看外面，迅速按落迦炎的腦袋，掏出了氣壓儀跟我們對上了信號：「小雨，到時聽我指路。」

我點點頭。大家剛放回氣壓儀，就有兩個人走過來拖起了我。

「混蛋！不許動小雨！」迦炎憤怒地起來賞其中一個人一拳。

「砰」一拳，另一個立刻拿槍對準了迦炎的腦袋：「哼，再動殺了你！」

迦炎憤怒地瞪著他們，得到的卻是鄙笑：「沒想到靈蛇號的人也會有今天這樣的下場，啐！」

「哼！你們就等死吧！等老大把東西拿到，會送你們在幽冥號上團聚的！哈哈哈……」

兩個惡犯拖著我走了，他們說的幽冥號是什麼？

轉頭看大家時，小狼和迦炎都擔心地看我，東方依然躲在操控台後，只看到半側白色的背影，和他那縷搭在肩上的辮子。

短棍塞在腰間，就像靈蛇號的人小看我和東方一樣，這些人也同樣小看我們。因為他們只搜了迦炎和小狼的身，卻連看都沒看我們一眼。

「噓……」

「喔！喔！」

「吼！吼！」

一路過去，都是起鬨的罪犯，他們用下流淫邪的目光看我的身體，又是吹口哨，又是發出淫邪的聲音。

他們把我駕到了那個機器臉所在的控制室，應該就是現在的地獄監獄主控制室了。而他就是他們的老大。他此刻正坐在主控制室的椅子上，手拿一根黑色短棍敲打另一隻手。

「老大，帶來了！」

很多人圍了上來，伸出手要來摸我。

「這可是骨董啊……」

「我看味道說不定不怎樣啊……」

「但至少是個女人吧……」

「都讓開！」有人厲喝，是他們的頭頭。他們立刻閃開，我抱緊自己身體，目露畏懼地看他們。

「老大，你不會不讓我們上吧？」他們哀求地看他們的頭頭，有的人已經把手插入褲腰開始抓了起來：「就是，老大，漲死了！」

「哼！你們這麼多人，是想嚇壞我們的小姐嗎？」

他從椅子上下來，故作優雅地到我面前，對我一禮。

「可愛的小姐，妳也看到了，我們的兄弟長年寂寞，非常可憐。請妳好好服侍他們，否則，我就要殺人嘍！」

說話間，又一個獄警被拖了進來，他憤怒地大吼：「別動星凰！她是我們星盟的珍寶！」

機器人臉猙獰地笑了起來：「啊哈哈哈，真是吵死了！」

突然他把槍對準了那個獄警，我立刻說：「好！我做，我什麼都願意！可是，能不能稍微給我點尊嚴，我不太喜歡……在這麼多人面前……」

我妥協地低下臉。面前的人是個變態！他任何的優雅都是在為血腥的殺人做鋪墊。

「當然可以。」他又是優雅地一禮。

獄警焦急地掙扎起來：「星凰！不可以！我只是一個獄警！我犧牲沒……」

「砰！」他被人一拳砸暈了。

我很感激他的愛國精神，和為了保護珍寶的自我犧牲。但是，他現在都自身難保了。

「走吧！」其他人也學著他們的頭頭優雅地對我，他們的首領要坐鎮大局，是不會離開他的寶座的。不過能在他身邊的人，應該也是這場反叛的主謀了。

他們把我帶到旁邊的一個艙室，把我往裡面重重一推。我跑到最裡面，艙室裡面沒什麼東西，只有一張桌子。

然後五個人走了進來，三個是人類，還有兩個長相古怪，一個耳朵像魚鰓，一個皮膚呈紅色，不知道是什麼人種，他們進來關上了門。

我雙手放到腰後，貼在桌沿拿出鐳射劍裹在手心裡。

「寶貝，妳是想一個一個呢，還是一起呢？」

我低下臉：「長痛不如短痛，你們……一起吧！只是……請溫柔一點，我也會盡量配合的。」

「哇！小姐您可真是通情達理！妳放心，妳這麼配合，我們也不好意思對妳動粗！」

說著，他們走了過來，彼此交換一下眼神，突然一個先衝了上來。

「我忍不住了！快爆了，讓我先來！」他衝了上來，一下子撲到我身上，我立刻按下鐳射劍的開關，與此同時雙手在面前立時交叉！

反手的光劍瞬間切斷了衝過來的男人的腰，那一刻，血腥味立刻蔓延，讓我瞬間愣在原地，看著面前噁心的男人雙眼大睜，然後慢慢從他自己的腰間滑落。

「啪！」半截身體掉在地上，我立刻全身僵硬！大腦出現了片刻的中斷點。

幸好，對方也跟我一樣中斷點了。

我曾經拿槍打傷罪犯，也曾經狠下心第一次打爆罪犯的頭，但是我從沒經歷過那麼血腥的殺戮，更沒想到鐳射劍會瞬間切斷人的身體。

他斷裂的地方因為鐳射劍的高溫而完全燒焦，沒有半滴血液噴出，慘狀讓我宛如正在經歷最恐怖的血腥電影！看見他暴突的眼睛，我瞬間回神，心跳一陣跳突，倉慌地看對方，還好他們還沒回神。

現在已經箭在弦上，就算雙手發抖，也不能退縮了。

對方是窮凶極惡的惡徒，如果給他們逃脫的機會，死的會是更多的人。他們那麼殘忍，隨便就殺了監獄長，甚至連屍體都沒給他留下。憤怒地握緊光劍，對不起了！

他們也突然回神，紛紛舉起手裡的槍：「快殺了她！」

「不能殺她！她值錢！活捉！」

「快通知老大！」

有人朝門邊跑，我立刻把右手的劍甩向那個要去開門的人，與此同時，他們撲來，我跑向邊上的牆壁，在他們要捉我時，蹬腿、後翻，落在他們面前，鐳射劍掃過三個人的身體。

「撲通、撲通、撲通、撲通！」四人同時倒下，不敢去看屍體，打鬥過程中，很難控制光劍的力道，我還沒完全適應這個可怕的武器。

跳到門邊的屍體旁，他的身體被光劍貫穿。收起劍，轉臉看房裡沒有屍體的地方。

手依然發抖，深吸一口氣向東方白和小狼彙報：「蟑螂已除，怎麼走。」

聲音也止不住地顫抖，蘇星雨，妳要鎮定，下次一定不會再發生這樣的事，一定不會了！鎮定、鎮定。

「這麼快！嗯？寶貝兒，妳怎麼了？」東方還是很賤地問。

「我把人腰斬了，你居然問我怎麼了？要不要我把他們的腸子扯出來給你下酒！」我失控怒語。

「喔！我忘記告訴妳光劍的威力了。寶貝兒……我知道妳嚇壞了，等事情結束我跟妳好好親熱親熱，妳很快就會忘記這些……」

「滾開！死賤人！再說一句我就把這裡五個男人的玩意兒全切了扔你臉上！」

「抱歉抱歉，我第一次殺人的時候都嚇到尿褲子了，妳表現可比我強多了！」

「你！」他這句話，根本沒有安慰作用！

「對了，妳可得快，只有五十分鐘，外面的人會發現的。」

「為什麼是五十分鐘？」

「因為……」他的語氣變得有些下流：「我們這裡看到五個男人跟妳進去了，男人憋久了，反而會成為快槍俠，算他們每人十分鐘還是給面子的！」

該死！早知道不問了。

「噗，我看至多三十秒。」迦炎在旁邊憋著笑壓低聲音說。

一群下流的混蛋！不過，倒是讓我稍微好受點。玩笑雖然爛，還是緩解了我現在的驚惶。

收起光劍，心想回去第一個做了他們！每次說這種話都不迴避我！可惡！跟以前那群爛人一樣，都不把我當女人！當Gay！

「小雨。」忽然，龍的聲音插了進來。看來他跟小狼他們聯繫上了，對了，那群人沒有沒收迦炎、小狼的戰鬥微縮儀。

「喂喂喂，龍，我和老婆在說話，你怎麼可以竊聽？」

「小雨，妳現在的位置我們已經看到……」龍沒有搭理東方：「不管東方什麼計畫，妳趕緊出來，不要再聽他指揮，妳的安全才是最重要的，我們已經準備好營救你們。」

「你的意思是打算不管那些獄警死活了？」東方的聲音沉了下來。

「為了救你們，犧牲是必要的。」龍的語氣也很沉重。

「哼，自以為是的未來人，漠視生命！」東方憤怒起來，龍的作法應該是讓他想起了那段不被當作人的回憶。

我立刻說：「別吵了，獄警也是人，他們的老婆孩子還等著他們回去吃飯，你們再吵連我也要暴露了！快告訴我被關押的獄警位置！」

耳朵裡終於變得安靜，然後傳來龍的聲音：「小雨，在妳上方有通風口，妳可以從那裡離開。」

「小雨，別忘了收繳武器，把武器給獄警，他們才可以自保，我們才能裡應外合。我這裡隨時都可以衝出去。」

「知道了。」

東方很有自信，我也相信他，迦炎和小狼都有隨時能脫身的能力。可是此刻，我真的不想轉身去看滿地的屍體。儘管，這不是我見過最血腥的場面，但是那種場面是變態殺人狂造成的，而現在……顧不上糾結，轉身不看屍體只看手臂地卸下了他們所有的武器，然後撕了一個人的衣服全部打包，兩個長長的袖子在胸前打結，背在身後。最後還是忍不住乾嘔：「嘔！」

「小雨妳沒事吧？」耳邊傳來龍關心的聲音。

我擰眉深呼吸：「沒事。」

我抬頭看到通風口，把桌子移到下方站了上去，用光切開通風口就爬了進去。

「好了，我在通風道裡了。」

「妳看看妳的兩側，往不遠處還有通風口的方向走。」

我看了看，確認是我現在的右邊，便輕輕爬了過去，通風口下正是控制室，現在裡面正在開派對，機器人臉優雅地拿著酒杯晃酒，其他人在說著下流的話。

「他們可真是爽啊，第一批啊！」

「可惜隔音效果太好，真想聽聽古代女人是怎麼叫的。」

「哈哈哈哈，一想到過會兒就輪到我們，我就硬了。」

這群噁心的男人。我繼續往前悄悄地爬。

「地獄監獄獄警總共一百二十人，暫時還不確定內奸是誰。但是，囚犯有一千五百人。」龍在我耳邊說。

我細細聽，每經過一個通風口，都能看到聊天的囚犯們，他們把守得並不森嚴，畢竟不是訓練有素的部隊，一朝獲得自由也就散漫了。

很快地，我爬到了關押獄警牢房的附近，他們被關押的艙室沒有通風口，我無法進入，只能從外面突破。

越到後面，囚犯也越來越少，不再五步一人，而是在走廊中間門處由兩人留守。

「真倒楣，我們只能待在這兒。」

「他們都去快活了，乾脆我們也找點樂子？」

看守獄警的兩人壞壞地笑了，隨後他們打開了門。我笑了，倒是省事了。

見他們走進去，我打開通風口輕輕跳了下來，前前後後，悠長走廊不見人跡。

貼著牆壁到門邊，聽到有人脫褲子的聲音：「來！給老子舔舔！」

「我去你媽的！」

裡面一片罵聲。

「不老實全殺了！」惡徒大喊。

在裡面喧鬧的時候，我慢慢蹲下，從後面挖出一把金屬槍，輕輕放在地上平移出去，然後在它的金屬表面上看清了那兩個人的位置。

深吸一口氣，抽出鐳射劍，在兩個人抓獄警欺凌的時候飛快滾入，一人一劍從他們身後刺入他們的身體。

立時，全場幽靜。

一秒。

兩秒。

三秒。

「撲通！」

「撲通！」

兩個脫了褲子的男人從面前跌落，我抽回劍起身，面前是因震驚而鴉雀無聲的獄警們。

「小雨，妳和他們一起撤向後艙。」龍說。

「是。」我看向眾人：「你們快撤去後艙。」

我解下包袱，把武器扔了出去，他們雖然驚得目瞪口呆，但看到武器朝他們飛來時，還是本能地接在手中。

「稍等，讓藍找一下內奸。」忽地龍這麼說道。

我心裡驚訝，藍遠在星球之外，怎麼找內奸？

有兩個獄警上來收繳死在地上的囚犯武器。

「小雨，妳右邊的是內奸。」

我沒有半分猶豫地朝右邊人揮劍下去，鐳射劍落在他脖子邊。他正要拿武器起身，突然被我這個舉動嚇得全身僵硬。

大家吃驚看我，我冷冷看他：「抓起來！他是內奸！」

「怎麼會是副監獄長？」

「怎麼會？」

獄警們吃驚不已，被稱為副監獄長的人則僵笑地看我：「星、星凰，妳是不是搞錯了？」

「是龍說的，有沒有搞錯，你去問他，在此之前，我會把你當作內奸。」

從他手中奪取武器，扔給別人。

獄警們聽到龍的名字，吃驚地看著副監獄長。隨後，他們毫無懷疑地上前將他捉拿。

「小心他通風報信！」一個獄警說。

副監獄長害怕地看他們：「我不是內奸，我不是！」

「砰！」有人把他打暈了，似乎在這個時代，人昏迷比較安全點。

事不宜遲，我跟著他們往後艙撤，並且告訴東方他們。

持槍的獄警或在前或在後，當我們逃出沒多久，整個區忽然閃起紅燈和警報。我知道，是東方他們突圍了！

「大家小心！」似是獄警隊長的人提醒大家，在靠近另一個中間艙時，我攔住他們，示意我來。

現在那麼多人擠在一條通道裡，目標其實很明顯，也很容易受傷。

所有獄警分成兩排貼在兩邊牆壁，然後我手拿鐳射劍示意他們開門。

門開之時，果然有兩個囚犯。他們看到門突然開了，吃了一驚，還來不及開槍，我就衝了進去。突然兩束光芒從身旁而過，直接把他們擊斃。

嘿，用不著我了。

回頭對兩邊的獄警豎大拇指，他們也笑了起來。

「星凰，您才是需要我們保護的對象，之前讓您救了，真是不好意思。」

「呵……」我笑了。耳中又傳來龍的聲音：「快進去，我要發動攻擊了。」

立刻讓大家繼續往後撤，他們隨手又撈起了武器。就在所有人過門後，後面的追兵到了！他們的速度真夠快的！

立刻關上門，隊長把開門器直接打穿損毀。這裡的門比老基地的門先進許多，可以阻擋現代的一般武器，比如光槍，所以這樣一來已經阻斷追兵。

一路殺過去，到後艙門前時突然大地震盪了一下，通道裡的燈光也忽明忽暗，這是攻擊開始了。

「大家快！」當後艙艙門開啟，我明白了龍讓他們撤到這裡的真正目的，整個後艙就像東方白舊基地裡的備用控制艙一樣。

我跟著大家進去，他們當中有人匆匆踏上駕駛台，緊接著整個後艙震動一下，我居然感覺到上升的感覺。突然後艙上方慢慢開啟，像是隔光板被撤走，剩下像玻璃的透明層。上方出現了長長的通道，原來後艙還可以轉化為一艘飛船！

身在外星球，還真得有很強的保命後路啊！當我們衝出隧道，整個逃生艙周圍的隔光板都已經打開，讓大家可以清晰地看到外面的景象。只見很多小飛船圍繞在地獄監獄的上空，龍的速度真快，宇宙特警這麼快就趕到了。

與此同時，我還看到三個像是機甲戰士裡的機甲！

「大家看！老骨董出來了！」有人興奮地喊，一下子大家都湧到一旁。

「機甲啊！幾百年的骨董了，該不是舊基地裡的那幾個展品吧！」

「還真是！」

舊基地？我說……該不是東方白他們吧……一、二、三，正好三個……

忽然，新基地裡發出「砰砰」的巨響，隨即幾艘飛船飛出，立時光束在空中閃耀。熱騰騰、昏沉沉的空氣裡，是飛船來去的身影。

一束光打在了我們的飛船上，飛船震動了一下，隊長冷靜地命令：「開啟防護罩！」

「是！開啟防護罩！」

忽然間，先前看到的骨董機甲飛了上來，那巨大的機甲手中一柄長長的鐳射槍，它長槍忽然揮落，登時，便將攻擊我們的小飛船一劈為二！

所有人頓時目瞪口呆！

「沒、沒想到老骨董有這麼大的威力……」

「是，是啊……」

我也很驚訝。似乎機甲的靈活性一點也不比現代的衣甲差。

囚徒很快被控制，他們在銀河特警和東方他們的合力下，毫無反抗的能力。

我被安全地送上了靈蛇號。東方他們還沒回來，我爬梳了一下頭髮，踏上靈蛇號的那一刻，我才真正鬆了口氣，心裡也感覺踏實了。完了，我真把這裡當家了。

進入控制艙的時候，發現大家的神情依然嚴肅。龍站在主螢幕前，藍坐在一旁，雙眼緊閉，神情很奇怪。月有些緊張地蹲在他的座椅邊，像是守護。

「這是怎麼了？」我走到巴布身後小聲說，巴布凝重地擰眉：「嗯……」

「銀獅還沒捉到。」胖叔給我解釋：「小藍正在搜索他。」

我看向藍爵，他的容顏平靜地像是……死了……

「藍爵他……」

「他在用精神力。」胖叔語氣異常嚴肅：「這個時候不能被打擾，用我們地球人的話來形容，就是他現在靈魂出竅了。剛才內奸就是他確認的，如果妳沒有逃脫，內奸的思想活動不會太劇烈，但看見妳，內奸必有想法，那時就能捕捉到他。」

「這麼厲害！」我驚嘆地看一動也不動的藍爵，月在旁邊顯得十分憂心。

眼前的螢幕裡，獄警已經回到監獄，收繳被人掠奪去的殘餘武器。幸好衣甲是靠基因識別，即使被囚犯沒收，他們也無法穿上。

然而，他們太過於依賴衣甲，只要衣甲脫下後，他們便完全失去戰鬥能力。如果使用機器獄警，這現象應該會避免。但是，智慧型機器人造價高，其靈活性和反應能力依然不及智慧生命體，程式也容易被干擾或是改變。操控中心一旦被佔領，機器獄警很有可能被反控制，成為對方的機械部隊。

這讓我想起「機械公敵」，機器人的叛變。或許現在少用戰鬥型機器人，也是為了防止這樣的騷亂發生。現在的智慧型機器人多為管家、清潔員或是文職工作，比如地獄監獄裡的廚師、清掃人員。

螢幕裡獄警開始到處搜查銀獅，外面的宇宙特警也駕駛飛船守在各個出口。想要離開地獄監獄，只能靠飛船，水星表面的溫度可不能讓人隨意走動。

東方他們三個還穿著老骨董機甲到處晃悠，在水星表面跳來跳去，他們這分明是玩上癮了！

看到這種畫面，真讓人生氣。我冒著生命危險救人，而他們現在卻玩起了機甲。龍看了一會兒，臉下沉，轉身從我身邊走過，不發一言地直接走出了艙室。

看著他消失在艙門後的陰沉可怕背影，胖叔說道：「看來龍想親自出手。」

「胖叔，不是我看不起現代科技，怎麼連個人都找不出來？還要爵用精神力？」

胖叔眯著眼，胖胖的臉蛋笑咪咪：「因為銀獅，也就是妳看到的機器人臉，是變形人。」

「變、變形人？」

「這是妖星人的特質。」一月輕輕地說了起來：「他們是銀河系的妖，所以我們稱他們的星球為妖星。他們可以隨意變形、轉換容貌，所以很難捉住他們，要靠基因識別。」

心裡暗暗吃驚，自己見到的古怪外星人越來越多了。

忽然間，螢幕上出現一個身穿黑色衣甲的人從我們靈蛇號飛出，他黑色的衣甲閃現一種優雅的銀灰色，和靈蛇號是相同的顏色。

是龍？

他直接飛入監獄入口，我在另一塊螢幕上看到他飛在隧道中的身影。

「龍……找到了……」忽地，聽到了爵的輕喃。我看向他的同時，月也緊張地朝他看去，他的額頭已經滿是汗絲。

迦炎說過，爵是他們星球精神力最差的。最差的爵，也能這樣遠端運用精神力，那最強的利亞星人，會怎樣？還是……爵根本不是最差？故作最差，是他用來離開利亞星，致力於考古的藉口？

「找到了！」胖叔肅然看向螢幕，這是第一次看到他那麼緊張的樣子。

只見螢幕上，一艘飛船對上了龍，飛船打開，竟是我見過的那個小隊長。他向龍行了一個軍禮：「主席！」連聲音也是一模一樣。

但是龍並沒讓開路，他突然抬手朝那人射出了一道紫色的光束。那人立刻躍開，瞬間，他全身遍布衣甲，衣甲的胸口還有獄警的標誌。

「他怎麼會有衣甲？」我吃驚地問：「不是基因識別嗎？」

「應該是副監獄長的。」月擰起眉：「把基因代碼改成了他的，讓他可以穿上。」

龍和對方懸立在了狹小的飛行通道內，對方揚起手要攻擊龍。忽然他一動也不動，就在這時，龍飛快上前，伸手扣住他的脖子，高高拎起，下一刻就狠狠摔落。

螢幕裡是他不斷下墜的景象，我一時有些懵住，平日笑容溫和、舉止優雅的龍下手竟如此狠絕。

剛才敵人那片刻的僵硬，難道是……我瞥眸看向爵，他的神情與剛才完全不同，像是在用力，雙手緊扣座椅的扶手，擰緊雙眉、咬緊牙關。

是他在控制銀獅？

螢幕裡龍也急速而下，直接掐住對方脖子，又加快了下墜的速度，幾乎是眨眼間，「砰」一聲巨響，銀獅被狠狠按落在地面上，甚至出現了一個不淺的凹坑。

獄警們全副武裝地上前，圍在龍的身邊。龍放開了銀獅，頭盔褪下之時，露出他陰沉冷絕的臉朧。這與我平日見到的紳士，完全判若兩人。此刻的他，分明是一個無情冷酷的制裁者！

銀獅的衣甲迅速褪去，他已經深深昏迷，嘴角掛著血，獄警上來收繳了銀獅的衣甲，把他拖回了牢房。

「爵！」月焦急地呼喚藍爵，我立刻看去，爵暈眩了過去，失去意識地靠在月的肩膀。月立刻扶起他，巴布走過來直接抱起藍爵，步出了駕駛艙。

我立刻上前拉住月的手腕：「爵怎麼了？」

「是累了。」月難掩擔憂之情。

「他真的控制了銀獅？」

「嗯。」

「那為何一開始不這樣？」我疑惑地問。

月搖搖頭。

「利亞星人一次只能控制一個人，囚犯並不團結，就算是控制了銀獅，還會有第二個人出來。」

原來如此。

「我去看看他。」

「我也去。」

第9章 靈蛇號上的兄弟情

藍爵的樣子讓人擔心。

我和月一起坐在藍爵的床邊，他的臉色依然很蒼白，月始終沉默不語，目不轉睛地看著藍爵，他真的很擔心藍爵。

忽地，有人進來了。月從我身邊瞬間消失，我愣了愣，看到下一刻他就出現在來人的身前，一把揪住了他的衣領——是龍。

「你知不知道剛才很危險！」月憤怒地朝龍大吼，龍的臉上也是愧疚的神情：「你明知道爵的精神力當時和銀獅連在一起，你那樣做會害死爵的！」

龍擰眉低下了臉：「我自有分寸，我也相信爵，爵沒事吧？」

我吃驚地看著月，月很少有失控的時候。

龍看向了爵，月一把推開他，憤怒地側開臉。

「暈過去了！銀獅被你打暈，爵當時和他連在一起，自然也暈了。」

龍走到藍爵的身旁，俯身撫上他汗濕的額頭，指尖插入了他銀藍的髮絲，抱歉地低語：

「對不起，爵，你知道銀獅的可怕，我們不能讓他逃脫。」

月站在旁邊，淡藍眼瞳裡是心疼、是生氣，也有無奈。龍站起身再次看向月：「月，對不起。」

月撇開臉，閉眸隱忍著內心的憤怒，胸膛明顯起伏。

龍不語地走到我身旁，手輕輕落在我的肩膀。我看向他，他低下臉，微笑揚唇：「今天辛苦妳了，妳讓我大吃一驚。」

我看他一會兒，繼續看沒有甦醒的爵。

「你為了救我和東方，可以犧牲地獄監獄裡的獄警；而你為了捉銀獅，也可以犧牲爵。在你的心裡，爵是什麼？我一直以為靈蛇號上的人，彼此是兄弟，原來不是。」

根據月剛才的失控，可以判斷出龍做出了威脅爵生命的事情。

他變得有些沉默，月靠立在爵的床邊，單手插入衣袋淡淡看他。

龍放落在我肩膀上的手緊了緊，然後鬆開手走向門，像是在對我說：「爵醒了通知我。」

我沒有點頭，也沒有搖頭。月看向我，我擰起眉。龍離開後，月才坐下，深深嘆了口氣。

我猶豫一會兒，問他：「爵的精神力和別人連通會很危險嗎？」

月沉默片刻才點點頭：「是的，那個狀態下，如果對方大腦受到衝擊，爵的精神力來不及收回，則會受到和對方一樣的衝擊，很危險。」

「這麼說，如果對方死了，爵來不及離開，也會……」

「也會死。」月低臉握住爵的手臂，神情顯得有些凝重：「銀獅是第一星國A級重犯，他擅長變形，一旦逃脫，再想捉住就不容易。現在沒有死刑，所以在這裡只是終身監禁。A級重犯是限制活動自由的，不會參與採礦。如果不是內奸，他這輩子無法離開他的監獄。我明白龍想捉住他，如果不是因為爵的精神力和銀獅相連，剛才龍很有可能已經趁他逃獄的機會，以反抗的理由借機殺死他，當時的情況我們都能看出，龍想殺了那個惡魔。」

月不再說話，只是擔心地看著爵。

我忽然間有些理解剛才龍所做的一切，在我們捉住變態殺人犯，恨不得將他就地正法時，他卻能以精神疾病逃過一命。人是矛盾的，認為每個人都有生的權力，即使變態殺人犯。可是，當他們看到那些慘死在殺人犯手中的無辜人時，他們的想法對那些死者又何曾公平？

這個世界，總是充滿這樣那樣的無奈，只能勉強求得問心無愧。

「嗯……」藍爵發出一聲輕微的呻吟，似是要醒了。月露出安心的微笑，讓阿努比斯去拿水。

藍爵水藍的睫毛顫了顫，似想睜開，卻沒有多餘的力氣。

阿努比斯拿著水回來，之前不說話的它，終於忍不住開了口：「你們真是的……讓我主人陷入那麼危險的境地……」

它說話還是不疾不徐，充滿埋怨。

「就因為我家主人好欺負是吧……哼……吶！我去給主人拿吃的……」它狠狠白了我們一眼，把水給了月，有條不紊地出了門。

月一手要扶起藍爵，見他不方便，我接過了他手中的水。藍爵顯得很不舒服，月皺起了眉。

「可能是因為我的體溫。」他看向我：「藍爵現在的體溫也很低，而我……」

我明白了，月的體溫一直不高，冰冰涼涼像蝙蝠一樣。

我笑了笑說：「我來吧！」

我走到月的身前，他已經扶起了藍爵，月微微側開臉往靠後，我便坐進他們之間，靠在月的胸膛，抱住藍爵的身體，碰到了月冰涼的手。讓我驚訝的是，藍爵的體溫也很低。

「怎麼會這麼冰？」

月還沒離開，我的後背微微貼上了他的胸膛，也是冰冰的。

「爵耗費精神力，體溫就會下降。」

但我感覺到房間的溫度還在不斷上升，而藍爵的體溫沒有絲毫恢復的跡象。

「真是的，下次不能再讓他這麼亂來。月，我已經把他接住了。」我提醒月。

「喔！」他回神匆匆退開，我往後靠在牆上，讓藍爵靠在我的肩膀，他微蹙的眉稍稍舒展了些。

月放心地看他：「小雨是人類真好，你們的體溫讓人很舒適。」

這句話聽起來怪怪的，像是我是一張帶溫度的沙發。

月小心翼翼地餵了藍爵一點水，藍爵的神情漸漸安詳，臉上也恢復了一些血色。我安了心，想扶他躺下，藍爵忽地扣住了我的手腕說：「別走……」

輕輕的呢喃從他口中而出。他依然閉著眼睛，但雙眉再次擰起。

他的手依然有些冰涼，我只有繼續靠在牆上：「好，我不走，你休息吧！」

他的手從我手腕上慢慢鬆脫，靠在我的身上，呼吸漸漸平穩。月拿著水杯靜靜看他，似在想什麼出了神。

阿努比斯回來了，看見藍爵再次安睡，它沒有出聲，把食物放下，靜悄悄地退出了房間。

「為什麼不蓋被子？」我奇怪地輕輕問。

月笑了笑，輕輕答：「蓋被子是你們地球人的習慣，很多種族都不習慣被子。特別是爵的利亞星人，他們信奉的是自然女神，他們要沐浴在她的呼吸中、睡在她的懷抱裡，所以他們從不蓋被子。」

我聽完覺得很有意思，每個種族都有不同的生活習慣，千姿百態。

「而我，喜歡倒著睡。」

說話間，月已經消失我面前，下一刻，臉邊掛落一片月牙色的長髮，月已經倒掛在我身旁。我好玩地順著他的身體往上看，他的雙腳牢牢吸在天花板上，明明是跟我們人類無異的腳，卻有著這樣神奇的能力。難怪叫他們吸血鬼，就這一點，也跟吸血鬼很像。

而他的尾巴也纏繞在雙腿上，繞著圈，我還是第一次看到月睡覺的樣子。我當他只是表演給我看，卻看見他的眼睛也閉上了。

俊美的臉就在我的臉旁，轉臉就能看到他已經像是陷入沉睡的臉，伸出手時，就能觸及他月牙色的長髮。似是因為他的體溫，他的髮絲也比普通的髮絲更清涼一分，穿透指間的時候，帶出一種絲綢的涼意。

對了，月不喜歡別人碰他，收回手，我也靠在牆上閉上了眼睛。其實心裡還是感覺有些奇怪，尤其是一個男人倒掛睡在我旁邊，他的呼吸就在我的耳邊，清晰而遲緩。

月怎麼就這樣睡了？

外星人的事情，我不太明白，還是去慢慢適應吧！

★　★　★

不知不覺中，我也睡著了。

在夢中睜開眼，看到了一片水藍的世界，我像是漂浮在水中，但是沒有感覺到水的冰冷，也可以呼吸。我知道自己是在作夢，而且……這個夢境很不錯。

遠遠看見一個人影，我朝他游去。游近時，我大吃一驚，那是長髮的藍爵。他銀藍色長髮飄飛在這片水藍世界中，上身赤裸，雙臂微微撐開，下身是一條水藍長裙，說是裙子，更像是一整塊絲綢圍在腰間，然後在右側隨意打了個結。重重的結微微下沉使裙邊傾斜，露出了他男子的腰線和肚臍。

忽然間，有些不好意思，也有些納悶。自認為不算是百分百的色女，夢中也從來不曾夢到不穿衣服的男子，所以……這個夢有些怪，不像是我作的夢。

莫名多了絲心虛，匆匆低頭檢視自己，鬆了口氣，我自己衣衫完整。呼，還以為是春夢。臉紅了紅，我蘇星雨可從來不會作春夢。可是忽然看到不穿衣服的藍爵，我不怎麼純潔的思想還是產生了這樣、那樣的胡思亂想。

奇怪，我怎麼會夢到藍爵？我懸浮在他的身前，看著他。他閉著眼睛，銀藍的長髮遮蓋住了他特殊的耳朵，讓他更添一分秀美清麗。

我笑了，迦炎他們是對的，長髮的藍爵雌雄莫辨，帶著一分水的陰柔，美如水神。

「爵……」我試著喚他。他濃長睫毛輕顫並緩緩睜開，銀瞳映入眼簾，那一刻如同曇花綻放。

他澈亮的眸中映入了我的笑臉，微顯空洞的眼神緩緩回神，漸漸露出驚訝的目光：「小雨……」

他驚訝的輕喃迴盪在這片水藍的世界中。

「小雨……小雨……小雨……小雨……」

我好玩地看向四周，明明是低低的輕喃，卻不斷迴盪，宛如四周有無數個藍爵在驚呼我的名字。

我環顧四周，最後看向已經完全回神並驚訝不已的藍爵。

「真有趣，我很少會夢到男生，今天居然夢到了你。」

「妳……夢到了我？」他眨了眨眼睛，看看四周，低臉想了想，突然吃驚看我：「妳真的和龍一樣有第六感？」

我覺得更加有趣，夢裡的藍爵和我對話，而這對話似乎不太像是由我大腦設計的。

「難怪之前妳有種種預感，反應敏捷，即使龍野在妳背後偷襲妳，妳也能感應到……」

夢中的藍爵開始自言自語：

「那時妳說是第六感，我也沒有認真，因為你們人類對第六感的認知是淺顯的，只是稍稍反應敏捷，就說自己有什麼第六感。其實第六感是……」

他頓住口，朝我看來，忽然拉住了我的手：「跟我來。」

他拉起我朝上游去。我想起之前曾聽月說，藍爵是兩棲，也就是藍爵在水裡也可以生存。真是奇特的物種，不知道會不會有人魚族。

我們忽地破水而出，燦爛的陽光讓我一時無法睜眼，而他卻拉著我跑了起來。被強烈日光閃耀的矇矓眼中，是他飄飛的銀藍色長髮。

然後他慢慢停了下來，我終於適應光亮睜開眼睛，他激動地指向一旁。

「妳看過這個，就知道這是誰的夢了！」

我順著他的手臂，看到了一棵大大的水藍色大樹，水藍的樹冠彷彿是大朵大朵的白雲長在樹上，軟綿綿、輕飄飄。

我驚嘆地看著那棵樹，隱隱有種奇怪的感覺，這不是我的夢，這似乎……是藍爵的夢……

「小雨，如果妳有第六感，那麼經過訓練之後，妳便可以對抗我們利亞星人的精神力，不再需要我在妳身邊，防止其他利亞星人的侵入……」

他拉起我的雙手，我的目光從那棵樹移回藍爵的臉上，他微笑而認真地俯視我，目光裡帶著深深的激動和興奮。似乎他在我的身上，又發現了一個新的祕密。

「比如可以對抗圖雅？」

他立刻點頭，我再次看向那棵大樹，一陣大風吹起，水藍的雲團忽然化作銀藍的蝴蝶飛離樹枝，從我和藍爵之間飛過。一隻蝴蝶輕輕停落在我和他相連的手上，他依然拉著我不放。

「小雨……我想……我被妳迷住了……」他輕輕地說。

我看著他拉著我的雙手，嘆息：「我知道……」

「妳知道？」他拉住我的手一緊，顯得緊張而害羞。

我抽回手嘆氣：「圖雅說過。」

「圖雅……」

我抬臉看他，發現他不知何時臉紅了，我心裡突然有些同情圖雅：「她說她真希望成為像我一樣的超級骨董，這樣就可以被你一直注視著。」

藍爵迷人的銀眸收縮了一下，我感慨地看他。

「雖然你把圖雅當妹妹，但是她對你的感情卻是真的，她很迷戀你。」

他低下臉，變得有些沉默。

我看看周圍，問他：「那個……我要怎麼出去？」

他略帶一絲惆悵的臉，揚起一個淡淡的微笑，眨了眨眼睛：「或許……一個吻能把妳吻醒……」

「一個吻？」

「嗯……童話故事裡，不總是王子吻醒公主？」

我驚悚地看他：「你這麼說是指我會一直陷在這裡嗎？」

他笑了，臉漸漸泛紅。忽然，他俯臉下來，我猛然一驚，身後突然產生一股巨大的吸力。

我再次睜開眼時，眼前是一個月牙色的頭顱！

心跳立刻漏跳一拍，然後是一陣狂跳——自己嚇自己，那是月的腦袋。

下一次，我絕對不再跟派瑞星人一起睡了！午夜醒來，黑暗中有一個人倒吊在眼前，滿腦袋的長髮垂下來，再美的美男子也會把我嚇出心臟病的。

撫住心口，藍爵依然靠在我的肩膀上安睡，然後，感覺……房裡的人變多了！

吃驚看去，只見迦炎靠睡在床沿，巴布睡在門邊，小狼趴睡在巴布的大腿上，依然是很絕品的屁股高翹狗趴式。

他的耳朵忽地抖了抖，咂了咂嘴、搖了搖尾巴，口水從嘴裡流了出來，弄濕巴布的褲子。

「妳醒了。」房內傳來龍的聲音時，一杯水也遞到了我的面前。

「我以為你不會等藍爵醒來。」其實，我覺得他沒有很討人厭。

他手握水杯沉默片刻：「這件事我知道是自己失控了，所以等月睡著後，我才回來。每次爵精神力虛耗過度，大家都是一起守著他醒過來。」

他看向睡得東倒西歪的大家，露出微笑。

不由看向睡在四處的靈蛇號成員，我的心裡也變得溫暖，他們感情真好。

我對他重新揚起笑：「這還差不多。」

他笑了，點點頭。我接過水喝了起來。

他俯身到我身前，撫上藍爵的額頭，露出放心的目光：「他沒事了。」

「那幫我搬一下。」我用水杯指指靠在我身上的藍爵，我感覺被他靠著的半邊身體已經麻了。

龍看看我，笑了。我奇怪看他：「笑什麼？」

他搖搖頭：「沒什麼。」

說完右手穿過藍爵脖子和我肩膀之間，輕輕圈起了他，左手環過他的後背，慢慢抱起，讓他離開我身上。我動了動，頓時擰眉，果然半邊身體跟石頭一樣重，麻得完全失去力氣了。

龍還抱著藍爵，想等我離開再把他放落。結果我動不了，他看看我，我更擔心的麻痛來襲，在石化後，一點點針扎的感覺開始出現，痛得我皺緊了眉，可謂苦不堪言。

「怎麼了？麻了？」

我點點頭。

龍立刻把藍爵歪歪斜斜放到一邊來扶我，我放落水杯立刻阻止：「別，痛。」

發麻的時候最討厭的就是這樣，碰一下都像用小鋼針在扎扎扎似地。

「噗哧。」他輕笑，我忍痛看他：「你還笑！」

「我替藍爵謝謝妳。」他一邊說，一邊輕快地提起我發麻的右手，隨他站起舉高，另一隻手環過我開始揉捏我的後頸，他的胸口也因此挨近我的面前。我看到了他精美的黑色雕花鈕釦，也聞到了應該是男用的好聞的淡淡香水味。

「月睡得離妳太近，不然我到妳後面，幫妳按摩一下後肩。」他放落我的手臂，已經緩解了我的麻痛。

月就倒掛在我身邊，他沒辦法靠近我。

他後退時順勢拉起了我，他拉力很大，我差點撲向他，他卻在那時轉身，如同跳舞般輕拉我的手臂繞過他的頭頂，放落他的肩膀。

我撲在了他的後背上，然後他揹起了我。沒等我說話，他已經開口：「我送妳回去。」

我趴在他的肩膀上，靜靜看他。龍到底是一個怎樣的人？在他身上我看到了兩種極端的個性，既溫柔體貼又殺伐狠絕。

他背著我輕輕避開房內安睡的所有人，出了門，門外阿努比斯依然守候著。

「爵沒事了。」他對阿努比斯微笑地說，又變回平日我所見到的龍，即使對智能管家也溫和友善，尊重它們。

阿努比斯放心地鬆了口氣，露出微笑。

他靜靜揹著我走出藍爵的小屋，走在長長的走廊裡。

「小雨，妳應該不是普通警察吧？」他忽然說。

他是靈蛇號的艦長，能成為艦長，必有過人之處。如果剛才那個夢是藍爵的，那麼藍爵說我和龍一樣有第六感，這表示龍也有很強的第六感。

「是的，我不是。」這種事無需遮掩，即使沒有第六感，也能判斷得出。

「妳是不是有第六感？」

「我……不太清楚。」以前我們講的第六感，正如藍爵說的，是很淺顯的認知，比如有過人的反應，就當是第六感了。不過，現在看來，似乎不是。

「小雨，妳知道為什麼統治第一星國的是人類？而不是擁有各種特異功能的其他種族？」

我在他的後背搖搖頭。

靜靜的走廊裡是他一個人的腳步聲，舒適的燈光照出我們的影子。

「因為人類擁有無限潛能。我們可以打個比方，比如一顆星球已經開發完全，而另一顆星球蘊藏許多未知的能源等待開發；那些擁有特異功能的種族，就是已經開發完全的星球，而我們人類，就是那顆蘊藏無限潛能的星球。」

我趴在他後背上想了片刻：「也就是藍爵和月他們是開發完全的，但我們人類沒有。」

「不錯，所以我們知道如何對付利亞星人的精神力、派瑞星人的瞬移、獸族的變身、妖星的變形。但他們對我們人類，卻無法完全掌控，我們人類有很強的適應能力、應變能力、同化能力和模仿能力，只要朝某一個方向強化，我們的基因就會發生改變，甚至可以擁有各種特異功能，就像小雨妳……」

他將我放落在柔軟的草地上，面前已經是我的小屋。他轉身微笑看我。

「可以說，所有人都當妳只是一個普通的女人，可是妳漸漸展現出來的才能，卻讓我們一次又一次地吃驚。」

我沉默片刻，走向自己的小屋。忽然，龍伸出手撐在我的門上，擋在我身前。

「小雨，但是我還是想說，妳很重要，下次遇到危險，不要再逞強，交給我們。」

「很重要？哼！」我好笑地推開他的手臂。

門在面前打開，在我進門時，他再次拉住我的手臂，很鄭重地呼喚我的名字：「小雨！妳和東方的適應能力和學習能力超出我們所有人的想像，你們正在漸漸變成這個時代的人。」

「主人！」伊可激動地跳到我的面前，但在看到龍時，兩隻粉紅的大耳朵立刻捂住了自己的嘴，緊張地仰視我身後的龍。

我面對自己的房間，好笑搖頭：「怎麼，怕我們逃跑嗎？」

他沉默了。

「哼，那你們可更要看好我們了。」抽回手，踏進房門的剎那，門在身後關閉，我靠在門上閉上眼睛，雙手環胸，手指輕敲一側手臂。我一定要為大家爭取到同等的人權。

可是，以現在星盟的態度，不太現實。

難道最後，我們只有選擇敵對？像阿修羅那樣……

可是，大家好不容易等到解凍，如果遇上好的買家，還會治好絕症。一旦反抗，必有戰爭，而我們只有三千人。

三千人的想法就有三千個，他們會選擇丟棄現在安逸舒適的生活，還是加入抗爭？

頭好痛，不如趁現在他們都在藍爵房內，我去找東方，看看他把文明先生到底怎麼了？

一邊甩著還有些不停使喚的右手，一邊敲東方的門。門開的時候，裡面一片黑暗，忽然一條手臂衝出黑暗，扣住了我的手腕，我愣神之際他已經把我一把拉入內。

因為知道是東方，所以沒有設防。而且，本來這次會面也算是偷偷摸摸。他把我拉進漆黑的房間，正想問他怎麼不開燈，他突然壓了上來，我被他重重壓在關起的門上。緊接著，他吻上了我的唇，我驚得瞬間失去冷靜。

「唔！」我立刻掙扎，右手從剛才就被他扣住，此刻他拉起我的右手，拉過我的頭頂，扣在門上。我出左手，也被他一下子扣住，拉過我的頭頂。他的身體壓上，一條腿突然頂入我的腿間，讓我的腿不能攻擊。

「唔！」我完全被他制服，只有咬緊牙關，他伸出舌頭頂了頂，無法進入我的嘴。他一離開我的唇，我立刻怒罵：「混蛋！你發什麼春！」

伸手不見的黑暗中，是他火熱的氣息，他貼上我的臉，吻上我的耳垂，一陣戰慄瞬間竄遍我的全身，耳邊也傳來他低啞的話音：「寶貝兒，妳不知道妳殺人的時候多性感……讓我興奮到現在，差點自己解決，沒想到妳自己送上門了，妳認為我還會讓妳走嗎？」

「你、這、個、死、變、態——」

他在我脖子上深深一吸：「讓我們快活快活……」

「混蛋！我現在沒心情跟你玩笑！」

「我也沒有。」忽然，他下身貼上我的身軀，登時硬物的頂入讓我全身爆炸！他是來真的！

一直以為他不正經只是偽裝，原來他真是一個無可救藥的色情狂！

「混——蛋——」憤怒的情緒讓我的小宇宙爆發了，抬起外側的腿朝他一個大力的高踢，他立刻收回右手扣住我的腿，我獲得自由的左手一拳打在他的臉上，力道十足，加上我的小宇宙爆發，直接把他揍開。

他滾入黑暗中，在伸手不見五指的房間裡，我們看不到彼此。我拍拍身後的門，試圖打開。

「沒用的，寶貝兒……這房間屬於我，只聽我的命令！哼哼，妳現在可是進了狼窩……」

還沒等他說完，我順著他出聲的方向，直接踢了過去，他立刻出手擋住，「啪！」

「哼，出不去就打死你！」我狠狠地說。

可是，他擋住我的手突然扣住我的腳踝，順著我的腿一點點摸了上來，火熱的手掌直接撫在我赤裸的小腿上，一個熱熱的吻，落在了我的腳踝上。

「啊！你這個變態！」我順勢踢了出去，只踢到了空氣，他再次隱入黑暗。

氣死我了！渾身暴怒，雞皮疙瘩都起來了！

不行不行，現在他在暗，而我因為憤怒，氣息已亂，所以他能判斷出我的方位。

忽然，感覺有雙手從我背後的黑暗中伸出，我立刻轉身出拳，依然打在空氣上。下一刻，我聽到腳步聲，他已經轉到我的身後，一雙有力的手臂瞬間圈緊了我的腰，一把拉入他的氣息中。他瞬即俯下臉，把我整個耳朵都含入了他火熱的口腔中。登時戰慄再次竄遍我的全身，幾乎抽走我所有力氣。

一隻熱掌快速地攀上我的酥胸，激烈地開始揉捏，氣息在他吞吐我耳垂時越來越急促，硬鐵頂上我的後腰，一觸即發。

我艱難地伸手摸入腰間，拔出了鐳射劍，伸手、開啟：「再碰我一下，我就切了你！」

立時，他停下了吮吻，握住我酥胸的手慢慢放開，我立刻走出他的懷抱，轉身將劍尖狠狠指在他下身的腫脹上，滿臉通紅，心跳紊亂：「要不是你還有價值，真想馬上殺了你！」

嗡嗡閃亮的鐳射劍，照出他賤賤的笑容和高舉的雙手：「喂喂喂，妳想謀殺親夫嗎？」

「閉嘴！」

「寶貝兒，妳我一直一起，難道妳不寂寞？我可以讓妳快活……」

他朝我俯來，我的劍掃過他的髮辮，立時，一縷焦香在黑暗中浮現。他僵住了神情，長長的髮辮緩緩滑落他的肩膀，墜落在我的腳下。

他皺了皺眉，臉色變得陰沉：「呿，沒想到妳這麼無趣。大嬸，妳到底從哪個時代爬出來的？就算是二十一世紀，一夜風流、各取所需，也很正常，妳還要抱著妳的節操到什麼時候？」

「我的節操關你什麼事？」我憤怒地看他：「就算是二十一世紀，也不是所有女人都喜歡一夜情、泡夜店！」

「蘇星雨妳清醒一點吧！」他突然憤怒地朝我大吼：「妳以為妳在哪兒？妳現在身在一艘全是男人的飛船上，我就不信那群男人對妳沒非分之想！」

「住口！你這個死變態！你自己下流，別把別人也一個個都想下流了！你這種男人我不知道抓過多少，你們這種爛渣，男女畜牲根本無所謂，心裡沒真愛，只想滾床單！」

「妳夠了！」一聲大吼從他口中而出，他憤怒地指向我，房內的燈光立時大亮，伊塔麗害怕地縮在角落看我們。東方白憤怒地青筋暴突，指著我的手顫抖，被我切斷的頭髮變成了齊耳的短髮。

他瞪著我，我手握鐳射劍瞪著他。在他那聲大吼後，我們沒再開口，他的臉上再也看不到他平日的不正經和賤賤的笑。極度的憤怒讓他的傷疤抽搐，顯得非常可怕。

他深吸幾口氣，緩緩放下手臂，我收起鐳射劍站在一旁。

他擰了擰拳：「對不起，是我自己自暴自棄，不該也那樣想妳。」

因為自暴自棄，所以放逐自己、懈怠一切，對任何事漠不關心，縱情縱慾嗎？

我摸上自己的手臂，明明是相依為命的兩個人，卻總是來侵犯我的底線。

我們需要的是彼此信任的合作，至少，在現在。

他沉默地走回床，拿出了一根菸，點燃：「妳現在可以打我了。」

我毫不猶豫地轉身大步到他面前，在他無神的視線裡拿下他的菸，「啪」一聲揚手狠狠抽在他爬著傷疤的側臉。

手心裡是火辣辣的疼，他的嘴角溢出了血絲，整張臉瞬間腫了起來。然後，我把菸塞回他的嘴裡，他若無其事地吸了起來：「說吧，這麼晚找我什麼事？」

我做了一個大大的深呼吸，讓自己平靜下來，看向滿目恐懼、站在一旁的伊塔麗。

「她已經是我的人，妳說吧！」

我渾身發寒地看他，他擰起眉，深深吸入一口菸。

「別把我想得那麼變態，我比較傳統，不接受地球女人以外的生物。」

「你還傳統？」

他揚起發青的嘴角，賤賤地笑：「相對於這個時代。至少在我們的時代，我也從不玩男人。」

「誰知道。」我撇開臉。

「哼！」他輕輕一笑，見他起身，我立刻退開一步。他垂下眼角，好笑地看我一眼，走向伊塔麗，伊塔麗立刻恭敬站立。他走到伊塔麗的身後，拉開了她裙子背後的拉鍊。

色狼！

他卻對我招招手：「過來，給妳看樣東西。」

看他一眼，戒備狐疑地走過去，看到了伊塔麗光潔的後背。

東方的指尖按在伊塔麗後心的位置，忽然，那裡明明沒有縫隙的肌膚裂開了，露出一塊小小的觸控面板。

我有些吃驚，伊塔麗的皮膚做得天衣無縫，這流氓怎麼知道這裡有機關？八成是在摸伊塔麗的時候摸出來的。

他叼著菸，披頭散髮瞇著眼：「我跟妳說過，我學過機器人工程，我爺爺一生都在研究冰凍機，父親、母親也是常年不回家，全副精力投入在冰凍計畫裡……」

他沒有任何特別的語氣，平淡地說出了這往事。我驚訝地看他，他面無表情，在提起爺爺、父親這些字眼，也沒有湧現絲毫的情感。

眼前浮現一個孤獨的小男孩，沒有爺爺、沒有父親、沒有母親，只有一個人孤寂地與一隻小兔玩偶相伴，和自己的影子說話。怎麼也沒想到，他出身於冰凍世家。

「我從小見得最多的，不是家人，而是機器。所以後來我專攻機器人。機器人這種東西不管經過多少年，原理始終是一樣的，只要找到它的核心，就能改編它。」

他在那小小觸控面板上按了幾下，面板上忽然出現了一個藍色和一個紅色的選項。

他指向紅色的：「這是重置鍵，可以清空它原來的記憶，也可以在它短路時，緊急關閉它。而這個更重要。」

他指向藍色的：「每個智能管家其實有一個很重要的功能——對自己的主人絕對忠誠。這個功能的啟動需要主人的基因，只要掃描主人的基因，智能管家會完全效忠於這個主人，但靈蛇號上的人並沒有告訴我們這個功能。」

我聽完依然處於驚訝中，原來智能管家還有一個如此重要的功能，難怪伊塔麗成了他的「人」。

他說完把觸控面板恢復，拉回伊塔麗裙子的拉鍊，我疑惑地看他：「你怎麼知道？」

「我拆了它。」他閒閒散散地說：「妳的伊可也可以，過會兒我會教妳。」

他晃回自己的床，我再次看伊塔麗，它害羞地對我眨眼睛：「星凰小姐……請別這樣看我……」

她說得反倒我像個色狼。

我轉身看東方：「那麼說，文明先生也被你拆了？」

「嗯。」他拿掉菸頭，隨手扔在一邊，然後敲了敲床內側的牆壁，我知道那裡有儲物櫃。當儲物櫃移出時，我看到了文明先生破碎的屍體……

「文明先生！」我跑過去，拿起文明先生軟軟的白色表皮。

東方則面無表情地拿起文明先生圓圓的殘骸。

「文明先生的構造比伊塔麗簡單許多，它和伊塔麗一樣採用雙能源。在陽光下，它們的表皮是可以吸收太陽能的特殊材質，然後儲能到核心，核心會完成太陽能轉換成核晶能的過程……」

他舉起文明先生，在一堆軟綿綿像血管的東西中央，有一塊懸浮的藍色立方體。

「在沒有陽光的狀態下，核心可以供給能源到各處……」他指向那些血管：「這裡會流淌藍色的『血液』。現在我把能源供給關掉了，以防它向外傳送求救信號，等我改編它的程式，我們就可以進入他們的網路，反監控他們。不過我不太擅長侵入網路，所以我需要一個駭客。」

駭客唐別，是他想找的人。當初一直奇怪他怎麼會知道冰凍人裡有駭客、有各項領域的菁英。原來現在的三千人是他挑選的。

他放回文明先生，再次回到伊塔麗身後，開始教我怎樣讓伊可成為我的人。

因為我進了他的房間，所以當龍他們發現，或許會讓伊塔麗放出我們交談的錄影。東方打算讓伊塔麗播放我們親熱的畫面，只要伊塔麗識別我們的形象，很容易編造出這樣的畫面。

我強烈反對！回想起剛才發生的一切，如果不是因為我們還需要彼此幫助、彼此合作，恨不得一刀切了他！總之，離開靈蛇號後，我跟賤人東方白，不會再有半分關係！反正他也被我打得臉都腫了，不如讓伊塔麗播放我揍他的畫面。

就在這時，靈蛇號的警報忽然響起，心裡吃驚時，已有人「砰砰砰」敲響了我們的房門。

「小雨！妳是不是在裡面！」是迦炎。

拉好伊塔麗的裙子、收拾好文明先生，我們到門邊。

打開門時，迦炎先看東方：「你果然被她揍了！我們一發現小雨不在，就擔心她來打你。」

「噗哧，哈哈哈……」東方大笑起來。我倒是鬆口氣，在靈蛇號上，再也不會有人誤會我見東方是為了幽會了。

「發生什麼事了？」我問迦炎。

他神情嚴肅起來：「阿修羅出現了！」

「什麼？」阿修羅怎麼會突然無緣無故出現？迦炎拉起我們，一起朝主艙跑去。

對於阿修羅，其實東方並不關心，他一邊跑，一邊摸被我打腫的臉，嘴角的血跡還沒乾，「嘶嘶」地吸著氣。我心裡沒有絲毫內疚，而且我覺得打他一巴掌還是便宜他了。

迦炎同情地看他兩眼，一邊跑一邊拍了拍他的後背：「下次你就離小雨遠點，別自己討打了。」

「哼。」東方輕笑一聲，對著我曖昧地眨眼：「寶貝兒……其實妳身材很好……」

我想都沒想，直接揮拳。

「住手！」

「砰！」一拳打在東方的小腹偏下部位，既不會打殘他，也能讓他痛得全身抽筋。果然一拳下去，打出太監聲：「喔～」

見他跪了下去，迦炎停下，著急地問他：「東方你沒事吧？你挺住啊！」

我頭也不回地直接跑到主艙。艙門開啟時，看到龍、月、藍爵和巴布都站在主螢幕前，而主螢幕裡有人正在飛行。氣氛很嚴肅，我走上前，月感覺到後便轉身看我，我走到他和藍爵之間，笑看藍爵：「爵，你沒事了吧？」

他顯得有些僵硬，紅著臉點點頭。月看向他，琥珀的眸子裡浮出一絲疑惑。然後，就聽見迦炎扶著東方踉踉蹌蹌地進來，東方直接攤在一張椅子上，迦炎匆匆查看傷勢。

「小狼呢？」我問藍爵，他不知怎麼了，有些走神。

「去緝拿阿修羅了。」月在一旁嚴肅地說。

奇怪，迦炎怎麼不去？大概怕他太衝動殺了阿修羅。

我看向主螢幕，立時，紅色的領巾映入眼簾，然後出現一個矯健的身形，血脈莫名沸騰起來，當初他綁架我的一切歷歷在目！

是他！阿修羅！

只見他拎住一個人的脖領，正在一條隧道裡急速飛行，身後是身穿衣甲的獄警們。他們緊緊追擊他，光槍咻咻射向他，窄窄的隧道無處可躲，但是阿修羅卻在光束中靈活穿梭。

我漸漸看清他拎住的人，居然是罪大惡極的銀獅！銀獅此刻嚇得完全失去了人樣，機器人的眼睛更是掉了出來，整個人像是失了魂。阿修羅要把他帶到哪兒去？難道他去劫獄？

不太像，阿修羅不像是會與銀獅為伍的人。

螢幕裡漸漸出現了出口，當畫面切換時，是水星表面。似乎開始明白阿修羅要做什麼，明白的同時，驚訝之情也浮上心頭。

就在此時，一束光束破開隧道的封口，緊接著阿修羅衝出隧道。登時，他手中的銀獅開始在空氣中熊熊燃燒。我吃驚地捂上嘴，他果然是要殺了銀獅。我們眼睜睜看著銀獅在水星的空氣中化作火焰，然後瞬間汽化消失。

所有人都在那一刻震驚了，連出現在螢幕裡身穿衣甲的小狼，也驚得愣在空中。

「哼，星盟居然讓這種人渣還活在世上，真是可笑！」螢幕裡，傳來一個渾厚的男聲：「今天，我阿修羅就判銀獅死刑，星盟制裁不了的人，全部由我阿修羅來制裁！」

他張狂冷傲的話充滿了對星盟的鄙夷與不屑。大家目光一致看向站在主螢幕最前方的人——龍。

他雙眉擰起，全身殺氣騰騰。

突然，阿修羅扔出了一個銀灰的球，球在熱燙的空氣瞬間炸開，霎時發出一片耀眼的銀光，即使在螢幕前的我們，也不得不遮住眼睛——好厲害的閃光彈。

穿透螢幕的亮光中，我隱約看到龍轉身冷然離開，從我身邊如一陣寒風而過，揚起了我長長的髮絲。當光亮消失時，螢幕裡已沒有阿修羅的身影，只有呆立的小狼。而主艙裡也已經沒了龍的身影。

「該死！讓他跑了！」

這時艙門開啟，我們大家一起看過去，進來的是神色嚴肅的胖叔。

迦炎立刻上前：「胖叔，龍是不是去追那個混蛋了？」

胖叔點點頭：「我在走廊上遇到他了，阿修羅跑不遠，你們快掃描生命體！」

「是！」大家各自坐到儀器前，開始搜索阿修羅。

阿修羅沒有飛船，整個水星都有嚴密的監控，這麼一個大活人，不可能不見。

螢幕裡小狼還在到處尋找，然後龍出現了。他和小狼會合，在阿修羅消失的地方巡視良久。阿修羅真的消失了，消失得無影無蹤，讓靈蛇號上所有的成員都百思不得其解。衣甲再厲害，也不足以助人在太空裡獨自飛行，從一個星球到另一個星球，速度無法達到。

即使阿修羅身穿最先進的衣甲，可以隱身躲藏在水星某處，也不至於連生命特徵都完全消失。搜過水星每一處，都沒有發現其他生命體，水星宛如從沒多一個人，阿修羅到底去了哪兒？

最鬱悶的自然是靈蛇號成員。阿修羅從他們所有人的眼皮子底下消失，甚至是在星盟主席龍宇的面前消失，這無疑是對星盟的諷刺，也是對龍的挑釁。

阿修羅殺死銀獅的影像，瞬間在網路中傳播，靈蛇號上的每個人都陷入長久的沉默。

「我看他根本不是人，回他的地獄去了。你們自然找不到……」東方躺在椅子上調笑地說。

「就算回地獄，我也要把他捉住！」迦炎憤恨地說：「當初就說我去，龍你偏不讓我去！你看，讓他跑了！」

「讓你去也還是會讓他跑了。」小狼白他一眼：「你那麼衝動，到時人沒捉住，又把監獄破壞了。上次你也是為了抓阿修羅，結果毀了整條街，你忘了嗎？」

迦炎氣惱地轉開臉，雙手環胸，獨自生悶氣。

「哼，阿修羅，地獄修羅道的王，專管惡鬼、制裁邪魔，你們殺不了的人，他幫你們殺，你們應該感謝他啊！」東方又在調侃靈蛇號的人。

我無法苟同地說：「我不同意這種法外制裁，他這麼做跟殺手、凶手有什麼區別？」

「那如果妳再遇見他，妳是放他，還是捉他？」東方該死地戳中了我的要穴。於法，自然要抓；但是於理，我……我無法捉他。我撇開臉，卻發現大家不知何時都看向我，也包括龍。

怎麼？這個答案對他們很重要嗎？

「小雨，妳會怎麼做？」龍忽然問，他認真地看著我，深沉似海的黑瞳中是無法揣測的心思。

我擰了擰眉，說道：「我不是這個時代的人，不用遵守你們的法律，我會放他走。但我依然不贊同他個人這種法外任意制裁的作法。如果你們認為我叛逆、是亂黨，隨便你們。」

說完我不再看任何人，轉身離開。

阿修羅，這個叛逆的存在，他一個人又能制裁多少人？

第10章 再次啟航！

阿修羅再次成為網路中熱議的焦點，他的支持者和反對者幾乎一樣多，支持他的人視他為英雄、俠士、正義。而反對他的人，則恐懼他的強大，害怕哪一天也被他制裁，或是擔心他的是非觀傾斜，從一個英雄變成新的惡魔。無論如何，星盟因為阿修羅而有不小的壓力。第一星國的政權，受到星國公民的懷疑和指責。

在靈蛇號成員聆聽女王教誨時，我在東方的指導下，完成了對伊可「改造」。伊可將不再是龍監視我的工具，而成了我的「心腹」。

我要感謝阿修羅，阿修羅的出現，讓靈蛇號成員的目光從我和東方身上移開，即使是短暫的時間，也讓我們在自由之路上，更向前邁進了一步。

一個人坐在靈蛇號頂端生態花園裡的歐式白椅上，單腿在長裙下疊起，喝著美味的咖啡。接下來，是該跟駭客唐別接頭了。

在龍將銀獅與阿修羅的事處理善後，靈蛇號將再次啟航。因為銀獅的死、阿修羅的出現，讓行程已經推遲了三天。

「原來妳在這兒。」東方來了，迦炎也一起。他和迦炎形影不離，依然在星盟嚴密監視中，擺脫不了迦炎。

而我的身邊，已經沒有了爵。至少，他不會再像從前一樣跟我形影不離了。不過，自從那個夢後，他變得有些奇怪，總是不敢和我對視，跟我說話也總是低著頭，有時看見我還會繞開。他好像有點躲著我，是不是我說錯了什麼，讓他又誤會我討厭他了？

東方一屁股坐到我身邊，伸手就要來攬我的肩膀，我抬手擋住：「別討打。」

「哼哼哼！」他開始賤賤地笑：「我可是妳的官方配對！」

「那也是可以改的。」我眼看前方，前方呈現出來的是藍天白雲的景象，還有微微的清風模擬吹來。

東方環起雙手：「寶貝兒，妳確定妳不會喜歡我？等手術過後，妳可別對我愛得死心塌地喔～」

他伸手就捏住我的臉蛋，開始晃。臉蛋被他捏得疼，我煩躁地推開他。

「鬼才喜歡你這種種馬！快去做你的手術，別來煩我！」

他揚起唇角壞壞地笑，迦炎笑呵呵站在旁邊：「小雨，等東方手術後，說不定反而是妳配不上他喔！」

懶得理他們，自大臭美的男人。他們只看女人外貌，以為我也那麼膚淺，會因為東方臉上有沒有疤而喜歡他嗎？

「寶貝兒，妳的未婚夫我就要去做手術了，妳不該親我一下嗎？」東方蹺起腿，指著自己完好無缺的半邊臉，一副等我去親的模樣。

我揚起手：「親沒有，巴掌要不要？」

「呵呵呵呵……」他又賤賤地笑了：「打是親、罵是愛，來，妳打得越多，證明越是愛我～」

他還真來勁了，迦炎在旁邊看著止不住笑。看東方那副賤樣，連打他的心情都沒有。就在這時，月牙色的身影映入眼簾，藍爵靜靜地走在他的身旁。我看向他時，他又匆匆低頭。

「東方，做手術了。」月冷冷淡淡說完，轉身就走，背影散發出無形的寒氣，今天他好像心情不太好。

東方笑呵呵起身，忽然伸手在我臉上摸了一把，我反手想揮開他的手。他飛快轉身，於是我這一揮，正不偏不倚地打在他挺翹結實的屁股上。我全身一僵，登時全身一陣戰慄。

「哈哈哈哈……」迦炎大笑起來，走向東方，兩個人又在我面前得意地擊掌：「啪！」這兩個賤人！迦炎彎下腰來，對我眨眼：「小雨，東方屁股的手感怎樣？」

「滾！」

「哈哈哈……」他們兩個賤人勾肩搭背地走了。

藍爵默默地走過來，站到我身邊時，看到他潔白的制服，直接拉過來擦手。他僵立著，等我擦完，他才慢慢回神：「小、小雨，看來東方確實不太適合妳，妳……要不要重新選過？」

「那是肯定的！」我咬牙切齒，重重放落咖啡杯，看向藍爵：「把其他男人的資料給我，我要重選！」

藍爵微微一愣，懷裡抱著他的透明小本本，臉開始發紅，低下臉：「那……小雨妳喜歡什麼樣的男人？」

他說得很輕，輕得我幾乎聽不見。我轉開臉，雙手環胸，見藍爵還站著，而我卻坐著，氣氛有點怪，他像是我的僕人似地。

「爵你坐下吧！」

「好，好……」

「……」轉回臉看他：「爵，你這些天有些奇怪，你怎麼了？」

「啊？」他抬起頭，臉紅起來。

「該不是病了吧？」我擔心地摸上他額頭。好燙，他的臉好燙。月說過，藍爵的體溫不高。

他匆匆轉開臉，額頭的瀏海從我的手背滑過，我抓住他的手臂。

「自從上次那個奇怪的夢之後，我感覺你老是躲著我，是不是我說錯什麼了？」

「沒，沒有……」他又低下頭，感覺他好像很緊張。而這份緊張，似乎是因為我。

他的身體因為我捉住他手臂，而越來越僵硬。我察覺到了這絲變化，慢慢放開他，然後說了起來：「我喜歡體貼入微、成熟穩重的男人……」

感覺到藍爵在我的話中慢慢放鬆，我繼續說道：「他行事要果斷，不可以左右搖擺、拖泥帶水，我也不喜歡話太多的男人，所以我是不會喜歡東方的。但是，我不得不承認，東方是很有魅力的男人，雖然我不喜歡，但他是典型的女人喜歡的壞男人。以後我們分開，他應該會有很多……」

「小雨妳喜歡龍？」藍爵忽然打斷我的話，我奇怪地看他。他既緊張又吃驚地看我，我笑了。

「你怎麼會這麼想？」心裡感覺很好笑，我跟龍完全搭不上邊。

藍爵低下臉，顯得很失落：「龍就是這樣的男人，他很會照顧別人，也很關心我們。他很成熟，而且會很多東西，我其實很崇拜他……」

他揚起淡淡的微笑：「好像任何事都難不倒他。他也很果斷，不像我，總是很猶豫……」

「爵，既然你有精神力，你難道沒察覺到龍是雙面人嗎？」

他朝我看來，眨了眨清澈的眼睛，非常認真地說：「龍是有很強的精神力，所以我無法進入他的心……而且，他是我的好朋友，我不可以去窺探朋友的心。」

對了……藍爵說過，擁有第六感的地球人，在經過特殊訓練後，可以抵抗利亞星人的精神力。藍爵是個好人，他很單純簡單，所以他不會去背叛他的龍。

我轉臉凝望那虛幻的天空：「龍沒有那麼簡單……」

靜靜的風從我們之間拂過，天空裡的雲緩緩移動。

「小雨……妳真厲害，沒有我們的精神力，也能把人看得那麼透徹……」藍爵在我身邊輕輕地說，我臉紅了紅。

「哪有你說得那麼厲害，是你單純老實，所以，這就是爵的優點。」

我微笑地抬手放落他的肩膀，他的銀瞳愣愣地看著我，我笑看他。

「爵，你不用羨慕別人，也不用看輕自己，每個人都有自己的優點和長處，在我眼裡，爵並不比龍差。」

他看我片刻，又憨憨地低頭笑了，秀美的臉紅撲撲的，銀藍的短髮在這模擬的日光下閃爍美麗的水光。

「對了，我的老公們呢？」

「老公……們？」

見他疑惑抬臉，我壞笑眨眼：「多選幾個，慢慢考察。」

他眨眨眼，恍然回神：「喔喔……不過查看他們的資料要經過龍的同意。」

「這都要經過他同意……知道了，我去找他。」我站起身去找龍，他立刻跟了上來。

「那小雨對身高有什麼要求？」

我們一邊走一邊說。

「身高嘛……也沒有太大的要求，不要比我矮一顆頭就行，也不要太高，像巴布那麼高就不行了。」

「那長相呢？」

我搖搖頭：「也不太重要，主要還是看人品。」

「那種族呢？」

「種族？」我停下腳步笑看他：「爵，你糊塗了吧？我們冰凍人裡只有地球人。」

「是啊……我糊塗了。不過……如果可以的話，小雨喜歡什麼種族的人？」

他撓著頭、紅著臉笑了。

「當然是地球人。」

我想都沒想地脫口而出，然後看到藍爵的臉上露出一絲蒼白，立刻解釋：

「爵你別誤會，我不是討厭外星人，就像跟你、還有月、小狼做朋友是沒有問題的。但是……突然要跟外星人談情說愛的話……我……呵……我實在想不出那是怎樣的情形。大家的種族不同，很多觀念也必然不同，我想，他們也不會喜歡我吧？但是爵，我絕對沒有討厭你的意思，你可別誤會啊！」

他眨了眨銀瞳，垂下臉笑了笑，笑容顯得很勉強，語氣乾澀地說：「我……明白了……」總覺得，藍爵似乎還是很在意我不接受外星男友的事情。我不是這個時代的人，所以想像不出和外星人要怎麼交往？

比如和月，是拉手還是拉尾巴？比如小狼忽然變身成狼，怎麼辦？這一切都是那麼難以想像。不過，或許適應這個世界後，也很難說。感情的事，不到最後，誰也不敢說現在愛的人，會是陪伴你一生的人。尤其像我的職業，看到的更多。有時候你愛的人，卻是想殺你的人。

藍爵再也沒有問我關於感情的事，陪我一直默默走到主艙，龍大部分的時間都在這裡。門開的時候，他沒有陪我進去，而是背靠牆壁靜靜等在外面。

藍爵雖然單純，但卻很敏感，這可能跟他們族人擁有精神力有關，他對每個人的情緒變化都很敏感，導致他對我的話也變得敏感。

這位敏感的玻璃心王子殿下，似乎又誤會了我的話。認為我不接受和外星人交往，即是不接受他這個外星朋友。藍爵最好的朋友是月，等月幫東方做完手術，再去跟他說說吧！

進入主艙時，龍正和人視訊，對方是個女孩。感覺來得不是時候，我轉身欲走。

「星凰！」忽然那女孩叫住了我，她的聲音輕快好聽。

我轉回身，尷尬地看著也轉身的龍：「對不起，我來得不是時候。」

龍微笑看我：「沒關係。」

「沒關係，來得正好！」螢幕裡的女孩說，我看向她，立時被她的美麗可愛吸引。

少女長得十分可愛，但卻說不出的性感美麗。很少有女人能性感和可愛兼得。可是，這個女生的身上兩者兼備。完美的鵝蛋臉、水靈靈的大眼睛、長長的睫毛迷人性感，小小的唇有點可愛的嘟嘟嘴。臉鼓鼓的，但並不覺得胖。一身低胸露肩的黑裙，飽滿的雙峰露出那迷人的溝壑。一頭長長的黑髮波浪大捲，微微遮蓋住胸口裸露的肌膚，幾縷零星落在她的深溝內，讓她更加性感迷人。

「星凰，我早想看看妳，可是龍就是不給看，真小氣。哼。」她撒嬌地嬌嗔，非常可愛：「妳好，我是龍的女朋友夢，第一星國公爵之女，妳可以叫我公主殿下。」

我回過神，笑了，這女孩原來跟龍一樣不簡單啊！她跟我笑呵呵的說話，卻馬上表明自己的身分，宣布她對龍的佔有。

呵呵，靈蛇號上男人的女人們，也都不簡單。不過，這正證明了靈蛇號上男人的優秀，否則他們的女人們不會在見到同性時，就散發出隱隱的敵意，立刻表明擁有權，生怕她們的男人被別的女人搶去。

不過，這些女人真奇怪，為什麼會覺得我對她們有威脅呢？對了，我是靈蛇號上唯一的女人。我和他們算是共處一室，眾男寡女，也難怪她們一個個緊張擔心。

「妳好，公主殿下。」我大方地說。

她笑了，笑容很明麗，看上去是一個很單純的女孩：「妳突然來找我的龍有什麼事？」

夢顯然比圖雅還要霸道，佔有慾也表現得更強勢，開口閉口都是「我的龍」。

忽地，螢幕中的夢走了出來，確切地說，螢幕的光線變化，讓她更加立體地站在我的面前。她的身材高眺，比我還要高半顆頭，瞬間強大的氣勢朝我壓來，這是女人的暗暗較勁。好在我對她的龍沒興趣，所以她所做的一切，不會讓我感到半絲心虛或是卑微。

我雙手環胸，不卑不亢站在她的面前，大大方方地笑語：

「是想跟他申請查看其餘一千四百九十九個冰凍男性的資料。」

「妳要做什麼？」龍在旁溫和地問，我轉身看向他。

「當然是選老公。」

一時間，像是三個人站在一處。夢走到龍的身旁，龍一身白色金邊的制服，夢一身黑色性感短裙，站在一起，真是天造地設的一對金童玉女。

其實夢應該對自己有足夠的自信，不過像龍這樣優秀的男人，只怕會讓他身邊的女人都自信不起來。

龍並沒注意夢的移動，而是疑惑看我：「不是讓月為東方整容了嗎？」

我笑看他：「龍，我不喜歡東方不是因為他的臉，反過來說，我喜歡一個人，也不會在乎他臉上多條疤。我跟東方不合適，他也有這種感覺。」

龍微微擰眉，低眸思考。

「看來你們感情不錯！」夢的話，讓龍注意到她站在了自己身邊。她噘起嘴，雙手背在身後，故作生氣地笑語：「龍可不是任何人可以叫的喔！」

「嘶……」我深深抽口氣，眯起眼笑看夢：「公主殿下，我好像忽然聞到了酸酸的味道……」

「夢，不要跟小雨開玩笑。」龍認真起來：「她會當真的。」

夢笑看他，小嘴嘟嘟地說：「我怎麼不覺得她會當真？龍，別以為你對女人就真的很了解喔！所以，你也該替星凰考慮考慮，她喜歡誰，只有她心裡清楚，不是你硬塞給她一個男人，她就能接受的。不如讓她多選幾個，也好慢慢挑選啊！」

「謝了，公主殿下。」再沒有比吹枕邊風更有用，我隨即笑著提醒：「尊敬的艦長大人，爵還在外面等你的命令。」

龍點點頭，我彎腰行禮：「多謝。公主殿下再見！」

轉身時，夢靠在龍的肩膀上，然後傳來她的笑語：「星凰妳要多選幾個，讓自己幸福喔！」

我沒有轉身地揮手：「放心，我一定會讓自己幸福的！」

哼，我不讓自己幸福，難道還要指望星盟讓我幸福嗎？正好，找個機會去問問東方還要見誰，我把他們全選出來。

出來時，藍爵立刻看向我：「龍同意了嗎？」

我笑著點頭。在艙門關閉時，我轉身瞄了一眼，看到龍消失在艙門後的臉——他在看我。

我奇怪地問藍爵：「爵，為什麼龍這麼關注我？我感覺他對我的警戒比之前高了，選男人這種事，他也要考慮很久。」

藍爵看看門，拉起我離開了主艙過道，才說道：「因為副主席說妳可能比東方更難控制。」

看著藍爵抱歉的目光，我恍然大悟。他口中的副主席不就是那條蛇？果然陰毒。

「副主席擔心如果妳跟太多人聯繫，會形成一張他們看不見的網路，所以……」

「我明白了。」我笑看藍爵：「爵，謝謝你告訴我，不如你和我一起看看有什麼好男人啊！」

「我、我嗎？」他有些吃驚地指向自己，我笑著挽起他的手臂：「當然，你可是我的男閨蜜，這種事不找閨蜜找誰？走，給我出出主意。」

這次要感謝夢，這是女人對付潛在情敵最有效的方法，把她推向別的男人，這樣就可以離她的男人遠遠的。

我想，這才是夢支持我選男人的真正原因。副主席遇到女朋友，瞬間如浮雲。

不過，一千多個男人，我選到眼花，正好小狼來找我一起玩遊戲，我把篩選的任務丟給了藍爵，和小狼一起玩宇宙滑板。

現在的滑板，其實是叫滑翔器，是一種很重要的交通工具，小狼經常使用，可以在太空裡行動。據說每年都有太空滑板大賽，到時也是一件盛事。所以，我正好借遊戲來學會控制它。

當我屋前的草坪轉換成太空時，遊戲輔助滑翔板已經在腳下。藍爵坐在一旁，像是坐在太空裡為我篩選男人，他的身後則是美麗璀璨的星雲。

小狼拉起我的手，幫我站上懸空的滑翔板：「重心往前，兩腿分開，好，保持住！」

小狼今天穿的是男孩的衣服，上面是圓領寬肩的汗衫，下面是黑色的皮褲，腰帶斜斜繫起，上面一把小小的槍。雙手戴著半截的黑皮手套，整套裝扮和他那頭灰白相間的短髮很搭。

太空滑翔板下面沒有輪子或是支點，懸浮在空中，踩上去有點像踩在衝浪板上，一時適應不了，左右搖晃。但拉住小狼，多了一個平衡支點，所以好一些。

「小雨姊姊，我放手了！」小狼提醒我。我點點頭，他慢慢放開我，我感覺到平衡點的變幻，雙腳微微調整，雖然依然有些搖晃，但沒有掉下來。

「哈！小雨姊姊到底是練過的，適應起來很快啊！接下去就是如何讓姿勢變好看。」

他雙手環胸站在滑翔板上，從我面前劃過，如履平地。

我看看自己。嘶！這姿勢，屁股翹高，身體前傾，要多難看有多難看。不過，沒關係，衝浪板我能學會，這難不倒我蘇星雨的。

在小狼靈活地閃避太空中而來的流星飛石垃圾時，我從滑翔板上掉了一次又一次。掉下來的時候藍爵都要緊張半天，叫我別玩了。小狼把他趕開，說漫漫旅途，如果不玩遊戲會悶死的。

藍爵委屈地看著我們，我知道他是擔心我「摔壞」。但是，我不是瓷器，哪有那麼容易摔壞？還是讓他去選我老公吧！

「小雨姊姊加油！」小狼在前面朝我喊，我已經能直起身體，動作雖然還有些僵硬，但沒有再摔下去。

小狼「咻」一下飛回，倒飛在我面前。

「這個樣子下去，小雨姊姊能夠和我組隊去參加銀河滑板接力大賽了！」

「你們以前不能參加嗎？」

「接力賽裡至少要有一個女人，所以我參加不了。」他聳聳肩，顯得很沮喪，似乎很想參加。

「小狼，你別想了，龍是不會讓小雨參加的。」爵沉著臉走過來，伸手把我從滑板上拽下來。

遊戲瞬間關閉，宇宙化為草坪，遊戲的滑翔板收回地面。

藍爵拉著我就走，他好像有些生氣。

「啊……好不容易有了小雨姊姊還是參加不了，好沒勁啊！」小狼鬱悶地追上來：「藍修士，你這是要把小雨姊姊拉到哪兒去啊？」

「她全身都是傷，自然去找月。」藍爵生氣地說，拉著我往醫療室的方向走。

不知不覺玩了兩個小時，東方的手術應該也快結束了。我看著他氣呼呼的背影和銀藍的短髮，原來他要帶我去月那裡治傷。可是，這些傷對我來說根本不算什麼，我笑著抽回手。

「爵，別生氣了，只是一些淤青，不會影響我……呃……整體的美感。」

我笑嘻嘻地看他後背，他忽然轉身臉紅地朝我大吼：「我知道妳一直以為我當妳是骨董！但不是的！妳是蘇星雨，不是骨董！我知道！」

他灼灼地盯視我，我愣愣看他生氣的臉，小狼也因為他突然的大吼發了愣，滿臉疑惑。

他緊緊盯視我片刻，撇開臉，白淨的臉越來越紅。

「算了，反正妳也不會明白。」說罷，他轉身大步前行。

我眨眨眼，藍爵……已經不再把我當作骨董了嗎？

「藍修士……怎麼啦？」小狼小心翼翼地輕聲問我。

我也莫名地搖搖頭，忽地，藍爵在不遠處停下腳步，生氣讓他胸膛大大起伏。然後，他轉身低頭突然向我跑來，不看我一眼地把手寫本重重放到我手中，滿臉通紅，甚至雙耳都發紅地說：

「給妳！妳的男人們！還有，淤青也要治好，妳馬上要去下一個星球，別讓人看見妳滿身淤青，會以為我們虐待妳。星盟很注重名聲！」

說完，他又轉身生氣地走了，耳朵紅紅的。

我愣愣拿著他的手寫板，藍爵到底怎麼了？之前，我以為他是因為我摔傷自己，使漂亮的骨董出現絲絲裂紋而生氣。可是他卻說我在他眼裡不是骨董，顯然他生氣的原因不是因為這個。藍爵是有些古板，也很老實，淳樸的他總是笑呵呵的，很少生氣。可是，這次他生氣了，顯然還是很生氣。生氣到連小狼都不敢再出聲。

和小狼一起迷惑地到月的醫療室，小狼也說藍爵生氣了，還是聽他的話去治淤青吧。

「刷」，身旁的醫療室的門開了，出來一個滿臉綳帶的人，我一下子笑出來：「噗，東方？」

他悶悶地白了我一眼，白色的綳帶把他的頭完全包了起來，只剩那雙有些帶勾的眼睛和薄唇。

「拜妳所賜，我變成這副鬼樣……」他雙手環胸軟軟靠在門邊，氣悶地指指自己的臉。

月從手術室裡陰沉地出來，並不看他。我看向月。

「月，他為什麼成了木乃伊？像除疤這種簡單的手術，應該用不著排場那麼大吧？」

月身上的寒氣再次而起，俯臉看我：「妳懷疑我？」

「不不不。」今天我已經惹一個人生氣，可不想再招惹月。

月抿了抿唇，說：「他另半邊臉的肌肉和神經完全斷裂，需要肌肉再生。」

聽上去好像很複雜，有種把東方的臉全切了，然後再重生的感覺。

「怎麼，寶貝兒，那麼期待看到我的臉？」

東方壞笑地靠過來，立時，月揚起手擋住他的胸膛，冷冷看他。

「已經這個樣子還不老實，說太多小心你的臉變形，到時又要重來。」

東方的眸光投向月，裡面透出一絲狡黠的笑意後，跟著迦炎走了。

月冷冷看著東方扭來扭去的背影，我感覺有什麼擦過我的腿。下意識看下去，看到了月的尾巴正慢慢退回衣襬，而尾巴尖端的小三角正高高豎起。

這是……警戒。月生氣了？

「哇……」小狼縮在我身邊小心翼翼地看著月：「月，那樣的手術應該不需要包成木乃伊吧？」果然，連小狼也起疑。

月冷冷淡淡看東方的背影：「他的嘴不老實，所以，我懲罰他一下。」

「喔！」小狼和我同時笑了，月是故意把東方包成木乃伊的。

「謝啦，月。」我笑看月，他的臉上也浮出淡淡的笑。

「妳是想來看東方？」

「不是，是小雨姊姊摔傷了。」小狼說著直接拉起我的手，捲起我的袖子，上面布滿青青紫紫。

「怎麼摔成這樣？」月立時面露吃驚。

小狼眨眨眼，撓撓頭，毛絨絨的耳朵轉了轉：「啊！我還有事，先走了。」

眨眼間，小狼跑了，狼尾巴收得緊緊的。

月生氣得拉起我的手臂翻看：「是不是跟小狼有關？」

他冷冷看向小狼飛速逃跑的背影，我乾澀地笑：「跟他無關，是我玩太空滑板遊戲摔的。」

「哼，靈蛇號裡，他最愛玩滑翔器，是不是他找妳玩？」月的語氣像審問，我眨眨眼不說話。

他無奈嘆一聲，放開我的手臂，雙手插入制服的口袋，轉身進入醫療室：「進來吧！」

「嗯……」

月的醫療室和他的人一樣，月牙色，很明亮、很清爽，乾乾淨淨的，東西整整齊齊。進門左側是鑲嵌在牆壁裡的艙室，據說那神奇的治療艙，只要躺在裡面，幾乎百分之九十的病就可以得到治療。除了那個治療艙，還有很多其他的儀器。右邊是辦公桌，懸掛的座椅、病床還有藥櫥。

「坐下吧！」他說，椅子已經移到我身旁。

我看著那個治療艙：「不躺在那個裡面嗎？」

他疑惑看我一眼，然後明白我的意思，握拳輕咳。

「那個需要全身赤裸，如果妳不介意的，我是不會介……」

「啊，知道了！」我立刻揚手打斷他：「我還是坐在這裡好了！」

只是一點淤青，犯不著脫光。

他看我一眼，幽幽地笑了，然後轉身到藥櫃邊，只見他右手在藥櫃邊的一台儀器上點了點，藥櫃上下各移出一個小盒子，他左手伸入上面的盒子，然後他的尾巴……伸入……下面的盒子。

月一手拿出藥，一……尾巴拿出了藥刷，轉身過來，右手伸出時，尾巴也把藥刷送到他手中。

月的尾巴……好神奇……

都說右腦控制左手，左腦控制右手，那……尾巴是哪裡控制？

對月尾巴的功能瞎想之時，月已經走到我身邊，可愛像雞蛋一樣的小白椅子移過來，他坐了下去。

我手拿手寫板看著月，只見他白色的藥膏擠上小藥刷，神奇的小藥刷瞬間吸入藥膏，與此同時，他的尾巴又出現了，像是第三隻手一樣，順其自然地捲上我的手腕，把我的手拉到他的身前。他一手拿藥膏，一手幫我輕輕刷在淤青上。

顯然尾巴的一切舉動，都是他下意識的行為，更是他的本能。就像我們吃飯，一手拿筷、一手拿碗。特殊的進化，讓尾巴在他們的生活中，成為不可缺少的部分。

三角尖的小尾巴貼在我的皮膚上，就像小蛇的腦袋乖順地貼在我的手臂上，涼涼的很安靜。小藥刷的刷毛很柔軟，像棉花，但比棉花更好用。它會自動吸收藥物，再慢慢吐出，均勻分布在傷口上。

他順著我的淤青一點點認真地刷著，專注的神情像是給女神的雕像上油彩，不過，月向來做事認真，不像藍爵，有時會犯迷糊。

我的衣袖只捲到手肘，遮住了部分淤青。他微微擰眉，尾巴鬆開我的手臂接過了藥膏和藥刷，他再次輕輕捲起我的衣袖，當發現手臂上方也有淤青時，他沉臉了，渾身的寒氣開始散發，感覺到連醫療室的溫度都開始隱隱下降。

「小狼真是亂來，怎麼沒有保護妳？是不是另一邊也摔傷了？」

他冷冷看我，我連連擺手：「沒沒沒……」

還沒說完，他已經抓起我另一條手臂，一下子把衣袖捲到最高，看到了我雪白手臂上的塊塊淤青。瞬間，他的眸光驟寒，怒氣升騰。我忽然明白藍爵為什麼那麼生氣，因為月也生氣了。他們是真的關心我，只有真正的關心，才會因為我滿身淤青而生氣。

「妳這樣怎麼穿禮服？」他生氣地說，開始一點點為我的淤青上藥。

我不在乎地笑笑：「禮服不是只有無袖的，我可以穿長袖……」

「長袖的禮服多為露肩，妳肩膀上難道沒傷？」忽地，他直接拉開了我的衣領。我瞬間僵住了，他也僵住了，他似乎完全忘記我是個女人。衣領被他整個拉下肩膀，由於衣物材質特殊，彈性舒展，可以隨時從V領改成露肩的性感大V。

冰涼的手指頓在我溫熱的皮膚上，他僵硬許久，才惶然抽回手指，低下了臉。

「對不起，一時忘記妳是女……」

「我明白……」我有點尷尬地對他揚起笑，他依然低臉擰眉，月牙色的長髮垂在他的臉邊：「沒關係，我常常被忽略性別……」

他尷尬片刻，也笑了，然後抬起臉，可是視線在觸及我裸露的肩膀時，立時收緊，寒氣再生：「居然摔得那麼嚴重！」

我立刻用手去拉衣領。玩滑板，自然側摔居多，加上摔時會本能地用手肘、手臂保護身體，所以肩膀和手臂的傷應該很多。如果治不好，我估計只能穿修女服了……

「啪！」他扣住我拉衣領的手，生氣看我：「既然都看見了，還遮什麼？」

面對他嚴厲而生氣的語氣，我只能回以不好意思的笑。他對著我的笑容漸漸無奈，嘆一聲再次拿起藥刷：「我給妳上藥，明天淤青就沒有了，妳可以穿上漂亮的禮服。」

說完，他看落我的肩膀，眼神微微閃爍一下，座位移到我身後，我再也看不到他的表情。

其實，我心裡很奇怪，為什麼明天要穿禮服？明天有什麼重要的場合嗎？

有什麼伸入我的衣領，輕輕拉開了我另一側衣領到肩膀之下，我側下臉，看到了月的尾巴，然後他在我身後輕輕給我刷藥，藥很涼，跟他的皮膚一樣的溫度。

總覺得有些過於安靜，雖然知道月是一個安靜的人，於是我說道：「月，我惹爵生氣了。」

他的藥刷微微一頓：「爵……也會生氣？」

「嗯！因為我把自己摔傷了。」

「呵，那是該生氣，我也很生氣，不過我是生小狼的氣，他知道妳不會滑板，教妳的時候應該保護妳。」

我看著手中藍爵留下的手寫板，低聲說：「爵確實過於敏感了，但也是我不好，沒有察覺他已經把我當作真正的朋友，還一直以為他對我的癡迷，只因為我是一件活體骨董。」

月的小刷再次一頓：「爵……是不是跟妳說了什麼？」

我搖搖頭，拿起他的手寫板：「他說他已經沒再把我當作骨董，而是蘇星雨。是我錯了，難怪他那麼生氣。」

月變得有些沉默，慢慢移到我另一邊，尾巴纏上我的右手，開始為我輕輕擦右手臂上的淤青。

「爵很重視妳，雖然最初的時候是因為妳是一件活體骨董，他癡迷於考古，所以很快被妳身上的種種特質所迷，其實一開始……我也是這麼想的……」

他的手頓了頓，我看向他，他視線落在我的淤青上。

「不過，後來我才發現，漸漸不是如此了。在妳要冒險救人時，爵本想用精神力控制妳到安全的地方，但怕妳生氣，所以只能乾著急。」

「他當時為什麼不控制銀獅？」

「不行，爵一次只能控制一人，爵如果只控制銀獅，另一個罪犯可以取代他，匪徒之間也並不團結。」

原來如此，所以爵只能幫忙找出內奸，然後在龍與銀獅對戰時，控制銀獅相助於龍。

「好了。」月的尾巴幫我拉好了衣領。趁他起身放回藥物，我看看手寫板，一愣，上面根本沒有任何人選。

「奇怪。」我起身翻查手寫板。

「怎麼了？」月回到我身邊問道。

「我請爵幫我選男人的，怎麼一個都沒選出來？」

「選男人？」月的眸光一斂。

「嗯。龍同意我多選幾個，因為太多，所以我請爵幫我篩選，可是一個都沒啊！」

我再仔細看看，真的一個都沒有。

「噗哧。」月在我身邊輕輕地笑了，我疑惑看他，他笑看我：「或許在爵的眼裡，沒有一個男人配得上妳呢？」

我有些吃驚地看他，他琥珀的瞳孔中是淡淡的笑意。漸漸的，他的目光變得柔和，他緩緩抬手，輕輕放落在我的頭頂，唇角的微笑也溫柔起來。

「因為我也覺得……小雨很優秀，小雨身上，有著我們意想不到的潛能……」

我看向別處，陷入深思。

「至少，很少有女人會讓龍也大吃一驚，並承認她成為靈蛇號的一員。」他的手撫落我的長髮，慢慢收回入衣袋，眨眨眼轉身：「走吧，或許爵此刻已經在後悔對妳生氣了，我們去找他。」

能讓龍承認，我很高興。我和月走在一起，感覺有什麼搭上了我的肩膀，份量輕輕的，不像是手。偷偷看向月的雙手，果然插在衣袋裡。

那麼……那個搭在我肩膀的某物只有……好吧！我會慢慢適應月的這第三隻「手」。

「對了，我見到龍的女朋友了。」

「夢？」月有些吃驚看我，我們一邊走一邊說。

我點點頭：「很可愛、很性感，也很漂亮，對龍的佔有慾也很強……」

「噗哧。」月又是輕輕一笑：「因為龍太優秀。看來妳的存在，讓夢產生了危機感。不過，妳也知道靈蛇號上每個成員的身分，有女友、未婚妻都不奇怪。那……」

他微微一頓，似欲言又止：「那小雨喜歡什麼樣的男人？」

「欸？怎麼你也問？」我有些吃驚地看他。

月琥珀的眸中閃過疑惑：「怎麼，還有誰問過？」

「真巧，難怪你跟爵是好友，他今天也在問我。」我笑了。我收回看月的目光，一邊走，一邊看前方沒有盡頭的白色通道：「當時還問我接不接受其他種族的人……」

「其他種族？」月低低輕喃，語氣裡透著淡淡的驚訝：「那妳是怎麼回答的？」

我雙手環胸，微微擰眉道：「我穿越千年，突然解凍，自然一時接受不了。現在回想起來，當時我這樣說的時候，爵已經開始不開心，估計誤會我排斥外星人，連做朋友也不可以。哎……爵有些敏感了。我只是無法跟外星人交往，但我還是很喜歡爵這個朋友。而且，等時間久了，說不定也會喜歡外星人，感情的事情，誰也說不準。不過他忘記了，我是聯盟的財產，龍已經幫我選好了配偶，他怎麼可能會選個外星人給我？」

月在一旁變得沉默。

「對了，爵還敏感地以為我喜歡龍……」我好笑地連連搖頭。

「那……妳喜歡龍嗎？」月在我身旁忽地停下腳步。我停下看他，他搭在我肩膀上的尾巴正慢慢往下，圈住我的手臂。

我好笑反問：「你覺得呢？」

月薄薄的嘴唇，淡淡揚起，搖了搖頭：「我看妳不會喜歡。」

我點點頭。

他和我在走廊裡相視而笑。龍確實是一個優秀的男人，但同時，他也是一個複雜的男人。而他對我的種種禁錮，注定我們只能保持亦友亦敵的狀態。

轉眼已經到了爵的房間，卻沒看見人。月讓我回去休息，他自己去找爵。希望他找到爵時，能告訴爵，我不討厭他，他始終是我的朋友。

晚上打開手寫板時，無意間看到爵對我的研究手記。身高、體重、三圍、眼睛的長度、瞳孔的寬度、嘴唇的大小、手指的粗細等等，從沒有一個男人，對我蘇星雨如此瞭若指掌、記錄得如此詳細。如果是別的男人這樣記錄我，肯定會讓我覺得噁心，渾身起雞皮疙瘩，立馬把他當作變態就地處決。

可是，記錄這一切的是藍爵……這是他的工作，他的職責。看到他認真地記錄下我每天的點點滴滴，心裡很感動。這樣一個認真、誠實、單純的人，被我傷害了。心裡，很難受……

右手手背落於額頭，左手是他的手寫板，裡面是我一張張照片，我明天應該去跟他道歉……

★　★　★

睡得昏昏沉沉中，感覺有人睡在了我的身邊，我以為是伊可。可是，有什麼捲上了我的手臂，我立時驚醒，昏暗的房間裡隱隱看見月牙色的身形。

我吃驚得想開燈，發現手寫板還在手中，當我拿起時，手寫板恢復運作，帶出的光亮立時照出了我身邊的人——居然是月！

伊可酣睡在月的頭下，確切地說，是月枕在伊可毛絨絨的身上。月側睡在我身邊、我的被子外，雙手放在臉邊，蜷縮在床邊，神情安詳地如同初生嬰兒，呼吸也很平穩，不太像有意而來，相反地，顯得十分安靜。

月身上穿著的，應該是他的睡衣，絲薄的睡衣很寬鬆，領口很大，掛落在他的肩膀上。他赤裸的肩膀在月牙色的長髮下若隱若現。絲薄的睡衣也顯出他的線條。往下看時，看到了他露在睡袍下襬外的赤裸小腿和雙腳。好奇怪，看到躺著睡的月，忽然有些不習慣了。

我退到牆邊，百思不得其解，想走，發現月的尾巴纏在我的手臂上，我無法離開。想推醒他，又覺得此事有蹊蹺。

我靠在牆邊看著安睡的月完全發了懵，腦子裡只想到一個人——藍爵！立時，用手寫板呼叫爵的阿努比斯。螢幕裡現出阿努比斯的臉：「星凰主人，何事？」

「快叫爵！」

「是。」

阿努比斯走到爵的床邊，輕輕喚他，爵慢慢從沉睡中醒來，銀色的瞳孔還帶著初醒的迷濛，我立刻對他壓低聲音說：「爵！快來我房間！」

藍爵一下子驚得坐起，滿臉通紅，和月同樣寬鬆的水藍色睡衣，露出他纖長的脖頸和柔美的鎖骨。他低下臉，在螢幕裡臉紅了：「小雨……這麼晚……不好吧？」

「不好什麼？月來了！」我把螢幕對準月，立時，透明的手寫板上映出爵吃驚的臉龐。

十分鐘後，藍爵蹲在我的床前，看著月的背影。來得太急，他不但穿著水藍的睡衣，還光著腳。

我著急地看他：「別淨是看啊，這到底怎麼回事啊？」

我相信月不是那種隨隨便便進女孩房間的男人，所以在沒弄清楚前，我也不想貿然叫醒他，以免大家難堪尷尬。

我對此事有一種直覺，月可能夢遊了。如果是，就更不能叫醒他了。

藍爵眨眨眼，看向我，銀瞳中閃過一抹嘆息：「月夢遊了。」

「果然……」果然和我的直覺一樣，幸好沒叫醒他，我疑惑地撓頭：「可是為什麼會夢遊到我這裡？」

藍爵低下臉：「月可能想家、想母親了。他的母親是地球人，小雨也是地球人，小雨身上的溫度和月的母親應該是一樣的。月雖然是派瑞星人，但他有一半地球人的血統，所以他會對人類的體溫產生一種特別的需求。而小雨的到來，讓他對自己的母親更加思念。」

我目瞪口呆地看他，他忽地揚起臉笑了。

「小雨妳放心吧！月只是需要溫暖，他不會對小雨做什麼的。」

「你……確定？」我提起被月牢牢纏住的手臂，月牙色的小尾巴像蛇一樣捲在我手臂上。

藍爵的銀瞳裡劃過一絲淡淡的驚訝，他瞥落目光似在回憶什麼：「以前在學校裡也發生過一次。那次月也夢遊到地球人女孩的房間裡，不過沒用尾巴拴住她。當時那女孩很激動，因為月很美，學校裡很多女生都暗戀他。結果女孩太過激動，以為月是假裝夢遊，想跟月親熱，於是吵醒了月。從此以後，月在夢遊的時候，就沒有到過那些女孩的房間了。」

「為什麼？」

他抬起臉，看向月：「月記住了那些女孩的氣味，本能地避開了她們。雖然月夢遊，但其實夢遊的人跟正常人是沒有區別的，只是他們眼前的是夢境，或許在夢境裡，他遠離那些女生。因為伊莎的事，他其實一直對女生有些排斥，又發生那件事後，他對學校裡的女生更加討厭。」

和月相處下來，我也有這種感覺。

「上了靈蛇號後，月的情況有所好轉，不過航行時間久了之後，他還是會犯病，在夢裡尋找地球人的溫度。」

「這麼說龍也跟他睡過？」

藍爵一愣，我也愣了愣，感覺這話有點歧義。不過，既然月對地球女孩排斥，那麼龍是他的朋友，又是地球人，應該不會排斥。

我們愣了片刻，藍爵低臉笑了。然後起身輕輕跨過月，坐到我身邊，雙眼清澈地看我。

「如果小雨不放心，我留在這兒，小雨妳安心睡吧！」

我看看他，看看手臂上的尾巴，點點頭，靠在牆上睡了。

藍爵坐在我身邊很安靜，只有傳來他輕輕的呼吸聲。我睜開眼，撞上了藍爵注視我的視線，他有些倉惶地躲開，臉開始發紅。

「龍跟月到底睡過沒？」我忽然對這個問題有點糾結。

他慌忙搖頭：「沒、沒有，月雖然夢遊想找地球人的溫暖，但他需要的是雌性，不是雄性。他能辨別每個人的氣味，靈蛇號上只有男人，沒有雌性的氣味，所以跟他的母親還是有差別的。現在有了小雨，小雨對他來說是雌性，又是他信賴的人，所以他……」

我揚起手：「別說了，越說越怪。這件事就你知我知，連月也不能知，好不好？」

「好……」藍爵低著臉回答。

我再次閉上眼，總算安心睡去，希望月的夢遊，能盡快過去。

可是，忽然有個男人在身邊，我睡得也無法安心，時睡時醒。有時會發現睡在藍爵的肩上，因為太睏，也懶得離開。他肩膀軟軟的，溫度比我低，但比月高一些，所以靠著也很舒服。

大概凌晨四點左右，感覺到手臂上的尾巴動了。我立時驚醒，發現自己睡在藍爵的腿上，他靠在牆上已經完全沉睡過去。

借著手寫板淡淡的光，看見月慢慢從床上坐了起來，月牙色的長髮一點點帶起，眼睛是夢遊者的半眯狀。

冰涼軟綿的尾巴緩緩從我手臂上離開，帶起一陣酥癢，就像小蛇正從我身上慢慢爬下。

接著他下了床，站起，寬鬆的衣領垂掛在他右側肩膀下，月牙色的長髮鋪滿他整個後背。在淡淡的光暈中，他像是孤獨遊走的精靈，帶著一分神祕，一絲性感。他慢慢走了起來，我發現他還是赤腳的。然後，他慢慢走出了我的房間。終於，我鬆了長長一口氣，點亮房內的燈光，藍爵從沉睡中不適應地醒來。

我笑看他：「爵，謝謝你，我還以為你會一直生我的氣。」

他揉了揉眼睛，低喃：「我怎麼會生妳的氣，妳是我最重要的……」

他忽地頓住口，像是完全醒了過來，立時看我的床：「月走了？」

我點點頭，他目露擔憂：「月的夢遊不知道什麼時候會結束……」

「啊？你是說月每天晚上都會來找我嗎？」

藍爵在我驚詫的目光中，憨憨地笑了，撓頭道：「小雨，既然月依賴妳的體溫，妳能不能滿足一下他……」

「你出去。」我拉起他，把他拉下床，他尷尬地笑。

「小雨……月真的不會對妳做……」

「出去、出去。」把他趕出房間：「如果月每晚來，那我也每晚煩你！」

「啊？」藍爵呆呆地站在我的門口，整張臉由下往上地開始發紅。

我隨即關上門，笑了。藍爵真是可愛。不過，月如果真的這樣夜夜夢遊，我也是吃不消的。

第二天一早，開門之時，我愣住了。只見靈蛇號的成員齊站在我們門前的草坪上，龍站在最中間，月和爵站在他的身旁，然後是迦炎、小狼，胖叔坐在龍的前方，巴布站在他們身後，他們在人造的陽光下對我微笑。

「呵呵呵……」胖叔像聖誕老人般笑著，手裡托著一件黑絲的禮服：「小雨啊，我們給妳送衣服來。」

我奇怪地看他們，龍微笑地凝視我。月完全不知道昨晚的事，對我淡笑。藍爵的笑容顯得還是有些羞澀，沒有與我對視。迦炎的目光裡有一絲壞，小狼則是他們當中唯一一個不開心的人，巴布站在後面對我點頭：「嗯……」

我走上前，莫名地看胖叔手裡的禮服。

「胖叔，送衣服的事讓伊可做就好了，為什麼要所有人一起？」

「呵呵呵……因為妳現在是靈蛇號上唯一的女孩，這群孩子終於不用男扮女裝了！所以，妳要按照我們的要求，穿上我們想看的衣服。」

「啊？」我僵立在他們面前。

「我要穿！」小狼跑過來搶，被巴布一把拎住後脖領，小狼氣得臉紅，羨慕的眼睛裡直噴火。

「小雨，妳是女孩，應該做靈蛇號的女孩。」龍認真地，微笑地說：「不要到最後，我們靈蛇號上全是男人，唯一一個女人，卻是小狼假扮的。」

「……」他這話，是在說我不要變成男人嗎……不過連對女人敏感的月，昨天都把我不小心當成男人，我的性別存在感，確實岌岌可危。

「好！」我接下黑色的禮服，昂首回房。

換上他們為我準備的黑絲禮服，黑色的禮服、大大的圓領，微微露出肩膀，但沒有過低，領口依然在胸口之上。當禮服自我調整，托起我的胸部，收緊了我的腰身後，立時現出我全部的曲線。

胸口一朵大大的黑紫色花，袖子只到手肘，但在手肘部分掛落長長的、像是衣袖的設計，裙襬如花，打著褶子，前短後長。站在鏡前，讓我有種奇怪的錯覺，這條裙子的設計風格很像龍用於靈蛇號的設計。

「主人，給妳！」伊可激動地送來一個挽好髮型的假髮。

戴上之時，完全沒有假髮之感，它完全貼合我的頭形，與我融為一體。當一朵月牙藍心的花戴上髮側時，我恍然不認識自己了。似乎……這樣也挺有趣。

轉身、吸氣，昂首挺胸跨出了門。門外此刻沒了人，只有一個臉上纏滿綁帶的木乃伊雙手環胸靠在門邊抽菸。他沒看我地說：「他們在天頂等妳。」

天頂是他們對靈蛇號頂部花園的稱呼，也就是靈蛇號最前端。

我看他一眼，走過他的身旁。那一刻，他抽菸的姿勢僵在空氣之中，菸灰輕輕落地，我揚唇一笑，昂首向前。

他忽地追了上來，彎腰伸出左手，手背平伸，右手背在身後，對我恭敬說道：「我的女王，請讓小人為您帶路。」

「乖！小白子。」右手搭上他的手背，他在我身邊慢慢直起身，斜睨著我笑。

「沒想到妳還真是個古典美人。」

「小心說太多臉變形，到時可別怪我把你打入冷宮。」我不看他地說。

世上沒有醜女人，只有懶女人。為何很多女人在精心打扮後會讓人驚豔，九成是因為這樣。這也是為何宅男被美女照片所騙，結果在看到她們卸妝後的照片卻吐血嚇尿的原因。

他笑了，不再說話，領我走到天頂。在踏上天頂的草坪時，遠遠透明的罩頂下，站著身穿雪白制服的靈蛇號成員。我緩步上前，他們在黑暗的宇宙前，目光變得各自不同。驚豔的迦炎、激動的小狼、呆呆的藍爵、怔怔的月、微笑的胖叔、點頭的巴布，還有垂眸含笑的龍。

微微提裙一一走過他們的身旁，他們隨我轉身，我站在靈蛇號的最頂端，遙望遠方。透明的玻璃上，映出我黑色禮裙後的一件件白色制服。龍走到我的身旁，東方白笑退一旁。

「發令吧！靈蛇號的女王陛下。」他說。看來他們今天角色扮演演上癮了。

我毫不客氣地沉語發號施令：「出發，龍！」

「是！」他緩緩抬眸看向前方，那一刻，靈蛇號開始往前行駛。

我們，再次啟航！

番外　心中的女神

當接到接收星龍星凰的任務時，藍爵激動地睡不著。這批冰凍一千年的遠古人，對他來說，無疑是一個巨大的寶藏。

可惜，星盟只有能力買一個星龍和一個星凰，而且還是最便宜的兩個。但這樣他也滿足了！

「藍爵殿下，請這邊走。」長得像蜥蜴的戴蒙領著他前往星龍星凰的房間。

他的心一直興奮地跳躍著，他們會是什麼模樣？他們會是古地球的什麼人？是亞洲、歐洲、非洲、還是美洲？

當門開啟時，他的目光，就再也無法從她的身上移開。

她靜靜地躺在冰凍艙裡，安詳、寧靜，她看上去是那麼地柔美，那麼地精緻。她有著一頭黑色長髮，和一張透著東方古典氣息的美人臉蛋。

她擁有一千年前古代東方美人的所有標準，藍爵感覺自己得了一個大大便宜，他真的賺到了。在看著她時，他無法相信會買到這麼完美的星凰。因為對方說是最便宜的，所以他已經做好了會見到次級品的準備。

可是，他怎麼也沒想到，她是那麼完美，他眼中的微縮儀已經對她做了全身的掃描，她各項比例都非常標準，是一個純正的古中國人。

他無法相信夜都會宇宙集團會那麼地慷慨，會把這樣美的星凰賣給他們。不，是他們愚蠢，他們會後悔的！

他癡癡地仰視冰凍艙裡的星凰，她的完美超出了他的想像，她還擁有如同宇宙一般純黑的長髮，她有如休眠在宇宙中的女神，長長的黑髮裡孕育著神祕的生命。

他的心底，響起了一個甚至連他也沒有發覺的悠遠的聲音：她是我的女神……

「為什麼……她最便宜？」他不敢說她完美，因為他怕對方聽到會乘機加價。或許是他們沒眼光，搞錯了。

很多骨董在沒有眼光的外行人眼裡，就是一件垃圾。

戴蒙禮貌地說：「藍爵殿下，因為她很健康，沒有任何疾病。」

他恍然明白了，心裡陣陣暗喜。

這批遠古人經檢測，發現都帶有當時的致命疾病。而這些疾病，包括一千年前的糖尿病、癌症、帕金森氏症、抑或是愛滋病，在現在已經不再發生。所以，在一千年後，他們身上的這些絕症、病毒，反而成為他們加價的因素。

而這個健康的星凰一號，自然而然地成了最便宜的貨物。

「好……好……」他溫柔地撫上冰凍艙的玻璃，傾慕地注視裡面沉睡的臉龐：「歡迎妳來到一千年後，星凰一號……」

他，藍爵，利亞星的王子殿下，王儲的候選人。但是，他卻癡迷於考古。為此，他願意放棄王子的身分，只為找尋和拯救遺失在宇宙的寶藏。

星龍、星凰的出現，讓他更加振奮。他為了這天，已經等了好久。他為他們而輾轉反側，興奮地徹夜不眠。

終於，對方通知星凰已經解凍，開始進入甦醒階段。

這個消息比星龍解凍時，更讓他激動。他終於可以跟這個睡美人說上話，他想知道她的一切，想知道她叫什麼，她一千年前做什麼、吃什麼，他想見她。自從見到她之後，每時每刻都在想她的事，想她會不會喜歡這個年代，會不會喜歡靈蛇號，會不會喜歡……自己和別人。

如果她能接受自己，他們能成為好朋友，這會是此生最幸運也是最榮幸的事。和一千年前的古人成為好友，只要想想，他已經激動地心跳加速。

站在已經打開的冰凍艙裡，他更加清晰地看到了她的五官，很精緻的五官，不像他的耳朵又長又尖。他認為這是世界上最美的骨董。

「她怎麼還沒醒？」他有點急，她的眼睛依然閉著，長長的黑色睫毛濃密纖長，和她的黑色長髮一樣。

這批骨董裡有不少東方女孩，可是很多女孩把頭髮染成了其他顏色，這讓他覺得很可惜，殊不知在這個年代黑色成為了流行，很多人為此還把頭髮染成了黑色。

所以純種的黑髮人頗受青睞。

而她的黑髮是純正的，並且髮質柔軟順滑，還帶著絲綢一般的光彩。她在他的眼中更加完美，他不由得趴在她的冰凍艙邊，靜靜呼吸，因為他不想錯過她醒來的那一刻，那一定有如女神甦醒一般地震撼人心。

似乎老天知道他心急，有意讓星凰晚些醒來。她至今沒有醒，依然安詳地睡在這個水晶棺材中，這讓他想起很多古老的，來自古地球的童話。

白雪公主、睡美人，他在她身上看到了她們的身影，那些他從小喜愛的童話裡的公主們。

他真的希望自己能成為拯救她們的王子，然後守護她們、愛護她們。他崇拜那些王子，渴望成為他們，小時候也經常身披斗篷，拿著小木劍，拯救花園裡可愛的小白兔。讓圖雅扮演受到惡龍困住的公主，由他去拯救。

可惜，他雖然是王子，但是，他沒有他們的勇敢、強大。甚至，他都不敢面對至今反對他考古，命令他回去練習精神力的父王。

他不夠強大，他無法守護自己的公主殿下。他只能這樣默默地注視她。因為靈蛇號會保護她，靈蛇號上的人會成為守護她的騎士，而他……永遠無法成為她的守護騎士。只能這樣默默地、偷偷地注視她。

他伸手想撫上她的臉龐，當指尖觸摸到她的臉龐時，他感覺到了她的體溫和細膩的肌膚。

他愣住了，不知怎的，他的心跳開始失控，在胸口狂跳。他慌張地摸上自己的胸口，他這是怎麼了？連臉都紅了起來。

他呆呆看了一會兒自己的手指，他不能用自己的髒手去觸摸這樣一件完美的骨董。而且，他怎麼可以這樣去觸摸一個女孩？儘管她是一個骨董，她依然是活生生的女孩。他不可以這樣去觸碰她，那是在褻瀆她，褻瀆他心中的女神。

他心裡湧現了從未有過的罪惡感。在他們星球，對異性的碰觸被認為是不純潔的舉止，是不聖潔的行為。他怎麼可以就這樣去摸一個女孩？

而且，她還是超級骨董，他應該戴上無菌手膜的。

他不能摸她，只能看，只能用自己的精神力去感受她。

不行，他無法平靜，只要面對她，他就無法平靜。他害怕自己再失控，去觸摸這個乾淨的女孩。

他匆匆坐回原位，他可以趁這個時候簽一些檔，完成這場交易。

忽地，和他一起來的迦炎走向星凰的冰凍艙，這個舉動讓他再次無法專心在合約上。

他緊張地看著迦炎，不知道他要做什麼。

當看到迦炎想伸手去摸時，他立刻急忙阻止：「迦炎！不能亂碰！那是星盟的財產了！」

那也是他心目中的女神，他不允許任何人隨意觸摸他的女神。

迦炎轉回臉無語看他：「哈？」

他匆匆低下臉，有點心虛，他怕迦炎看出他自己真正的想法。他為這個心底的想法而慌張起來，這個想法讓他臉紅心跳，他困惑於這個從未有過的感覺，他是不是生病了？或是精神上因為太渴望星凰的醒來，而出現了什麼問題？

「星凰一號怎麼還沒醒？」他再次著急起來。銀瞳遠遠地看著她的冰凍艙。

「醒了。」戴蒙微笑地說，終於，他等到了這個時刻！

他激動地想上前，忽然，眼前發生的一切，完全超乎了他的想像。

他心目中美麗柔弱的睡美人、白雪公主，在醒來的那一刻猛然坐了起來，他甚至沒有看清楚，她就已經奪走了戴蒙的槍，站起來為自己戰鬥了！

她所有的動作乾脆俐落，也讓他眼花撩亂，因為那動作實在太快了！

他心目中的白雪公主、睡美人，卻在醒來的那一刻，成為了一名女鬥士，她的臉上沒有了沉睡時如同嬰兒一般的安詳，只有沉著的神情。

她的眼中雖然有少許的驚慌，但相對於他見過的其他冰凍人甦醒時的狀態來說，她顯得非常鎮定！她能在甦醒的片刻做出快速冷靜的判斷，首先奪取自保用的武器，並控制了在場所有人，她絕對不是普通人！

那一刻，藍爵恍然明白，她是真正的女神！因為公主殿下是被騎士保護的，而女神，則是保護世人！

她在他的眼中，白色的冰凍服成為了銀色的鎧甲，當她從冰凍艙裡站起，她就像女神一樣黑髮飄揚地站立在這個世界裡，供他仰視。

他的心臟在她勇敢無畏的神情，和鎮定堅毅的眼神中漸漸停止……

他的心……

他的忠誠……

他的生命……

從此……

只屬於她……

這個來自一千年前的女人，他心目中的女神——蘇星雨。

後記

《星萌》是一個女孩的冒險

兒時深受《星際大戰》、《星際迷航》的影響，也想擁有自己的飛船，四處冒險。科幻小說對我的影響很大，它無限拓寬了我的想像力，如果用科幻的靈感去寫古代言情，會與眾不同。可是，心裡還是想好好寫一本帶有科幻色彩的愛情小說，所以，決定寫了《星際美男聯萌》（註：以下簡稱《星萌》）。

所以《星萌》不是科幻小說，它是一個以未來為背景的愛情小說，是一個女孩的冒險，同時是一個女孩收穫美好愛情的旅程。

在我們少女時代，無論文靜還是活潑，無論女神還是男人婆，其實多多少少有過冒險的衝動，蘇星雨將會滿足大家心底那一小撮想冒險的激情火苗。

一直以來，沒有寫過從一開始便很強大的女主角，像是小心翼翼活在異世界的雲飛雪（《黯鄉魂》）、內斂壓抑的孤月（《孤月行》）、狡黠精怪的舒清雅（《八夫臨門》），即使是女王出身的孤月也因為復國而隱藏自己、壓抑自己，最終才得到揚眉吐氣的機會。

所以，這次我要寫一個強大的、沉穩的，但同時也很張狂的少女，她可以讓平時不敢張狂的我們好好滿足一下，告訴自己，我們也有可以狂妄的時候。青春不張狂，難道要等到中老年嗎？難得張狂一下，無傷大雅，也會給我們的青春烙下難忘的烙印。

在這第一卷裡，蘇星雨已經展現出她的能力，告訴未來的那些王子們，別以為她是古人，在未來就一無是處。她不僅要告訴他們祖宗不好惹，更告訴他們祖宗要尊重！她不用他們保護，甚至她可以反過來保護他們，她不是被保護的公主，而是可以守護他人的女戰神。

她渾身散發出與眾不同的魅力深深震撼了那些王子，他們雖然見多了女人，可是從沒見過這樣的女人。他們開始反思、開始反省，同時也被她身上的魅力深深吸引。而她更是一個謎，讓他們想在她的身上找到答案。

有人說過：「愛情源於好奇。」

他們對蘇星雨的好奇越深，淪陷也會越深，他們會在不知不覺中受蘇星雨吸引，像地球引力般把他們牢牢吸在周圍。而他們卻不知道蘇星雨和同為古人的東方白，不會老實作為骨董供他們觀賞，陪他們巡展。

說起東方白，他身上有花花公子所有的特性，風流的目光，賤賤的笑容，還有犯賤的鹹豬手，動不動就親，說不到兩句就抱，渾身散發一種雄性的慾求不滿氣息，讓蘇星雨非常的討厭。可是，蘇星雨決定忍了，因為東方白是唯一一個和她一樣的古人，他們需要團結，才有自由的希望。

可是，在更深的了解中，她漸漸發現了東方白風流表象下的真相，這個真相就是……噓，大家自己看。

《星萌》依然是一場美男子的饕餮盛宴，各色美男必有一款適合各位，冷漠的月、保守的爵、喜歡女裝的傲嬌小狼、犯賤的東方還有深沉的龍……對了，還有我們可愛的胖叔。喂喂喂，誰那麼重口味喜歡大叔？噓，說不準妳會喜歡他。^_^

希望大家多多支持《星萌》，大家的支持才是我前進的動力，拜託大家了。

張廉

二〇一三年九月二十八日星期六AM10：45

國家圖書館出版品預行編目資料

星際美男聯萌 / 張廉作. -- 初版. -- 臺北市 : 臺灣角川, 2013.11-
冊 ;　公分

ISBN 978-986-325-666-3(第1冊 : 平裝)

857.7　　102020209

Kadokawa Fantastic Novels DX

星際美男聯萌1
靈蛇號上花美男

2013年11月15日　初版第1刷發行

作　者：張廉
插　畫：Ai×Kira

發 行 人：塚本進
總　監：施性吉
主　編：陳正益
責任編輯：林秀儒
美術副總編：黃珮君
美術主編：許景舜
美術編輯：宋芳茹
印　務：李明修（主任）、張加恩、黎宇凡、張則蝶

發 行 所：台灣角川股份有限公司
地　址：105台北市光復北路11巷44號5樓
電　話：（02）2747-2433
傳　真：（02）2747-2558
網　址：http://www.kadokawa.com.tw
劃撥帳戶：台灣角川股份有限公司
劃撥帳號：19487412
法律顧問：寰瀛法律事務所
製　版：尚騰製版印刷有限公司
ISBN：978-986-325-666-3

香港代理：香港角川有限公司
地　址：香港新界葵涌大連排道200號偉倫中心第二期20樓前座
電　話：（852）3653-2804